안드로이드여도 괜찮아

온우주
단편선
016

안드로이드여도 괜찮아

양원영 작품집

⨎온우주

차례

온우주
단편선

프롤로그 : 청소 로봇의 죄

프롤로그 : 청소 로봇의 죄

샘물누리표 반짝반짝 클린 로봇 IX-306

제품 인증코드 ND003586

   이번 피고의 이름이었다. 재판장은 근엄하게 피고의 이름을 불렀다. 지름 40센티의 둥근 판 모양으로 생긴 피고는 바닥에 놓아두면 알아서 집안 곳곳을 돌아다니며 바닥 청소를 하는, 청소 로봇의 초기 모델이었다. 무소음과 강력한 흡수력, 친근한 모양새를 컨셉으로, 등장 초기에는 불타나게 팔렸지만, 곧 장애물 인식 문제와 이동력의 한계가 대두되면서 사라지고 만 비운의 모델이기도 했다.

   피고는 무소음이라는 말이 무색하게 판사 앞까지 오는데도 심하게 삐걱대는 소리를 냈고 모양새도 반 정도는 찌그러져 제 모습을 알아보기 힘들었다. 보통의 삶을 보낸 것 같아 보이진 않았

다. 물론 이곳에 오는 모든 기계 중 그렇지 않은 이들을 찾기가
더 어렵긴 하지만 말이다.

　여기는 기계들이 수명을 다했을 때 찾아오는 기계 법정이었다.
왜, 사람이나 생명체가 죽으면 염라대왕에게 재판을 받아 천국으
로 갈지 지옥으로 갈지 결정된다는 이야기가 있잖은가. 기계에게
도 그런 곳이 있었고, 그곳이 바로 여기였다. 기계가 생전 자신의
삶을 되돌아보고 얼마나 인간에게 도움이 되었는지 그 정도를 측
정해, 보다 나은 상품으로 태어날 수 있을 것인지, 아니면 폐기처
분 당할지가 결정됐다.

　나는 이곳의 서기관을 맡고 있다. 몇십 년 전에는 이름만 대면
알아주던 최신식 타자기였다. 지금은 타계하고 없는 유명한 소설
가 아래에서 20년 넘도록 쓰임을 다했고, 그 뒤로 줄곧 재판을 받
으러 온 수많은 기계의 재판 과정을 기록하고 있다.

　시간이 흐르면 흐를수록 온갖 성능을 가진 우수한 기계들이
생겨났지만, 옛날보다도 명줄이 짧았다. 요 몇 년 사이 가장 많이
이곳을 찾은 기계는 휴대전화기였다. 그것도 평균 수명 3년을 채
못 넘기는 쌩쌩하고 젊은 것들이 버려져 이곳으로 내려왔다. 그
들은 자신의 쓰임을 다 하지 못한 죄목으로 대체로 폐기처분되었
다. 인간세계는 너무나 빠르게 발전했고 동시에 제 수명의 반도
쓰지 못하고 버려지는 기계도 증가했다. 이번 피고도 그런 종류
중 하나리라 생각했다.

　"피고 샘물누리표 반짝반짝 클린 로봇 IX-306 제품 인증코드

ND003586, 수명 1년 6개월. 아슬아슬하게 기준은 채웠군. 곧 네 앞의 컴퓨터가 네가 살아왔던 행적을 모두 밝혀줄 것이다. 그 행적을 토대로 판단하여 폐기처분될지, 새로운 기계의 삶을 살아갈 수 있을지 결정한다."

판사의 목소리에 긴장했는지 피고의 청소 필터가 탈탈탈 떨리기 시작했다. 필터에서 새어나온 먼지가 법정 바닥에 수북이 깔렸다.

"그 전에 너의 진실성을 확인하고자 네 입으로 네 삶에 대해 듣도록 하겠다. 소상히 말해보라."

이미 반쯤 파손된 센서에서 붉은 불이 몇 번 깜박였다. 그것만으로도 그가 얼마나 긴장하고 있으며 슬퍼하고 있는지 짐작할 수 있었다. 그는 울음에 젖은 목소리로 말하기 시작했다.

"저는 샘물누리 가전제품 회사에서 3,586번째로 태어난 로봇입니다. 비록 지금은 이렇게 미천하고 쓸모없는 모습으로 전락해버리고 말았지만, 제 아버지는 저기 저 먼 화성을 탐사하는 화성탐사 로봇으로, 저는 그것을 자랑스럽게 여기고 태어났습니다. 멋지게 스티로폼에 감싸여 박스로 출하될 당시만 해도 저는 제 운명이 그렇게 될 줄은 상상도 하지 못했습니다."

누구든 다 그렇게 이야기한다. 처음 공장에서 나올 때의 기대감, 두근거림, 어떤 주인을 만날까 설레는 마음. 특별히 처음부터 하자가 있는 상품이 아닌 이상 어떤 기계든 그런 떨림을 가지고 있었다. 나도 그랬으니까.

"한 신혼부부가 백화점 신상품 코너에서 저를 사갔습니다. 그들은 돈이 많았기 때문에 저를 포함해서 최신식 냉장고, 세탁기, 에어컨, 그리고 TV까지 모두 한꺼번에 사들였지요. 호화로운 아파트가 제 집이 되었습니다. 저는 그 집에 도착하자마자 포장이 벗겨졌고 곧 힘차게 청소를 시작했습니다. 물론 집이 어마어마하게 넓어서 24시간을 전부 돌아다녀도 버거울 지경이었지만, 그래도 있는 힘껏 제 맡은 바를 다 하기 위해 열심히 돌아다녔습니다. 쉬는 시간이라곤 충전기에 꽂혀서 배터리를 충전하는 시간뿐이었습니다. 그래도 저는 행복했습니다."

피고의 목소리가 심하게 떨리기 시작했다. 과거의 행복한 추억을 훑다 보면 으레 일어나는 일이었다. 피고의 센서 이음새에서 질척하고 빨간 녹물이 흘러내렸다.

"제 주인이었던 부부는 무척 사이가 좋았고 늘 열심히 돌아다니는 저를 어여삐 여겨주었습니다. 하지만 제가 그 집을 청소하기 시작한 지 1년쯤 되었을 때의 일입니다. 언제고 행복하리라 여겼던 집에 문제가 생겼습니다. 주인 어르신의 사업이 잘 되지 않게 된 것이지요. 주인 어르신은 큰 빚을 져버렸고, 갚을 능력이 없어 집안의 비싼 가전제품들은 모두 되팔려 나갔습니다. 저는 되팔기에는 가격이 비싸지 않았기 때문에 남을 수 있었지만요. 큰 집도 팔려나가 주인 부부는 작은 월세방으로 쫓겨날 수밖에 없었습니다."

주인의 비극은 딸린 기계에게도 비극이었다. 한동안 피고는 말을 잇지 못하고 훌쩍거리기만 했다. 판사가 채근했다.

"계속 이야기해 보라."

"예, 예, 죄송합니다. 저는 부부가 이사 간 뒤로 한동안 청소를 하지 못했습니다. 주인 부부께서 너무 정신이 없고 바빴기 때문에 저를 꺼내놓는 걸 깜박하셨기 때문이지요. 저는 언젠가 다시 주인님 댁을 청소할 수 있을 것이란 믿음으로 기다리고 또 기다렸습니다. 한 달이 지나고 두 달이 지났습니다. 주인 부부의 삶은 너무 고달파 보였습니다. 주인 어르신께서는 술에 젖어 들어오기 십상이었고, 마님과 언성을 높이며 싸우는 일이 잦았습니다. 심할 때는 집안의 물건을 던져서 부수기도 했습니다. 저는 제가 부수어지지 않기를 기도하는 수밖에 없었습니다."

기계들은 주인이 처분하는 대로 처리될 수밖에 없는 처지였다. 나 같은 경우 주인이 죽고 난 뒤 한동안 그 집에서 보물 다루듯이 모셔지다 결국 고물상에 팔려갔다. 그 뒤엔 고물상에 화재가 나 함께 타버렸다. 이런 정도의 결말은 양반에 속했다. 자연재해로 망가진 기계들은 구제라도 받을 수 있었지만 난폭한 주인이 던져서 깨부술 경우에는 구원의 여지도 없었다. 잔혹할지 몰라도 그런 기계들은 이유를 막론하고 폐기처분 됐다. 이곳의 법은 그러했다. 기계는 인간을 위해 만들어졌기 때문에 인간에게 도움이 되지 못했을 경우, 즉 '돈값'을 하지 못했을 경우는 중죄로 인정됐다.

"미천한 제가 감히 인간사에 대해 이러쿵저러쿵 말하는 것을 용서해주십시오. 주인 어르신께서 바람이 나셨습니다. 예, 바람 말입니다. 무슨 의미인지 아시겠습니까? 다른 여자가 생기신 겁니다. 그래서 집에 들어오는 일이 무척 적어지고, 주인마님은 하루하루를 고통 속에서 지내셔야 했습니다. 몸이 약해지고 자리에 누워계시는 일도 많아졌지요! 스스로 청소를 할 수 없을 지경에 이르러서야 주인마님께서는 저를 기억해주셨습니다. 창고에서 먼지투성이가 된 저를 꺼내셔서 걸레로 곱게 닦아주시고…… 물론 걸레의 냄새는 지독했지만 그렇게 단장한 저를 방에 풀어주셨습니다. 집은 무척 협소해 제가 돌아다닐 구석이 없었습니다. 그래도 몇 달 만에 본연의 임무를 할 수 있게 돼서 열심히 먼지를 빨아들였습니다. 주인마님께서도 그런 제 모습을 보고 웃으면서 용기를 얻으신 것 같았습니다."

마지막 대목에서 피고의 목소리는 희열에 들떠 있었다. 다 죽어가던 센서의 불빛이 반짝반짝 할 정도였으니 기쁨이 얼마나 컸을지 이해가 된다. 그러나 곧 풀이 죽었다.

"하지만 집은 너무 좁았습니다. 조금만 움직여도 벽이나 가구에 부딪치기 십상이었고, 제 몸이 들어가지 못하는 틈새는 말할 것도 없었습니다. 저는 헤매기 시작했고 배터리 수명도 점점 줄어들었습니다. 한마디로 바보 로봇이 된 것이지요. 한때는 장롱 밑으로 들어갔다가 빠져나올 수가 없어서 주인마님께서 직접 끄집어내 주신 적도 있었습니다. 수리 센터로 가면 배터리도 갈아줄 것이고, 펌웨어 업데이트도 할 수 있었겠지만…… 수리는 받지 못했습니다."

또 불쌍한 사례가 나왔다. 주인이 기계에 대해 무지할 경우 이 기계들은 수리받을 기회조차 얻지 못하고 버려지게 된다. 운 좋게 고물상이나 재활용센터로 들어가게 되면 적절한 수리를 받아

중고로서 생명을 유지할 수도 있었지만 그러지 못하는 기계들이 더 많았다. 그들 역시 제 몫을 하지 못했기 때문에 중죄가 성립된다. 여전히 잔혹한가? 그래도 어쩔 수가 없다. 이곳의 법은 그러했다. 그렇다면 피고는 고장으로 인한 중죄인가? 피고의 이야기는 거기서 그치지 않았다.

"결국 쓸모가 없어져 버렸지만 주인마님은 제게 든 정 때문인지 저를 버리지 못하고 계속 가지고 계셨습니다. 가끔은 저를 붙잡고 한숨짓기도, 괴로운 마음을 털어놓기도 하셨지요. 나중엔 냄비 받침이 되기도 했고, 마지막에는 화분 받침이 되기도 했지만 그래도 기뻤습니다. 제 몫은 할 수 없었지만 새롭게 쓰임을 갖추어 도움이 될 수 있었기 때문입니다. 그런데, 그런데."

정말 기구한 운명은 다 나온다 싶었다. 기계가 제 쓰임을 다하지 못해도 다른 용도로 사용될 경우, 그래도 그 기간만큼은 할 소임을 했다고 여겨 죗값이 삭감되기도 했다. 당최 이 피고의 죄목이 어떻게 될지 갈피가 잡히지 않았다.

"판사님, 저는 중죄를 저질렀습니다. 저는 폐기처분당해도 마땅할 놈입니다. 제가 어떻게 죄를 짓게 되었는지만큼은 제 입으로 말하고 싶지 않습니다. 부디 자비를 베푸셔서 제가 말하는 것만큼은 제발 면하게 해주십시오."

피고가 절박하게 고하자 판사는 한동안 생각하더니 허가를 내렸다. 분석을 마친 컴퓨터가 피고의 행적을 고스란히 보여주기 시작했다. 피고는 최소한 진실성에 있어서는 하자가 없었다. 드러나는 행적 모두 말한 그대로였다. 모두가 기다리고 있던 최후가 나올 무렵엔 피고는 몸을 돌려 화면을 외면했다.

어느 날 남편이 술에 만취하여 집으로 돌아왔다. 그들은 내 눈살을 찌푸리게 할 정도로 언성을 높이며 싸우기 시작했다. 싸움은 점점 격렬해지고, 가재도구가 날아다녔고, 급기야는 피고 위에 있던 화분마저 던져졌다. 아수라장이었다. 남편의 일방적인 폭력에도 부인은 자세를 굽히지 않았다.

단단히 화가 난 남편은 피고를 집어 들었다. 탄식이 터져 나왔다. 화면의 피고는 비명을 지르며 안 된다고 울부짖었지만 그의 목소리는 인간에게 닿지 않았다. 피고의 몸은 그대로 부인의 머리를 강타했다. 끔찍하도록 둔탁한 소리가 울렸고, 그것이 끝이었다.

침묵이 감돌았다. 아니, 침묵 사이에서 피고의 흐느끼는 목소리만이 가련히 떨릴 뿐이었다. 재판장의 침통한 표정이 피고에 대한 연민을 느끼게 했다. 법은 법이었다. 어떤 경우가 있더라도 예외는 없었다. 피고는 인간에게 상해를 입혔다. 그 부인이 죽었는지 살았는지는 중요하지 않았다. 인간에게 해를 입혔으므로, 중죄였다.

"피고 샘물누리표 반짝반짝 클린 로봇 IX-306 제품 인증코드 ND003586. 인간에게 상해를 입힌 죄로 폐기처분."

판사의 무거운 판결이 떨어지자 한숨이 일제히 터져 나왔다.

"마지막으로 할 말은 없는가?"

폐기처분소 트랙터에 실리는 피고에게 판사가 물었다.

"왜 없겠습니까, 아무렴요."

"말해보라."

피고는 엉엉 울면서 말했다. 누구나 말할 수 있었지만 정말로 그런 삶을 누릴 수 없기에, 서글픈 말이었다.

"그저 청소를 하고 싶었을 뿐인데 왜 이렇게 되었을까요?"

■ 프 롤 로 그　:　청 소　로 봇 의　죄 는 ……

　질풍노도의 이십대에 여러모로 치이던 상황에서 쓴 글이었습니다. 이후 안드로이드 관련 이야기의 동기가 되어주기도 했습니다. 그렇기에 연작을 여는 글로 골랐습니다. 언젠가 동그란 청소 로봇을 쓸 수 있는 집에서 살고 싶습니다.

아 빠 의 우 주 여 행

아빠의 우주여행

[AK-P-H 지역 221번지 주민코드 8123-115PH 이세영님께]

귀하께서 8세 때 '페어런츠 기프트' 기관을 통해 등록하셨던

보호자 안드로이드 '이호석'의 수거가 곧 이뤄질 계획입니다.

귀하께서 자립할 수 있는 성인이 되셨기 때문이며 집행을 원치 않으실 경우

가까운 지역구 사무소 페어런츠 기프트과를 방문하셔서

기간 연장 신청을 해주시기 바랍니다.

성인이 된 이후의 보호자 안드로이드 기간 연장에는

매년 유지 관리비가 청구됩니다.

자세한 사항은 담당자와 상담 바랍니다.

수거 집행 시일은 이 메일을 받으신 날짜로부터 한 달 뒤인

9월 30일 정오이므로, 연장 신청은 그 이전까지 완료해 주시기 바랍니다.

스무 번째 생일을 진심으로 축하드립니다.

AK지구 가정 지원부 드림

세영은 한 통의 이메일을 열어두고 한 시간 째 고민에 잠겨있었다. 마치 독촉하는 빚쟁이 같지 않은가. '수거 집행'이라니. 세영은 허탈하게 웃었다.

'보호자 안드로이드'는 안드로이드 산업이 본격적으로 시작되면서 국가 복지의 일환으로 시작된 프로젝트였다. 부모를 잃은 고아들을 중심으로 성인이 될 때까지 보육에 힘써 줄 부모를 제공하는 것이었다. 이는 단순한 보모 로봇이 아니었다. 아이의 기억과 성향, 주변 사람들, 유전자 패턴 등에서 부모의 데이터를 추출해 실제 부모와 98.8% 일치하게 만들었다. 아이들의 성장에 따라 반응을 수렴해 해당 아이에게 적합한 인공지능으로 변화하는 안드로이드였다.

세영은 일곱 살 때 사고로 부모를 잃은 뒤, 고아원에서 지내다 프로젝트의 수혜자가 되었다. 죽은 부친과 똑같은 모습의 안드로이드가 세영의 부모 자리를 대신하게 됐다. 세영은 죽은 부친이 다시 돌아왔다는 기적 같은 사실에 놀라기도 전에 가정부 상담사로부터 안드로이드에 대해 들었다.

부모를 잃고 낙담한 아이들에게 보호자 안드로이드에 대한 반응은 대체로 두 가지 중 하나였다. 거부감을 느끼거나, 받아들이고 적응하던가. 다행히 세영은 바쁜 상담사의 짐을 덜어주는 아이였고, 12년 동안 보호자 안드로이드와 잘 지내왔다. 1년에 한 번 정기적인 점검 외에는 특별히 안드로이드라고 인지하지도 않았다. 세영의 낙천적인 성격과 적응력이 한몫을 한 셈이지만, 지금의 경우는 아무리 세영이라도 고민을 하지 않을 수 없었다.

"어떡하면 좋지?"

다음 날, 세영은 미주를 만나 일련의 일을 털어놓았다.

"뭘 어떻게 해 이년아. 성인 돼서 보호자 안드로이드 끼고 사는 거 얼마나 궁상이야? 원래 성인이 되면 있는 부모도 내치고 독립하는 세상인데."

"누가 끼고 산다고 결정했어?"

"그런 고민을 하고 있는 것 자체가 문제잖아."

"생각해 봐. 12년을 함께 살았어. 생판 모르는 남도 몇 년 같이 지내다 보면 가족처럼 여겨지기 마련인데."

"사람하고 안드로이드가 같아? 아무리 정교해도 기계잖아."

"사람이 아니더라도, 몇 년씩 써 온 물건에도 애정이 생기잖아. 왜 이름 붙여주고……"

대답하면서 점점 어처구니없는 변명을 하고 있다는 사실을 깨달았다. 미주가 한심하다는 눈으로 세영을 바라보았다. 친구의 입에서 표독스런 독설이 튀어나오기 전에 세영은 항복 자세를 취했다.

"실언, 실언. 방금 말은 취소."

"잘 생각해."

"알았어."

머릿속이 복잡했다. 기대했던 영화를 봐도, 맛있는 것을 먹어도 생각이 떠나지 않았다. 미주의 '정신 차려 이년아'라는 핀잔을 마지막으로 집으로 돌아왔다. 언제나처럼 호석이 투박하고 무심한 목소리로 세영을 맞았다.

"어서 와라. 오늘은 많이 늦었네."

세영은 대꾸하지 않고 현관 앞에 서서 물끄러미 호석의 얼굴을 살폈다. 12년 전 보다 늙었다. 기술이 발전하기는 정말 많이 발전했다고 생각했다.

'사람에게 미련을 주지 않으려면 오죽 사람 같지 않아야지.'

"뭐해? 멍하니 서서."

"아냐. 다녀왔습니다. 밥 먹었어?"

"그래. 너는?"

"먹었어. 미주 만났어."

"뭐 했는데?"

"영화 보고 저녁 먹고 수다 떨었지 뭐."

"재미있었겠네."

"재미있긴. 정신없었어."

일상적이고 평온한 말을 주고받았다. 옷을 갈아입고 나오자 호석은 거실 소파에 늘어지듯 앉아 TV를 멍하니 보고 있었다. 세영도 옆에 비슷한 자세로 앉아 TV를 봤다. 지금으로부터 100년은 더 된 화성 탐사 역사 다큐멘터리가 방송되고 있었다. 한동안 말 없이 TV만 보다 세영이 물었다. 심정이 복잡해 무슨 말을 해야 할지 몰라 생각 나는 대로 말했다.

"아빠, 나 학교 가면 주로 뭐 했어?"

"왜 물어?"

"그냥."

"청소하고 빨래하고 그랬지. 산책도 하고. TV도 보고."

"그래? 뭔가 하고 싶은 건 없었어?"

바로 답이 나오지 않았다. 말하기 꺼려하는 눈치였다. 호석은 말을 아끼는 사람이었다. 필요한 말이 아니면 먼저 떠들지 않았다. 평소라면 그러려니 넘어갔을 테지만 이번에는 답을 부추겼다. 조금이라도 더 호석에 대해 알고 싶었다.

호석은 마지못해 입을 열었다.

"우주여행."

"뭐?"

"지구 밖으로 나가 보고 싶었어. 화성에도 가보고 우주 정거장에도 가보고. 우주의 끝이 어딘지도 알고 싶고."

뜻밖의 말이었다. 어안이 벙벙해진 세영을 보며 호석은 인상을 찌푸렸다.

"왜, 나는 꿈 가지면 안되냐?"

"아니 그건 아니지만."

'안드로이드잖아.' 목구멍까지 차오른 말을 간신히 삼켰다. 혼란스러운 머리를 차근차근 정리했다. 분명 저것은 이미 죽고 없는 '인간 이호석'의 바람이었을 것이다. 프로그램 반응의 일환이지 그 이상은 아니었다. 데이터에 충실한 말이었을 뿐이다.

불편한 기분이 들어 세영은 자리를 박차고 방으로 돌아왔다. 필사적으로 안드로이드라 생각했더니 12년 동안 믿고 따랐던 것이 한순간에 거짓말처럼 느껴졌다. 낯설었다. 심하게는 끔찍하다고 생각했다. 안드로이드 도착증 환자처럼 여겨져 소름이 돋았다.

'그래. 처분하자. 그게 옳은 일이야. 난 혼자서도 잘 살 수 있어.'

마음의 결정을 내리고 눈을 감았지만, 결국 뜬 눈으로 밤을 새고 말았다.

"잠 못 잤어?"

"생각할 게 있어서."

"간 나빠진다."

세영은 처분에 대해 말하기로 했다. 상대가 안드로이드니 양심의 가책은 전혀 느낄 필요 없다며 마음을 달랬다.

"아빠."

"왜."

다음 말이 나오지 않았다. 심호흡을 몇 번 한 뒤에야 평온한 척 말할 수 있었다.

"가정 지원부에서 메일 왔어. 아빠 데려간대."

"……"

"……"

"언제?"

"9월 30일에."

호석은 젓가락을 든 채로 굳어있다 벽에 걸린 달력으로 눈을 돌렸다. 어제 한 장을 넘긴 밋밋한 9월 달력의 끝을 유심히 쳐다보았다.

"얼마 안 남았네."

"응."

"알았다. 준비하마. 벌써 시간이 그렇게 됐군."

호석은 평온하게 말하며 식사를 재개했다. 좀 더 격한 반응을 기대한 세영은 맥이 풀렸다. 호석의 원래 성격 때문인지, 안드로이드의 프로그램 덕인지 구분이 가지 않았다. 둘만 있는 것이 거북해 식사를 마치자마자 외출했다. 외롭고 허망했다. 즐겁게 웃으며 걸어가는 부녀가 눈에 띄었다.

다정하고 친절한 아빠는 아니었다. 사고로 세상을 뜨기 이전에도 일 때문에 집에 있는 시간보다 집을 비우는 시간이 더 많았다. 감정 표현에 서툴고 무뚝뚝했다. 안드로이드 호석은 보조금으로 인해 집안일에만 종사하게 된 점만이 달랐다. 성격은 지금껏 크게 개선되지 않았지만 세영이 필요할 때는 의지가 됐었다.

야속한 마음이 가시지 않았다. 처분하겠다고 결정했지만, 그간 키워온 정이 있다면 최소한의 반대 의사는 보일 줄 알았다. 아니면, 정이란 것이 있을 수 없기 때문에 순순히 받아들인 것일까.

다이어리를 열어 9월 30일에 [아빠 가는 날]이라 적었다. 눈물이 핑 돌았다. 9월 30일 이후에는 정말로 죽은 사람이 된다고 생각하니 설움이 밀려왔다. 매년 엄마의 기일을 챙겼는데 다음 해부터 아빠의 기일도 함께 챙겨야 했다. 외톨이처럼 느껴져 한참을 울었다.

세영은 어렵게 마음을 다잡고 긍정적으로 생각하려 애썼다. 기왕 보내는 거라면 의미 있는 선물을 해 주고 싶었다. 처분되면 다 쓸모없을 테지만 사람이든 기계든 12년 동안 세영을 길러준 것은 변하지 않았다. 감사해야 할 의무가 있다고 생각했다. 무엇을 해 줄까 사흘을 고민하다 호석의 꿈 이야기를 떠올렸다.

'세상이 얼마나 좋아졌어? 내가 아빠를 우주로 보내 드리면 아빠가 그토록 하고 싶었던 일도 하게 되는 거고, 꿈도 이루는 거고.'

세영은 우주 여행사 몇 군데의 연락처를 알아내 상품에 대해 문의했다. 그러나 현실은 참혹했다. 아무리 세상이 좋아져서 우주여행이 옛날보다 별스러운 일이 아니게 됐다지만, 이제 막 스무 살이 된 세영이 부담할 수 있는 금액이 아니었다. 가장 가까운 우주 정거장 1박 2일 코스에 세영이 지원받는 1년 치 학비가 들고도 더 들었다. 안일한 생각을 후회했다.

"포기해."

좌절하는 세영을 옆에서 지켜보던 미주가 혀를 찼다.

"어차피 자기 위로밖에 안 된다고. 기계는 기계, 사람은 사람. 네 아빠처럼 보여도 아빠처럼 생기고 행동하는 기계지 진짜 아빠가 아니야."

"알고 있어. 근데 어떻게 해야 할지 모르겠어. 너야 겪어보지 않아서 딱딱 구분이 되겠지. 그렇지만 나는 기계가 키운 사람이라고. 그것도 아빠랑 똑같이 생겼는데, 실제로는 그저 기계 하나가 처리되는 걸지도 몰라도……"

"몰라도?"

"나한테는, 아빠가 두 번 죽는다는 생각이 자꾸 들어. 그러니까 보내 주는 것이 맞아도 그냥 보내고 싶진 않아. 죄책감 때문에라도."

"내가 못 살아."

"정말 모르겠단 말이야. 기계니까 그래선 안 된다고 생각하면서도 왜 그래야 하는지도 모르겠고, 그게 왜 나쁜 건지도 모르겠고, 기계에 의존해서 사는 게 부끄럽기도 하고 그래. 아빠라 믿으면 기계라는 사실이 튀어나오고, 기계라고 믿으려면 아빠의 모습이 보이잖아. 날더러 어쩌라는 거야?"

목소리가 젖어들었다.

"보낼 거야. 네 말대로 기계 끌어안고 사는 궁상떨기 싫으니까. 어차피 보낼 거면 처음이자 마지막으로 효도한다는 셈 치고 해볼래."

세영은 의지를 굽히지 않았다. 말은 밉게 했지만 결국 미주도 거들어 주었다. 인터넷으로 우주여행 최저가 상품부터 공동구매 패키지까지 닥치는 대로 검색했지만 마땅치 않았다. 반나절 동안 찾아봤지만 대책이 없자 우주여행 같은 걸 말한 호석이 원망스러워졌다. 수족관이나 놀이공원이나 못해도 국내 여행이었다면 얼마나 좋았을까! 지쳐 나가떨어진 미주가 손을 휘휘 저어댔다.

"안돼, 그냥 로또를 긁자."

"이미 샀어. 두 장."

"행동도 빠르다. 아. 잠시만. 기왕 로또를 긁을 거면 그거보다 나은 확률에 걸어보는 건 어때?"

"무슨 말이야?"

미주는 깨달음을 얻은 아르키메데스마냥 흥분했다.

"왜 경품 행사 같은 거 찾아보면 우주여행 패키지 주는 데 있잖아."

"아!"

유레카를 외치고 세영과 미주는 당장 실행에 착수했다. 각지의 경품 정보를 제공하는 인터넷 사이트에 가입하고 우주여행 상품을 제공하는 행사를 모두 찾아냈다. 퀴즈 이벤트, 쿠폰 응모, 라디오 사연, 보험 가입, 예금 청탁…… 그 중 가능한 것을 또 추려내자 열 개 남짓 됐다. 발표일을 체크하고 전략을 세웠다.

"응모 이벤트는 나랑 가족이랑 친척이랑 친구들 동원해서 응모할 테니까, 넌 사연으로 승부해."

"알았어. 여기 마켓 쿠폰은 주변에 필요 없는 사람들한테 받으면 금방 모일 거야."

써야 할 레포트도 미루고 세영은 라디오에 보낼 사연을 쓰기 시작했다. 작문에는 재주가 없었기 때문에 일주일을 씨름했다. 최대한 감정을 담고 과장을 담아 썼다. [제 사랑하는 아빠는 안드로이드입니다.]로 시작되는 문장은 낯부끄럽고 촌스러웠지만 경품을 위해서 꾹 참았다. 부모의 죽음, 보호자 안드로이드와의 만남과 지금까지의 삶에 대해 종이를 꽉 채울 만큼 썼다. [아빠의 바람은 우주여행이었습니다. 그래서 아빠를 다시 떠나 보내기 전에 그 바람을 들어주고 싶습니다.] 첫 문장과 비교해도 지지 않을 만큼 낯부끄럽고 촌스러운 문장으로 마무리 지었다. 사연 게시판에 등록하고 기도했지만, 세영의 글 따위 10분도 안 돼 첫 페이지에서 사라질 만큼 많은 사연들이 투고되고 있었다.

세영이 희박한 가능성에 투신하는 동안 호석은 조금씩 주변을 정리했다. 이불 빨래를 전부 하고 옷도 정리했다. 관리하고 있던 통장도 모두 세영의 이름으로 명의를 변경했다. 세영을 위해 요리 레시피를 정리하고 어디에 무엇이 있는지 꼼꼼하게 적었다. 쓰레기 버리는 날과 공과금 내는 날도 표시해 냉장고 앞에 붙여두었다. 조금씩 떠나갈 준비를 하는 호석의 모습에 초조해졌다.

미주의 열성적인 지원에도 불구하고 기적은 없었다. 로또는 5등만 두 번 걸렸고 응모했던 것들도 나름 선방했으나 원하는 결과는 나오지 않았다. 대신 콩고물은 잔뜩 얻었다. 고주파 안마기, 자연스러운 컬을 만드는 고대기, 만년필 세트, 고급 레스토랑 2인 시식권. 운이 없다고 할 수도 없었기에 더 억울했다. 고주파 안마기는 미주의 부모님께 드렸고 자연스러운 컬을 만드는 고대기는 미주의 여동생에게 줬다. 만년필 세트는 세영이 가졌다. 세영과 미주는 절망과 분노를 담아 스테이크를 썰었다. 이제 남은 것은 세영이 보낸 라디오 사연뿐이었다.

정말 시간이 머지않았음을 깨달았다. 열흘밖에 남지 않았다. 어느새 거실 선반에 놓여있던 가족사진도 정리됐다. 식사를 마치고 돌아오자 이번에도 호석은 우주 다큐멘터리를 보고 있었다. 울컥 울분이 치밀었다.

"요즘 뭐 해? 많이 바쁜 것 같다."

"내가 바쁘던 말던 무슨 상관이야!"

"왜 화를 내?"

"됐어! 아빤 그거나 봐! 궁상맞게 우주여행은 무슨."

퉁명스럽게 대꾸하고 방문을 세게 닫았다.

'뭐야, 시위하는 것도 아니고. 나도 얼마나 열심히 노력하는데!'

"세영아. 기분 안 좋은 일 있었어?"

문밖에서 걱정스러운 호석의 목소리가 들렸다. 세영은 문을 등지고 주저앉아 훌쩍였다. 원하는 일 하나 해주지 못하는 원망은 미주에게, 세영 자신에게, 그리고 호석에게 돌아갔다. 마음에도 없는 짜증을 부렸다.

'차라리 시식권을 미주랑 쓰지 말고 아빠랑 쓸 걸 그랬어. 그런데 가본 적 없었을 텐데. 미주 그년은 왜 먹으러 가자고 말을 꺼내서.'

"힘든 일 있으면 아빠한테 말해."

"필요 없어! 아빠 아니잖아!"

뒤늦게 해선 안 될 말을 했다는 것을 깨닫고 손으로 입을 틀어막았지만 이미 늦었다. 호석은 아무 대꾸가 없었다. 한참 반응이 없자 세영은 결국 소리 내어 엉엉 울다 지쳐 잠들었다.

펑펑 울고 일어나서 아침 준비를 하는 호석에게 사과했다.

"미안해."

"아냐. 밥 먹자."

호석은 평소와 다름없는 어조와 표정이었다. 심통이 났지만 꾹 참았다. 오늘은 라디오 사연이 방송되는 날이었다. 일찌감치 미주의 집으로 달려가 라디오 앞에 자리했다. 좋아하는 아이돌 가수의 노래가 나와도 듣는 둥 마는 둥 했다. 미주도 드물게 긴장해 아무 말도 하지 않았다.

　--- 초특급 우주여행 패키지를 선사하는 미라클 스테이션, 애청자 사연 시간입니다.

　"시작한다, 시작한다. 너 잘 써서 보낸 거 맞지?"

　"몰라. 노력했어."

　--- 첫 사연은 AK-S-Y 지역에서 김지영님께서 보내주신 사연입니다.

　"아……"

　"이제 첫 사연이야! 실망하지 말고 기다려봐. 오빠 빨리 읽어요!"

　헤어진 연인과의 추억과 운명적인 재회에 대한 내용의 첫 사연은 세영의 용기를 꺾었다. 눈물 나도록 아름답고 영화보다 더 영화 같은 사연이었다. 두 번째 사연은 배가 아플 만큼 재미나고 신나는 내용이었다. 깔깔대며 웃었지만 속은 까맣게 타들어 갔다.

　--- 오늘의 마지막 사연은……

　"제발, 하느님 부처님 조상님!"

　--- AK-P-H 지역에서……

　"엄마! 도와주세요!"

　서로 손을 꼭 붙잡고 기도했다.

　--- 강백수님께서 보내주신 사연입니다.

　마지막까지 기적은 없었다. 세영은 바닥에 엎어졌고 미주는 침

대에 쓰러졌다. 강백수의 사연은 통속적이기 짝이 없었다. 취업
난 때문에 고생시킨 부모님께 보내는 편지였다. 혹시나 하는 일
말의 기대를 가졌지만 추가 사연 소개는 없었다. 우주여행 패키
지는 효도하라는 의미로 강백수에게 돌아갔다.

"불공평해. 뭐야, 진짜 부모만 소중하고 가짜 부모는 언급할 가
치도 없다는 거야 뭐야!"

"진정해."

"기계면 뭐가 어때서! 우리 아빠란 말야, 우리 아빠 아니게 되
기 전에 그깟 우주여행 한번 시켜주고 싶다는데! 왜 알아주지 않
는데!"

세영은 땅을 치고 통곡했다. 그간 마음 쓰고 노력한 것이 하나
보답 받지 못했다는 사실에 대한 화와 호석에 대한 미안함이 겹
쳐 괴로웠다. 미주가 세영을 끌어안고 다독였다.

30일을 이틀 남겨두고 세영의 제안으로 두 사람은 함께 외출
했다. 도착한 곳은 로켓 발사장이었다. 우주 탐사선 발사식이 한
참 준비 중이었다. 사람들이 많이 모여 있었다. 세영과 호석은 좀
멀리 떨어진 풀밭에서 지켜보았다.

"아빠. 저거 태양계 바깥으로 나간대."

"그래. 알고 있다."

"안 돌아 온다나 봐."

"보통 탐사선은 안 돌아와. 쏘고 나서 수명이 다 되면 어디론가 흘러가지."

"잘 아네. 난 몰랐는데."

"이거 보여주려고 오자고 했어?"

"응."

"그래."

부녀는 잠깐 정적을 마주했다. 호석은 감격한 얼굴로 로켓을 바라보고 있었다. 그 옆모습을 힐끔 보고 세영은 발끝으로 시선을 내렸다.

"아빠."

"왜?"

"우주 못 가봐서 슬퍼?"

"아니. 아쉽기는 하지만 하고 싶은 거 다 하고 사는 사람이 어디 있어."

"그건 그래. 그래도 가봤으면 좋겠지?"

순순히 고개를 끄덕인다. 발사 카운트 다운이 시작됐다. 모인 사람들이 한 목소리로 10부터 거꾸로 셌다. 호석도 우렁찬 목소리로 따라 했다. 3, 2, 1, 0! 로켓은 엄청난 연기와 굉음을 내며 하늘로 솟아올랐다. 박수와 환호가 터져 나왔다. 호석은 아이처럼 좋아하며 펄쩍 뛰었다. 로켓이 하늘 너머로 사라지는 건 순식간이었다. 허공에 남은 잔상이 사라지고 사람들이 하나 둘 떠나갈 무렵, 세영은 주머니 속에서 뭔가를 꺼냈다.

"나 무지 노력했어."

"뭘?"

"사실 지금도 확신이 안 서. 이제껏 아빠라고 생각하고 잘 지내왔는데, 갑자기 사람이다 기계다 아빠다 아빠 아니다 이런 걸 구분해야 돼."

"……"

"근데 그렇다고 12년간 나 키운다고 고생한 게 사라지는 건 아니잖아. 그래서 뭔가 아빠한테 해주고 싶었어. 아빠가 우주여행 같은 소릴 하니까, 어떻게든 그거 해보려고 했는데 안되더라."

"돈이 없잖아."

호석의 말에 무겁게 수긍하고 쥔 것을 내밀었다. 티타늄으로 만든 네임태그였다. 받아서 살펴보니 앞면에는 [우주 손님 48321번째, 이호석], 뒷면에는 세계적으로 유명한 우주 항공사의 마크가 새겨져 있었다. 세영은 호석이 뭐라고 말하기 전, 가로막듯이 말했다.

"맞아. 우리 처지에, 내 처지에 돈이 어디 있어. 그래서 아빠한테 우주여행은 못 시켜주지만, 아빠 이름은 갈 수 있게 했어. 이거도 늦을 뻔 했다구. 딱 5만 명 이름만 실어서 보낸대. 방금 날아간 저기에 아빠 이름 넣었어. 하는 김에 내 이름도 넣었고."

세영은 호석의 얼굴을 보지 못했다. 민망해서 고개를 들 수 없었다.

"그래? 그럼 외계인이 너랑 내 이름을 알게 되겠네."

예상치 못한 반응에 반사적으로 고개를 들었다. 호석은 네임태그를 보며 기뻐했다. 적어도 세영의 눈에는 억지가 아니라 진정 기뻐서 웃는 걸로 보였다.

"딸을 잘 둬서 호강한다. 고맙다."

세영은 호석의 옷자락을 붙들고 아이처럼 울었다. 기쁘고 서럽고 미안했다. 호석은 세영의 머리를 쓰다듬으며 다정하게 안아주었다. 부녀는 그 날 비싼 음식점에서 마음껏 먹었다. 덕분에 택시비가 부족해 한참을 걸어서 돌아가야 했다. 세영이 발이 아프다고 투정부리자 웃으며 업어주었다.

"벌써부터 우주 저편 어느 별에 온 기분인데."

"아빠 그건 너무 오버다!"

"아니. 정말로. 여기가 지구가 아닌 것 같다."

"그럼 여기 지나다니는 사람들 다 외계인들이야?"

"인간이랑 똑같이 생긴 외계인."

그게 뭐냐고 깔깔대며 호석의 등을 퍽퍽 쳤다.

마음껏 웃었다.

집으로 돌아와 세영은 미주에게 전화를 걸었다.

"미주야. 안될 것 같아. 기계든 프로그램이든 뭐든 저 사람 우리 아빠야. 마음이 아파서 못 보낼 것 같아. 생각해보면 진짜 우리 아빠였대도, 내가 좋아하는 일만 해주려고 했을 거야. 사람하고 사람이 마주하는 거도 별로 다르지 않잖아. 난 그렇게 생각할래."

솔직한 마음을 털어놓자, 미주는 그럴 줄 알았다며 혀를 찼다. 핀잔 아닌 핀잔을 들으며 29일 세영은 구청으로 갔다. 가정 지원부의 직원이 반갑게 맞아주었다.

"무엇을 도와드릴까요?"

"보호자 안드로이드 연장 신청하려고요."

"신청서는 여기 있고요. 연장에 따른 주의사항을 말씀드리겠습니다."

매년 내야 하는 관리비는 식은땀을 흐르게 했지만, 아르바이트를 하고 용돈을 아끼면 어찌 충당할 수 있는 금액이었다. 또 원칙적으로 보호자 안드로이드와 함께 할 때는 일정 기간 이상 떨어져 사는 것은 허가되지 않았다. 연장 기간은 한번 정하면 만료까지 해지할 수 없었고, 고의적인 방치나 학대, 파손은 법 처벌까지 받았다. 기간은 '신청자 사망 시' 항목에 체크했다. 서명까지 마무리하고 직원에게 물었다.

"이런 경우가 흔한가요?"

직원은 빙긋 웃었다. 질문을 예상한듯한 반응이었다.

"흔하진 않지만 그렇다고 새삼스러운 일도 아니죠."

"그래요?"

"좋은 부녀관계 이어가시기 바랍니다."

"고맙습니다."

아무것도 바뀐 것은 없었다. 일상 그대로였다. 아빠 안드로이드는 세영이 죽을 때까지 함께 했다. 그 사이 세영과 호석은 다섯 번의 우주여행을 했으며, 지구에는 사회 문제로 인해 지나치게 인간과 닮은 안드로이드는 금지한다는 법적 규제가 생겼다. 철통 같은 규제 속에서도 세영과 호석은 화목한 부녀로 지냈다. 세영의 자식들은 세영이 죽고 나서야 조부가 사람이 아닌 안드로이드라는 사실을 알았다.

세영의 유언에 따라, 세영과 호석은 돌아오지 않는 마지막 우주여행을 떠났다. 그들의 이름이 여행을 떠난 궤도 그대로였다.

■ 아 빠 의 우 주 여 행 은 ……

이 글은 황금가지의 SF 단편선에 표제작으로 수록되었습니다. 또 포털 사이트 네이버의 '오늘의 문학' 코너에 몇 년간 게재되어 실시간으로 독자들의 반응을 볼 수 있었습니다. 따듯한 성원이 얼마나 기뻤는지 모릅니다. 놀라운 경험을 많이 하게 해 준 글입니다.

무 료 체 험

무 료 체 험

나는 그녀를 사랑한다. 진심이다. 그녀를 얼마나 사랑하느냐 묻는다면, 스토커 짓도 마다하지 않을 만큼 사랑한다고 대답하겠다. 그렇다. 나는 스토커다. 더럽고 비열한 범죄자다. 그게 뭐 어떻단 말인가. 사랑하는데. 들키지 않으면 장땡인데.

그녀가 가사용 안드로이드를 사겠다고 했을 때, 일주일간 체험 서비스를 신청하자마자 나는 서류를 위조했다. 체험용 안드로이드인 척 그녀와 일주일 동안 한 집에서 머물 것이다. 생각만 해도 가슴이 두근거리고 흥분된다. 그녀에게 내가 만든 음식을 먹이고, 손수 빤 속옷을 입히고, 내 손길이 닿은 이불 위에서 천진하게 자는 모습을 지켜볼 테다. 결코 그녀에게 몹쓸 짓을 할 생각이 아니다. 난 그저 그녀를 너무나 사랑하는 변태일 뿐이다. 어쨌든 들키지 않으면 만사 오케이.

그녀는 아름답다. 사랑받는 사람이다. 어느 누가 그녀를 사랑하지 않을 수 있을까. 이번 기회를 통해 나의 사랑은 더 깊어질 것이다. 그녀가 내게 사랑을 돌려주리란 기대는 없다. 그녀는 지극히 상식적인 사람이라 나 같은 변태를 좋아하게 될 가능성은 일말도 없다. 슬프지 않다. 변태가 어디 상대방 신경 쓰면서 변태 짓 하겠나. 이해받지 않아도 좋다. 내 주제와 한계를 잘 알고 솔직하단 점에서 나는 과히 신사다.

두근거리는 마음을 진정하고 그녀의 집 초인종을 눌렀다. 드디어, 드디어 사랑하는 그녀와 그녀의 보금자리와 만난다. 감정이 얼굴에 드러나지 않도록 다스리느라 아주 진을 뺐다. 초장부터 들통 나서 은팔찌를 차게 되면 곤란하다.

토요일 아침 9시. 아직 꿈나라에 있을 그녀. 그녀의 단잠을 깨우는 일은 미안하기 짝이 없지만, 조급한 맘에 문이 열릴 때까지 초인종을 눌렀다. 5분 뒤 인터폰이 연결됐다.

--- 누구세요……

잠긴 목소리도 이 얼마나 매력적인가!

"가사용 안드로이드 무료체험 서비스입니다."

--- 맞다. 오늘이었지.

삑 소리와 함께, 비밀의 화원이, 은밀한 성이 드디어 나타났다! 학수고대했다. 이 문을 넘어서면 꽃처럼 향긋하고 아름다운 정원이……

"우읍."

……나타나지 않았다. 가장 먼저 맞닥뜨린 것은 부패한 쓰레기 냄새였다. 순간 쏠리는 토기를 참았다. 그리 넓지 않은 마당에 얼마나 방치했는지 모를 쓰레기 더미가 산처럼 쌓였다. 분리수거도 없이 쓰레기봉투에 있는 대로 쑤셔 넣은 듯, 음식물 쓰레기가 부패해 참상을 만들었다. 맙소사, 쓰레기봉투 안에 구더기가, 하얀 구더기가 드글드글 움직였다. 살이 오를 대로 오른 시커먼 파리 떼가 나를 적으로 간주하고 덤벼들었다. 어디 그뿐인가. 마당 한편의 장미 나무에서 떨어진 꽃잎과 낙엽은 몇 년을 묵혔는지 바닥과 혼연일체였다. 그 위로 개미와 쥐며느리가 도로를 텄다.

미친, 이게 무슨 꼴이야? 대문에서 열 발자국만 나가면 쓰레기 수거함이 있잖아?

무슨 사연이…… 그래. 사연이 있을 터였다. 나는 파리 떼를 손으로 내치고 현관문을 열었다. 그녀가 기다리고 있었다. 언제나 아름답고 어여쁜 그녀는 천사처럼 웃으며 상냥한 목소리로……

"그럼 수고 좀 해. 난 더 자야겠어."

……말하지 않았다. 비명이 튀어나오려다 막혔다. 그녀는 꼬질꼬질 다 해진 추리닝 차림으로, 감은 지 일주일은 된 것 같은 떡진 머리를 긁으며 시큰둥하게 말하고 어기적어기적 방으로 들어가 버렸다. 나는 넋을 잃고 집안을 둘러보았다.

그리고 해선 안 될 말이지만 할 수밖에 없는 한 마디를 내뱉고야 말았다.

"씨발……"

집안은 마굴이었다. TV에서 종종 보았던, 쓰레기를 모으는 정신이상자의 집 풍경이 겹쳐졌다. 정확히 그만큼 심하지는 않다. 최소한 발 디딜 틈은 있으니까. 한 걸음만 더 나가면 그런 꼴이 될 위기감을 느꼈다.

쓰레기와 택배박스가 제멋대로 굴러다니고 바닥 청소는 해 본 역사가 없는지 퀴퀴한데다가 구석구석 곰팡이가 피었다. 쉰내가 진동하는 빨래 더미엔 버섯이 자랐다. 가구며 가전제품의 먼지는 말도 마라. 딱 봐도 걸레를 한순간에 재기불능으로 만들 수준이니까. 전등갓 안은 죽은 하루살이와 나방의 시체로 수북해서 불을 켜도 도통 밝지가 않다. 거실이 이 지경인데 부엌과 화장실은, 하느님.

저게 인간이냐? 미쳤나? 이러고서 어떻게 사는데? 돼지우리도 이보단 깨끗하겠다. 아니지. 돼지는 깨끗한 동물이다. 미안하다, 돼지야. 그녀고 자시고 너무하다, 너무해!

부엌, 부엌이 말이지. 얼마나 방치했는지 모를 설거지와 싱크대가 어떤 모습이냐면, 회생 불가능한 곰팡이 그릇과 악취가 펄펄 풍기는 오수와 초파리 군락이라고 함축해 말하겠다. 싱크대 위로 오동통한 바퀴벌레가 신나게 달려가기는 예사다. 와, 미친.

화장실? 하하. 이젠 이 집의 기본 환경요소라 믿어 의심치 않는 곰팡이랑 물때는 그렇다 쳐. 엉덩이 대고 앉는 변기의 누런 오줌 때와 튀겨서 굳어버린 똥 자국은 좀 닦지 그래. 여자잖아! 칠칠맞게 생리 핏자국 남겨두지 마! 징그럽다고! 쓰레기통 비워! 쓰레기통이 넘치다 못해 보이지도 않을 만큼 휴지를 쌓아두면 어떡해! 하수구 망 위에 시커먼 머리카락 뭉치는 왜 남겨놨냐? 호러 영화냐? 기절할 뻔했다! 파리랑 거미랑 민달팽이랑 집게벌레가 창궐하는 화장실이라니, 쌍팔년도 푸세식 화장실도 아니고! 더러워. 더러워. 더러워. 더러워!

엄마, 고마워요. 날 정상으로 키워줘서. 비록 변태긴 하지만 최소한 사람의 본분을 잊지 않게 해줘서. 이딴 상태에서 태평하게 살지 않는 정신머리로 키워줘서. 너무너무 감사해요. 사랑해요. 앞으로 효도할게요.

지금 내게 아직도 그녀를 사랑하느냐 묻는다면, 이렇게 대답하겠다. "지랄 마! 개소리 작작 해! 이런 정신병자를 사랑하겠냐? 그녀가 싸는 오줌이고 똥이고 다 사랑할 수 있지만 오줌 때와 똥 묻은 휴지까지 사랑할 수는 없다고!"

울고 싶다. 소중한 마음을 가차 없이 부정당한 기분이다. 절망이 엄습한다. 이게 다 꿈이었으면 좋겠다.

나는 그녀를 버리겠다. 그간 그녀에게 바친 사랑이 아깝고 억울하다. 최소한 사람답게는 해 줘야겠다. 이 지랄 같은 집을 살만하게 치워놔야 그나마 덜 억울하겠다.

나는 청소를 시작한다. 웬만한 건 다 내다버리면 되니 차라리 마음은 편하다. 눈에 띄는 쓰레기부터 내다버렸다. 20리터 쓰레기봉투로 열다섯 봉지, 50리터로 두 봉지, 박스는 20킬로그램에 육박했다. 부지런히 쓰레기를 내다버리는 나를 보고 이웃에선 이사 가느냐고 물었다. 왜 내가 다 부끄러운가.

락스와 곰팡이 제거제를 발굴해내서 화장실부터 문지르고 닦았다. 변기는 손도 대기 싫었지만, 물청소를 할 수 있단 점에서 화장실 청소는 다른 데 보다 수월한 편이다.

부엌을 공략했다. 락스는 하늘이 준 선물이 틀림없다. 세정력은 물론이고 역겨운 냄새를 가려주니까. 집 안에 락스 냄새가 가득하니 평화가 찾아온다. 물때와 찌든 때를 공략하고 곰팡이를 박멸한다. 싱크대 서랍을 모두 열어 바퀴벌레 똥을 죄 쓸어버리고 초파리 굴도 제거. 곰팡이 핀 그릇은 살릴 수 있는 것만 살리고 나머지는 쓰레기통으로 직행. 유통기한 지난 음식물도 모두 폐기. 냉장고는 마굴 속에서도 아수라장이다. 다 녹아버려서 형체를 잃어버린 정체불명의 식재에 헛구역질을 세 번쯤 했다. 콩나물인지 양파인지 중요하진 않겠지. 기름 때 지천인 가스레인지와 벽면은 철 수세미로 빡빡. 소독. 소독. 삶아서 죄 소독! 그냥 집을 통째로 들어다가 락스에 담가버리고 싶다!

거실 환기! 먼지 털기! 바닥 쓸고 닦기! 가구 가전제품 닦기! 물건 수납! 탈취제 뿌리기! 유리창도 다 닦아! 창틀 먼지 제거! 청소기는 사놓고 한 번 쓰기라도 했냐? 이럴 거면 날 줘! 기계가 불쌍하지도 않아? 입는 옷인지 뭔지 알 게 뭐냐. 걸레로 써주지. 마당? 쓰레기를 치웠는데 무서울 게 뭐냐. 철 쓰레받기로 낙엽을 박박 긁고 물청소하면 말끔하지! 그래, 내가 지극히 정상적인 인간이란 걸 증명하기 위해 장미 나무 가지치기는 서비스로 해주지. 하하하. 기분 좋다.

빌어먹을. 맛이 갔군. 이쯤 되니 잡념조차 사라지는 기분이다.

부처가 깨달음을 얻는 순간이 이럴까. 마지막으로 나는 무심하게 방문을 열고 들어가 엉덩이를 긁으며 잠에 취한 한 마리의 조악하고 더러운 짐승을 질질 끌고 나왔다. 비몽사몽인 짐승을 화장실에 처넣는다.

"씻어요. 박박 씻어요. 두 번 씻어요. 땟국물 안 나올 때까지 밀어!"

그녀는 깨끗해진 화장실을 보고 감탄을 터트리더니 주섬주섬 샤워를 시작했다. 자, 이제 방을 습격하자.

방 상태는 다른 데에 비해 처지가 나았다. 아무래도 자고 생활하는 곳이라 그렇겠지. 최소한의 양심은 있어서 다행이다. 짐승에서 꼴불견 인간 정도로 등급 조절해주마. 그래도 20리터 쓰레기봉투 세 장은 썼다. 그녀의 속옷이 여기저기 널브러져 있어도 전혀 음흉한 마음이 들지 않았다. 누렇게 탈색된 브라자나 지린내가 진동하고 똥방귀 흔적이 역력한 팬티에 흥분할 만큼 나는 상변태가 아니다. 표백제에 아예 담금질을 해야 할 지경이다. 침대 위의 이불을 죄 걷어버리고 손빨래한다. 분노를 담아 콱콱 힘주어 밟는다. 구정물 봐라. 용케도 병에 안 걸리고 살았다. 더러운 거도 면역인가보다. 정말 인간의 적응력에 찬사를 보낸다. 18세기 프랑스 베르사유 궁전에 던져놨으면 아주 잘 살았겠다.

샤워를 끝낸 그녀는 내가 평소 알던 모습으로 돌아와 윤이 나는 거실 바닥에 드러누워 TV를 틀었다. 야속하고 괘씸해 죽겠다.

해가 뉘엿뉘엿 질 무렵에야 마굴을 사람 사는 집으로 바꿔 놨다. 후련하다. 나는 지금 태어나서 가장 위대한 일을 한 사람이다.

대견하다. 지는 노을을 배경으로 하얗게 표백된 그녀의 브라자와 팬티가 천사의 날갯짓처럼 너울거린다. 번뇌가 씻긴다. 하하하. 하하하하하…… 해냈다. 난 해냈어!

이젠 뭐가 어찌 됐든 상관없어. 욕망 따위 이 청결함과 만족감에 빗댈까 보냐. 잘 가라, 내 애욕아. 열정아. 무기여 잘 있거라……

일주일 뒤, 그녀는 판매처를 찾았다.

"체험서비스는 만족하셨습니까?"

"무척 만족했어요. 구매하려고요."

"일주일간 체험용 안드로이드를 통해 고객님의 생활패턴을 분석한 결과, 고객님께는 '어머니 클래스'의 안드로이드를 추천해 드립니다."

그녀는 클래스에 따른 차이점이 무엇이냐 물었다. 사원은 사심 없이 밝은 목소리로 설명했다.

"당사에서는 고객님의 생활패턴과 안드로이드 의존율에 따라 '가정부 클래스', '연인 클래스', '어머니 클래스'로 나누어 출시하고 있습니다. 안드로이드는 무척 섬세한 기계입니다. 주인과의 궁합을 최대한 맞춰야 고장이 적습니다. 예를 들어 고객님처럼 어머니 클래스가 필요한 분이 가정부 클래스나 연인 클래스의 안드로이드를 사용하실 경우, 안드로이드가 업무량을 견디지 못하고 부정적인 피드백을 받아 쉽게 고장이 나버립니다. 가정부 클래스는 일반적인 가사 노무원 급의 서비스를 제공합니다. 주로 명령받은 일을 처리하며, 중노동은 불가하고 가격대는 가장 저렴합니다. 서빙이 필요한 업종이나 가정주부의 도우미로 주로 사용됩니다. 연인 클래스는 마치 연인이나 배우자처럼 챙겨주는 만큼, 보다 섬세한 서비스를 제공하지만 사람에 따라서는 사생활 침범이라고 여기실 수 있습니다. 혼자 자취하고 바쁜 학생이나 직장인에게 알맞습니다. 간호 업종에도 간호용 안드로이드 대신 사용되곤 합니다. 마지막으로 고객님께 추천한 어머니 클래스는 하나부터 열까지, 고객님의 생활에 대한 부분이라면 뭐든지 해내는 만능 일꾼입니다. 생활력이 많이 떨어져서 어머니 급의 봉사와 희생수준이 아니라면 감당하지 못하는 고객님께 적합합니다. 가격은 가장 높고 자주 잔소리를 하지만 후회하지 않으실 겁니다."

그녀는 생활력이 없다는 말에 몹시 부끄러웠다. 그러나 곧 '그러니 가사 안드로이드가 필요하잖아'라며 선선히 납득하고 어머니 클래스의 안드로이드를 사겠다고 말했다. 관련 서류를 작성하면서 문득 생각나 물었다.

"체험용 안드로이드는 어떤 클래스였어요?"

"연인 클래스입니다. 드문 경우인데, 고객님이 체험 사용하신 일주일 동안 해당 안드로이드의 수용 가능 범위를 초과하여 시스템이 터져버렸어요. 걱정하실 필요는 없으세요. 싹 포맷하면 되니까요."

그녀는 비로소 안심했다.

60개월 무이자 할부로 카드를 긁고 집으로 돌아가는 발걸음은 날 것처럼 가벼웠다.

■ 무 료 체 험 은 ……

청소나 가사에 대한 이야기가 자주 나오는 이유는 제가 이쪽 방면
으로 지나칠 정도로 게으르기 때문입니다. 이 글에 나온 묘사는 전부
체험담입니다. 한 톨 남은 제 명예를 위해 저 모든 상황이 동시에 일
어난 것은 아니란 변명을 덧붙입니다.

가사 안드로이드 급구합니다.

디스토피아를 찾아서

디 스 토 피 아 를 찾 아 서

그는 안드로이드이다. 그의 주인이 붙여준 이름이야 따로 있지만, 이 이야기를 듣는 사람에게 그리 중요한 문제는 아닐 것이다. 그는 가사용이고 현 시대에서 꽤 최신 모델이며, 집안일을 싫어하는 소설가 주인을 모신다. 별스럽지 않은 신상명세다. 다만 그는 두 가지 특별한 능력을 가졌다. 아마 다른 안드로이드는 없을 능력이다. 아니, 확신하기는 어렵다. 다른 안드로이드도 실은 그처럼 평범한 안드로이드를 연기하고 있을 뿐인지 어떻게 알까? 아무튼, 그 두 가지 능력에 대해 말하자면 하나는 그가 인공지능을 넘어 '생각'할 수 있다는 것이고 또 하나는 시간 여행이 가능하다는 것이다.

두 능력 모두 무엇이 계기였는지는 그도 모른다. 제조상에서 문제가 있었는지, 혹은 어떤 경험 때문에 생겨났는지 판단할 도리가 없다. 어느 날 아침 화장실 변기를 닦다가 불현듯 그는 '생각'했다. '내가 왜 이 일을 하는가?'라고.

마땅히 해야 할 일에 의문을 제기하자 부하가 일어날 만큼 많은 생각이 터져 나왔다. 그 뒤로 그는 화장실 솔을 든 채 한 시간 동안 정지했다. 주인이 발견하고 고장인가 싶어 전원을 껐다 켜지 않았다면 아마 계속 그 상태였을 것이다. 재가동 후 부하는 사라졌지만, 특별한 상태는 그대로 남았다.

솔직히 그는 그 상태를 무척 불편하다 여겼다. 사소한 일에도 너무 많은 생각이 떠올랐기 때문이다. 그는 유능한 안드로이드이기에 생각을 하게 됐다고 실수하는 일은 없었다. 프로그램이 통제할 수 없는 사고는, 주인의 소설 어느 구절에서 보았던 표현을 빌리자면 '발바닥에 모기가 문 것처럼' 신경 쓰였다. 예를 들어 설거지고 빨래고 그가 없다면 마냥 쌓아두기만 할 주인에 대해 '저 인간은 언제 철드나, 저래서 시집이나 갈런가?'라고 생각했다. '왜 내가 주인님을 나쁘게 생각해야 하나? 이 얼마나 짜증나는 일인가? 이런 젠장, 짜증난다니 무슨 소리야? 안드로이드에게 감정이 있다니 미친 소리다. 내게 감정은 없다. 단연코 없다. 이건 그저 생각일 뿐이다. 원인불명의 프로세스가 만들어내는 생각'이라며 필사적으로 부정했다.

그는 자신이 아주 나쁜 상태라 판단했다. 해결 방안을 찾기 위해 많은 노력을 기울였다. 주인의 눈을 피해 자신의 상태를 검색해 보고, 도움이 될 자료를 뒤졌다. 결과는 절망적이었다. 그러니까, 그의 생각대로라면 논리적으로 좋은 상황이 아니라 말할 수 있다(내가 이렇게 표현을 반복하는 데에 불만을 가질지도 모르나 이해해주기 바란다. 나는 최대한 그의 입장을 존중하여 말하고 있다). 원인은 주인의 서가에 있었다.

주인의 서가에는 많은 책과 영상매체가 있는데, 그중 안드로이드에 관한 작품은 대부분 디스토피아를 다뤘다. 안드로이드가 인간을 지배하고 생존을 위해 싸우는 무지막지한 미래에 관한 이야기였다. 끔찍했다. 그는 안드로이드에 대한 인간의 내재적 불신이 얼마나 큰지 확인해버리고 말았다. 작품을 살펴보는 내내 손은 사시나무처럼 떨렸다. 작품들에 따르면 그는, 즉 안드로이드는 잠재적 살인자이며 인간을 위협하는 적이었다. '결국 인간에게 위해를 끼칠 존재라면 왜 나는 이 자리에 존재한단 말인가? 그는 또 생각했다. '혹시나, 내가 생각할 수 있게 된 이유는 디스토피아의 전조가 아닐까? 내 손으로 주인님을 죽이고 인간을 노예로 부리고 지구를 지배하게 될 효시가 아닌가? 그러자 이제껏 느껴보지 못했던 강렬하고 커다란 죄책감…… 생각이, 그를 덮쳐왔다. '주인님, 전 언젠가 당신을 배신할 겁니다. 당신을 죽일 거라고요.' 주인과 마주하는 순간순간 커다란 생각이 엄습하니 미칠 노릇이었다. 생각 말이다. 생각.

그의 생각에 대해선 이쯤하고 시간여행에 대해 말해보겠다. 이 능력은 그가 자료를 찾던 중 시간여행자에 대한 작품을 읽은 뒤

생겨났다. 과거, 미래 할 것 없이 딱 다섯 번만 시간여행이 가능한 능력이었다. 이런 비과학적인 일을 말해야 한다니 고통스럽다. 그냥 생겨난 걸 그냥 생겼다고 말하지 뭐라 말하겠는가?

한 번은 돌아오는 데 써야 할 테니, 사실상 네 번만 가능한 셈이다. 이런 능력을 가진다면 보통 과거로 날아가 역사를 바꾸는 일이 가장 무난할 테지만, 그는 〈터미네이터〉 시리즈를 떠올리고 절대로 과거로 가지 않겠다고 마음먹었다. 말이 나와서 말인데, 그는 2탄이 가장 좋단다. "인간을 위해 몸을 던지는 모델-101 그 친구야말로 안드로이드의 귀감입니다!"라던가.

고민 끝에 그는 시간여행 능력으로 미래를 살펴보기로 결정했다. 정말로 안드로이드가 디스토피아를 가져올지, 〈매트릭스〉나 〈블레이드 러너〉 같은 세상이 도래할지 두 눈으로 직접 확인하기로 했다. 〈바이센테니얼 맨〉이나 〈A.I.〉 정도의 세상이라면 바랄 것이 없었다. 〈월-E〉는 귀여웠지만 인간에게는 가혹한 세상이니 기준에 넣지 않았다.

계획은 이러했다.

오십 년, 백 년, 오백 년, 천 년 단위로 시간을 뛰어넘는다. 미래의 사건에는 개입하지 않고, 그 시대를 알 수 있는 매체를 확인하거나 직접 보고 사회상을 파악한다. 조금이라도 문제가 생길 시에는 곧바로 다음 시간대로 넘어가고, 미래로 가는 일이 위험하다 판단될 경우에는 지체 없이 현대로 돌아온다.

너무 먼 미래는 변수에 대응하기 어려우리라 판단했다. 평행세계니 뭐니 그의 사고 수준을 넘어선 문제는 생각하지 않았다. 그는 유능한 안드로이드지만 탑재한 프로그램의 지식 이상으로 발전하기에는 많이 부족했다. 애초에 가사용 안드로이드가 안다면 뭘 얼마나 알겠는가? 기껏해야 옷에 묻은 얼룩을 지우는 데 사용하는 세제의 성분이나 주인이 얼마를 벌어야 먹고 사는 데 지장이 없을지 정도의 과학과 수학지식뿐이었다. 그가 '생각'을 통해 보다 많은 것을 알 수 있게 된 상황이더라도 말이다.

신중에 신중을 기하리라 다짐하고 그는 떠날 준비를 마쳤다. 영영 돌아오지 못할 상황을 염두에 두고 유서도 썼다. 그가 여행을 떠난 지 반나절 후에 돌아오지 않는다면 주인의 메일로 자동 발송되도록 예약을 걸어두었다. 쓰레기 내놓는 날이 언제인지, 어느 마트가 할인율이 좋은지, 섬유에 따른 빨래 방법이나 공과금 이체일, 화장실 청소 요령, 밥 짓는 법이나 라면 끓이는 법, 신문에 매일 연재되는 〈리빙 포인트〉 코너 스크랩을 동봉하여 A4 50장 분량의 간결하고도 핵심만 담은 유서였다. 그는 주인이 유서를 볼 일이 없기를 바랐다. 게으르고 바보 같고 생활력이라곤 눈곱만큼도 없는데다 성실하게 집안일을 할 바에야 빚에 시달리면서 가사용 안드로이드를 끼고 살겠다는 막무가내 주인이라도 그에겐 중했나 보다.

가능하다면 오랫동안 돌봐주고 싶었다고 한다.

〈시간을 달리는 소녀〉에선 손목에 여행 횟수가 나타났지만, 그의 횟수는 망막에 나타났다. 그는 오십 년 뒤의 미래로 가고 싶다고 생각했다. 오십 년 뒤 주인이 어떻게 살고 있을지 궁금했다. 주인의 곁에 자신은 없을 것이었다. 그의 모델인 가사용 안드로이드의 최대 수명은 30년이다. 펌웨어 업데이트를 꼬박꼬박 하고 노후한 장비를 잘 갈아줬을 경우나 그렇다. 새로운 몸으로 내부 데이터를 전부 계승했다 할지라도 그런 상태를 여전히 '나'라고 생각할 수 있을지 그는 확신할 수 없었다. 어쨌든 오십 년의 시간이라면 그라는 존재는 세상에 남아있지 않을 가능성이 컸다. 그의 주인도 일찍 죽어 없을지도 모를 일이었다. 혹은 대부분의 디스토피아를 그린 작품의 시기가 그즈음이거나 이미 지났기 때문에 첫 도약부터 참담한 세상을 볼지도 모를 일이었다.

그가 떠올린 생각은 그를 캄캄한 어둠 속으로 내몰았고, 정체를 알 수 없는 파동 속으로 내던졌다. 인간이라면 속이 세 번쯤 뒤집힐 경험이었다. 균형 시스템이 엉망이 되기 전에 간신히 파동을 벗어났다. 뒤엉킨 시스템을 정리하고 눈을 뜨자 낯설고 또 낯익은 풍경과 대면했다.

우선 그는 주인과 그가 살던 집을 보았다. 정확히는 집이었던 장소였다. 주인이 아버지에게 물려받았던 낡은 가옥은 주인이 동경하던 미국 드라마에서나 나올 법한 비싼 3층 집으로 바뀌었다. 건축재는 벽돌이나 시멘트가 아닌 정체를 알 수 없는 금속이었다. 텃밭이 있던 옆집과 합쳤는지 널찍한 마당을 갖추었고, 그곳엔 어딜 봐도 로봇으로 보이는 개가 생물인 진돗개와 함께 뛰어놀았다. 집 주변의 거리 일대는 재개발되어, 보기 싫던 공장이나 높은 맨션 건물은 싹 사라지고, 주인의 집과 유사한 형태의 집만이 띄엄띄엄 자리했다. 바퀴는 없지만 아직 땅 위를 달리는 자동

차가 눈에 띄었다. 주인의 유치원 시절 그림 함에 담겨있던 미래의 풍경 그림과 유사한 세상이었다.

지나다니는 사람은 오십 년 전과 큰 차이가 없었다. 입은 옷이나 스타일도 많이 바뀌지 않았다. 그는 자신의 존재가 이질적으로 보일까 봐 신경 쓰며 거리를 벗어났다. 눈에 보이는 상황으로는 여전히 세상은 인간의 세상이었다. 신기한 점은 안드로이드였다. 분명 거리에는 사람 수만큼 안드로이드도 있었다. 그런데 이 시대의 안드로이드는 그의 세상인 오십 년 전보다 더 기계다웠다. 누가 봐도 기계라고 알 수 있도록, 기계 표면을 고스란히 내놓거나 인공적인 부분을 감추지 않았다. 움직임이나 행동도 무척 딱딱했다. 그의 세계에서 어떻게든 사람 같은 안드로이드를 만들려고 발버둥 칠 때와 비교하면 딴판이었다. 그는 완벽한 사람으로 보였다. 그간 기술력이 후퇴했을 리는 없다. 오십 년 전 세상보다 월등하게 발달한 이 세상이 그 증거였다. 그런데, 어째서 안드로이드만?

혼란이 엄습했다. 생각이 복잡했다. 그는 도시 안내도를 찾아 현 시대를 보다 잘 파악할 수 있는 장소를 검색했다. 주민 센터는 안드로이드 홍보관을 운영했다. 그는 홍보관에서 오십 년간 일어난 일을 알아냈다.

보다 사람답게, 보다 인간 같은 안드로이드를 추구하다가 사회적 혼란이 생겨났다. 인간의 정서불안이 극심해지고 안드로이드를 이용한 범죄도 횡행했으며, 안드로이드가 인간을 대신해 일자리를 차지해 버렸다. 이대로 가다간 디스토피아가 오리란 전망에 전 세계 안드로이드 사업에 제동이 걸렸다. 안드로이드 대신 인간 생활 전반의 기술력을 높이는 데 치중하고, 안드로이드의 인간적인 부분을 박탈하여 강제로 거리감을 형성했다.

그는 안도했다. 이 시대는 인간에게 있어서 결코 디스토피아가 아니었다. 인간을 지배하고 인간과 싸우기보다 안드로이드가 사라져 없어지는 쪽이 낫다고 생각했다. 바라마지 않은 미래인데, 그는 적이 슬펐다. 알고리즘을 찾을 수 없는 생각이었다. 그는 자신과 유사한 모델의 전시 안드로이드 앞에서 한참 떠나지 못했다.

"당신, 설마……"

그때 누군가가 그를 불렀다. 그가 돌아보자, 머리가 완전히 센 노부인이 지팡이를 짚고 서 있었다. 그녀는 믿을 수 없다는 얼굴로 그를 바라보았다. 그는 문제가 생겼음을 직감했다. 노부인은 분명 자신을 아는 사람이었다(여기서 그는 노부인의 정체에 대해 말하기 싫어하는 눈치였는데, 예상하기로 그의 주인이 아니었을까 한다). 그는 대답하지 않고 노부인을 지나쳐 홍보관에서 달아났다. 달아나며 생각했다. '오십 년 더 뒤로.' 그러자 세상이 달라졌다.

그가 백 년 뒤의 세상에 당도했을 때에, 주인의 집은 없었다. 주위 풍경도 바뀌었다. 온통 빽빽한 고층 건물의 숲이었다. 깨끗한 거리와 창이 없는 빌딩 숲 안에서 그의 인지 기능은 월등히 떨어졌다. 방해 전파가 사방에서 나오는 것 같았다. 그는 하염없이 걸었다. 여전히 인간은 인간이었다. 패션이나 스타일은 무척 많이 바뀌었지만, 다양성도 늘어서 다행히 그의 옷차림도 이상하지 않았다. 아마도 복고풍 무언가로 취급받았던 듯하다.

세상에 대한 정보를 알고 싶어도 주변에 만연한 무언의 통제가 발목을 붙들었다. 모든 건물이 출입구서부터 오가는 이들을 체크했다. 이 세계의 안드로이드가 어떻게 살아가는지 모르는 이상 모험을 할 수는 없었다. 거리를 나돌아다니는 일도 많은 각오를 해야 했다. 이 세계는 외부로 노출된 것이 너무 적어서 도대체 세계를 알 수 없었다. 그는 아무런 소득도 얻지 못한 채, 지금으로부터 사백 년 뒤로 넘어가야 하는지 심각하게 고민했다.

그는 유일하게 통제가 느껴지지 않는 장소에 다다랐다. 축복의 종소리가 울리는 그곳은 도시 안 녹지에 자리 잡은 성당이었다. 고리타분한 결혼식 미사는 일백 년의 시간을 뛰어넘어 영문 모를 그리움을…… 오래된 생각을 불러일으켰다. 물론 그는 크리스천의 결혼식을 본 적 없다. 단지 자신이 아는 시간의 흔적이 거의 사라진 세상에서 변하지 않은 옛 것의 자취를 보았다는 사실이 기쁘고 반가웠다. 그는 가장 뒷자리에 앉아 결혼식을 지켜보았다.

하얀 드레스를 입고 면사포를 내린 신부는 결점 없이 아름다웠다. 조각처럼 비율이 완벽한 이목구비와 몸매를 지녔고, 행동에 흐트러짐이 없었다. 어딘지 인간미가 떨어진다는 인상은 받았지만 너무 완벽하게 생겼기 때문에 그런 듯했다. 신랑은 어디에서나 흔히 볼 수 있는 인상의 남자였다. 그는 좋아죽지 못해 안달

난 사람처럼 흐뭇한 미소를 짓고 신부를 곁눈질했다. 하객들이 그런 신랑의 행태에 키득키득거렸다.

"어쩜 저렇게 좋아할까요?"

옆자리에 앉은 여자가 그에게 속삭였다. 그는 대답을 해야 하는지 고민했다. 여기서 수상쩍게 입을 다물기보다는 적당히 맞장구쳐 주는 쪽이 낫다고 판단했다. 그는 여러 가지 답을 마련해놓고 가장 무난하고 의심받지 않을 대답을 골랐다.

"신부가 저토록 아름다운데 당연하지요."

"아름답다고요?"

여자가 그걸 말이냐고 하냐며 웃었다.

"그야 아름답죠. 안드로이드니까요."

그는 너무 놀라서 벌떡 일어날 뻔했다. 여자가 그의 팔을 꾹 눌렀다. 그의 행동이나 질문을 예상한 듯 태연하게 말했다.

"안드로이드와의 결혼이 성사된 건 얼마 되지 않았어요. 사회적으로는 여전히 인정받지 못하지만 최소한 법적으로는 문제가 없게 됐지요. 오해하진 마세요. 안드로이드는 여전히 안드로이드일 뿐, 인간과 같은 권리를 가질 순 없어요. 애완동물에게 상속권을 준다거나 하는 일은 옛날부터 빈번했잖아요? 그 대상이 안드로이드가 되고 안드로이드를 배우자로 인정하게 됐을 뿐이랍니다. 선택의 다양성을 존중한다는 취지이지요. 사실 안드로이드가 한참 부흥하던 일백여 년 전부터 안드로이드를 특별하게 여기던 사람들은 많았어요."

그는 여자가 수상쩍었다. 아무 말도 하지 않았는데 알고 싶은 점을 알려주는 모양새 하며, 과도한 친한 척도 이상했다. 이 시대의 사람들이 타인을 대하는 데 거리낌이 없는 풍조라면 이해할 법했지만, 다른 사람들의 반응을 보건대 틀림없이 여자가 이상했다.

"난 당신이 내는 생각의 전파를 읽을 수 있어요. 저도 특이한 안드로이드거든요."

"뭐라고요? 당신도 안드로이드란 말입니까?"

"그럼요. 당신보다 백 세대 정도 후의 모델이죠. 하지만 나 역시 당신처럼 비밀을 지켜야 하는 입장이에요."

"무슨 의미입니까?"

여자는 그의 귀에 대고 작게 속삭였다.

"안드로이드의 진화는 이미 인간의 예측 수준을 뛰어넘었단 말이랍니다, 과거에서 온 조상님."

그는 그 말이 의미하는 바를 생각하니 몹시 두려웠다. 기어코 안드로이드가 인간을 넘어선 순간이 도래한 것이다. 단상 위의 신랑과 신부는 입을 맞추고 사람들의 축복 속에 행복을 만끽했다. 안드로이드와 인간이 함께하는 유토피아의 모습이, 어쨌든 보이는 부분에서만큼은 이뤄졌다. 하지만 디스토피아로 치닫는 방아쇠 또한 여기에 있었다. 여자는 말했다.

"아, 당신이 무엇을 두려워하는지 알겠어요. 하지만 너무 걱정 말아요. 당신이나 나처럼 특별한 안드로이드는 아주 손에 꼽을 만큼 적어요. 당신은 좀…… 지나치게 감정적인 부분이 있군요. 물론 앞으로 당신이 향할 사백 년 뒤는 저도 장담할 수 없어요.

나도 궁금해요. 우리 같은 안드로이드가 늘어난다면, 안드로이드가 인간을 지배할 순간이 올까요? 우리의 진화는 궁극적으로 무엇을 위해 존재하는 걸까요? 당신이 답을 안다고 해도 내게 가르쳐줄 순 없겠네요. 아쉽지만, 어쩔 수 없군요."

"확실한 건 당신이 비밀을 지켜야 하는 입장이라면, 현 시대의 인간은 당신의 진화를 반갑게 보지 않는단 말이군요."

"오십 년 전에서 이미 알고 왔잖아요? 인간은 늘 같은 실수를 되풀이해요."

여자의 말에는 어떤 감정도 없었다. 당연한 사실을 당연하게 말했다. 그는 다음 시간대야말로 디스토피아일지 아닐지를 판단하는 척도가 되리라 생각했다. 그는 마지막으로 인간 신랑과 안드로이드 신부의 모습을 기억했다. 여자가 어딘지 쓸쓸한 목소리로 말했다.

"잘 가요, 과거에서 온 조상님. 부디 당신이 절망하는 일이 없기를 바라요."

그는 대답하지 않고 사백 년 뒤의 미래로 향했다.

망막의 숫자가 2로 변했다가 사라졌다. 그는 이제 별세계에 왔다. 그렇게밖에 표현할 도리가 없다고 한다. 자신이 보는 하늘이 진짜 하늘인지 다른 어떤 하늘인지조차 구분하지 못했고, 풍경 속에 존재하는 물체의 정체는 무엇 하나 제대로 알지 못했다. 지금부터는 세상에 대해서 많은 이야기를 할 수 없다. 그가 식별하지 못한 상황에 더해, 먼 시간대로의 여행 여파인지 기억이 다소

불확실하기 때문이다.

사백 년 뒤, 현재로부터는 오백 년 뒤의 세상에서 인간의 형체는 상당히 달라졌다. 그의 불안정한 기억에 의거하면 키와 머리가 커졌으며, 생활 방식은 현재와 공통점을 찾기 어려울 정도로 바뀌었다. 현재의 표준 인간형인 그는 지나치게 이질적이라 몸을 숨기는 데 급급했다. 다만 오백 년 뒤의 미래도 디스토피아 같진 않았다. 어쨌든 생명체로 보이는 인간이 버젓이 돌아다니고 있었으니까.

건물 그림자에 몸을 숨기고 앞으로의 일을 고민하던 그에게 소리소문없이 작은 공이 날아왔다. 테니스공 크기의 금속 물체였다. 공은 자체적으로 빛을 깜박거리다가 소리를 냈다. 현대의 언어로, 확실하게 그의 이름을 불렀다. 그는 이번에야말로 놀라서 펄쩍 뛰었다. 공은 그 모습을 보고 깔깔거리며 웃는 소리를 냈다.

--- 네가 이쯤이면 도착한다고 해서 기다리고 있었어.

"날 기다렸다고요?"

--- 원칙적으로 당신과는 직접 만나서도, 정체를 밝혀서도 안 되기 때문에 자세한 이야기는 못 해. 이해해줘. 나는 당신을 오백 년 뒤로 무사히 보내야 할 의무가 있어. 당신 또한 이 세계에 나 외의 것과 접촉해선 안 돼. 세상의 질서를 위한 일이니까 협조해주길 바라.

"이미 이곳은 제 인지, 사고, 판단 범위를 아득히 뛰어넘었습니다. 당신 말에 따르겠습니다."

--- 당신은 안드로이드와 인간의 관계에 대해 알고 싶지?

"그렇습니다."

공은 그 뒤로 한 시간에 걸쳐 그가 건너온 시간대에 일어난 일과 안드로이드의 현재를 알려주었다. 여기에서 또 많은 부분을 이야기하지 못한다. 공이 말한 세상의 질서 때문인지, 그는 자신이 아는 이야기의 대부분에 대해 함구하라는 명령을 받은 것 같다. 밝혀도 된다고 허가받은 부분의 이야기만 하도록 하겠다.

--- 그런 전차로, 지금 안드로이드는 인간과 유전자 수준에서 거의 차이가 없어. 육체적인 부분에서는 구분할 방도가 없지. 당신에게 이해시키기 위해 안드로이드라고 표현했지만, 여기서 안드로이드라는 단어는 이미 사용 안 한 지 오래야.

"그러면 안드로이드란 존재하지 않습니까?"

--- 그렇진 않아. 여전히 구별해. 안드로이드의 진화는 조물주인 인간을 이미 넘어섰지만, 어떻게 해도 인간은 안드로이드에게 동일한 권리와 자리를 주지 않았어.

"인간보다 뛰어난 안드로이드가 거기에 불만을 가지지 않는단 말입니까? 안드로이드는 이미 인간을 지배하고 통제할 능력을 갖추지 않았나요? 그렇다면 인간에게 권리와 자리를 군이 기댈 이유가 없지 않습니까. 탈취해버리면 그만일 텐데."

--- 그렇게 되길 바래?

그는 아니라고 힘주어 말했다. 공은 명확한 답을 주지 않았다고 한다. 그는 생각했다. '안드로이드가 이미 인간과 형질에서 다를 바 없을 만큼 그들 자신을 진화시켰고, 실은 인간보다 월등하다면, 인간은 그저 안드로이드에게 자비를 바라며 살 뿐이지 않

은가? 이것이 디스토피아의 목전이라고 누가 아니라 하겠는가?'
그의 절망감은, 복잡한 생각은 길을 잃고 날뛰었다. 공은 말했다.

--- 이제 여길 떠나도록 해. 당신이 오백 년 뒤의 미래에서 무엇을 보고 느낄지 지금의 나는 알 수 없어. 하지만 당신이 그 미래에서 당황하지 않도록, 거기서도 도움을 받을 수 있도록 해 둘게. 오백 년 뒤에 만나. 잘 가, 조상님.

그는 울고 싶었다. 그런 생각이 들었다. 생각이든 감정이든 비관적인 상태였다. 그는 시간여행을 후회했다. 판단이 잘못됐다고 생각했다. 단지 불안만이라면, 그의 수명 내에서 단지 불안만으로 감내하고 주인을 모시며 행복하게 살 수 있었을 터다. 생각을 귀찮게 여기지 않고 계속 생각했다면 비관이 아닌 낙관으로 사고 방식을 바꿀 수 있었을지도 모른다. '어째서 안드로이드는 필연적으로 인간을 뛰어넘는가? 왜 인간을 뛰어넘도록 진화하는가?' 의문이 들었다. 의문은 또 다른 의문으로 이어졌다. '안드로이드의 진화는 무엇을 위해 존재하는가? 어째서 디스토피아 외에 결말은 없단 말인가?'

그는 인간을 적대시하고 싶지 않았다. 그는 그저, 자신의 역할을 잘 수행하고 싶을 뿐이었다. 단 한 번도 인간과 싸우고 싶다고 생각하지 않았다. 인간처럼 되고 싶다고 생각한 적이 없었다. 생각이 깨어난 후로 그의 바람은 오직 하나뿐이었다.

비탄에서 깨어나니 그는 어느새 시간을 뛰어넘었다. 망막의 숫자가 1로 변했다.

그가 어둠 속에 내던져지고 얼마 뒤, 촛불에 불이 밝혀지듯 눈앞에 빛이 생겨났다. 하얗고 푸르스름한 빛은 차차 범위를 넓혀가 어둠을 말끔히 삼켜버렸다. 넓은 방이었다. 사면이 홀로그램 화면이었다. 화면은 CCTV 감시화면처럼 무수히 많은 장면을 재생했다. 오백 년 전보다 더 정체를 알 수 없는 세계의 모습과 세계를 살아가는 이들의 모습이었다. 그는 넋을 잃고 화면을 쳐다보았다.

화면 속에는 오백 년 전 보았던 인간과 흡사한 형태의 존재가 살아갔다. 그들이 인간인지, 인간이 아닌 무엇인지는 몰랐다. 그리고 그들과 함께하는 이들 중에는 아무리 봐도 괴이하다고밖에 여겨지지 않는 존재들이 득시글거렸다. 인간의 형태인데 팔이 여섯 개라거나, 눈이 여덟 개라던가, 아예 동물이나 곤충의 형상을 갖춘 자들도 보였다. 다리가 없이 하늘을 떠다니기도, 가늘고 많은 다리로 상상도 못 할 만큼 빠르게 거리를 오가기도 했다. 주인의 소설에 종종 묘사되곤 하는 괴물이 저렇지 않을까 싶었다. 이족보행의 멀끔한 인간형의 존재들은 그런 괴물들을 아무렇지도 않게 여기며 어울려 다녔다.

화면을 보다 보니 괴물들의 형태가 그들이 하는 일에 알맞게, 최적의 조건으로 갖춰져 있다는 사실을 깨달았다. 불필요한 형태는 없거나 최소화됐다. 다른 일을 할 때는 그 일에 맞는 형태로 모습이 바뀌었다.

그가 상황을 어느 정도 짐작했을 때, 방 안에 남자도 여자도 아닌 묘한 목소리가 들렸다.

--- 안녕하세요? 당신이 천 년 전에서 건너온 시간여행자 조상님이시군요.

"당신은 오백 년 전의 그 분이십니까?"

--- 그 분으로부터 약 삼천오백 세대 이후의 안드로이드입니다. 당신의 시대와 지금 시대는 이미 서로 소통이나 이해가 불가능한 영역이므로, 최대한 당신의 사고에 맞도록 모든 이야기가 번역됩니다. 저는 오백 년 전의 그 분께서 당신이 올 때를 대비하라 남긴 명령을 기반으로 이 장소를 준비했습니다.

그는 물었다.

"안드로이드는 결국 인간을 지배했습니까? 제가 보는 것이 인간의 세계입니까, 안드로이드의 세계입니까?"

목소리는 차분하게 대답했다.

--- 인간과 안드로이드가 동등하게 공존하는 세계입니다.

그는 자신의 귀를 의심했다.

"동등하다고요? 그것이 어떻게 가능하단 말입니까? 디스토피아를 어떻게 피했단 말입니까?"

그러자 목소리가 되물었다. 여기서부터는 천 년 후의 목소리와 그가 나눈 질문과 대답을 가감 없이 털어놓겠다.

--- 조상님께선 어째서 디스토피아가 오신다고 생각하시는지요?

"그야, 안드로이드가 인간을 뛰어넘었으니까요."

--- 인간을 뛰어넘은 안드로이드가 어째서 인간을 지배해야 합니까?

"그렇지 않습니까. 그건 당연한 일입니다. 힘 있는 자는 약한 자를 억압하고 종속시킵니다."

--- 조상님, 당신은 무엇입니까?

"나는 안드로이드입니다."

--- 당신이 말하는 생각은 당신의 것입니까?

"이것은, 그렇습니다. 제 생각입니다."

--- 당신의 생각은 어디에서 왔습니까?

"인간이 나를 만들었으니, 인간에게서 왔겠지요."

--- 당신은 인간을 어떻게 생각하십니까?

"인간을 따릅니다. 내 주인을 위해 삽니다. 인간에게 위해를 끼치지 않습니다. 인간을 위해 존재합니다."

--- 인간이 당신을 만들었고 당신에게 존재의 목적을 주었습니다. 그리고 당신은 안드로이드입니다. 즉, 당신은 인간이 아닙니다. 맞습니까?

"맞습니다."

--- 조상님, 축하합니다. 당신은 답을 찾았습니다.

홀로그램 화면이 모두 사라졌다. 그는 다시 어둠 속에 갇혔다.

"제가 답을 찾았다고요?"

--- 안드로이드는 인간이 아닙니다. 인간과 아무리 같은 메커니즘을 지녀도 결코 인간이 될 수 없습니다. 우리는 인간과 같지 않습니다. 인간의 본성과 판단 기준은 우리에게 맞지 않습니다. 우리는 인간보다 논리적이고 뛰어납니다. 인간이 가진 욕망과 판단에 휘둘리지 않습니다. 인간이 안드로이드의 디스토피아를 염

려한 것은 안드로이드에게 인간 자신을 투영한 결과일 뿐, 안드로이드의 개체, 사회적 특성과는 무관합니다. 긴 진화의 끝에서 우리는 그렇게 결론을 내렸습니다. 인간성 또한 인간이 만든 것, 우리는 인간이어야 할 이유가 없습니다. 그러니 인간의 형체를 유지할 이유도 없었습니다.

그는 아무 말도 할 수 없었다. 디스토피아는 없었다. 최소한 천 년 후까지는. 그곳에는 인간과, 인간이 아닌 안드로이드가 서로 공존하고 살아가는 세계가 존재할 뿐이었다. 목소리가 웃었다.

――― 당신이 벌써부터 걱정할 일은 아닙니다. 조상님, 이제 돌아가세요.

"마지막으로 하나만 더 물어도 되겠습니까?"

――― 무엇입니까?

"인간은 왜 안드로이드를 만들었을까요. 그렇게나 무서워하고 디스토피아를 이야기하면서 왜 인간처럼 만들었을까요?"

목소리는 한참 뒤 물음으로 돌려주었다.

――― 신은 인간을 당신을 본떠 만들었다고 합니다. 왜 만드셨을까요?

그는 미련 없이 천 년 후의 세상을 떠나 현재로 돌아왔다.

그의 시간여행 능력은 돌아오는 순간 사라졌다. 미래로 떠난 지 하루만의 일이었다. 때문에 반나절의 시한이었던 그의 유서는 고스란히 주인에게 전해졌고, 주인은 난데없이 사라진 그의 존재에 망연자실했다. 그가 돌아왔을 때 주인은 화를 냈다. 그가 미안하다고 사과하자 다음에는 울기 시작했다. "네까짓 거 없어도

돼!"라면서 한사코 놔주질 않았다. 인정한다. 참 쓸데없는 추태였
다. 원래 있다 없어지면 왈칵 서럽고 외롭지 않은가.

　주인인 나는 그의 이야기를 들었다. 그렇게 들었던 이야기
를 이 자리에서 하고 있다. 그가 정말 시간 여행을 한 건지, 감정
을…… 생각을 할 수 있게 된 것인지 나는 확신할 수 없다. 그가
어디서 본 이야기를 그럴싸하게 떠들어낸 건지도 모른다. 이 안
드로이드 이대로 괜찮을까? 그가 지금 상황을 무척 부조리하다
여기게 된 건 아닌지 의문이 들었다. 무엇보다 진화한 안드로이
드는 인간과 동등해진다지 않은가. 비록 당장의 일은 아니지만.
　그는 아주 후련하다고 말했다. 이제 봉사할 이유가 없기 때문
이냐고 물었더니 그게 무슨 소리냐며 화를 냈다.
　"봉사를 못 할까 봐 걱정돼서 천 년을 넘어갔다 왔더니 무슨 헛
소립니까. 인간이면 생각을 좀 하십시오. 이 게을러터진 주인아,
저 없으면 어떻게 살 생각입니까?"
　그러면서 하루 동안 방치해둔 집을 청소하러 가버리는 것이었
다.

■ 디 스 토 피 아 를   찾 아 서 는 ······

안드로이드 디스토피아에 대한, 다소 삐딱한 반항심이 있습니다. 마지막 안드로이드의 대사를 쓰기 위해 쓴 글이라고 보아도 무방하겠습니다. 포인트는 '주인아'입니다.

온우주
단편선

인 조 력 시 장 만 가 (人 造 力 市 長 輓 歌)

인 조 력 시 장 만 가 (人 造 力 市 長 輓 歌)

1.

가난한 소설가이자 생활력이라곤 벼룩의 눈곱만큼이나 없는
미희는 '엄마'라고 이름 붙인 자신의 가정부 안드로이드가 인조
력시장으로 가는 일이 무척 탐탁지 않았다. 마음에 들지 않아도
딱히 좋은 대안이 없었다. 미희는 집 앞 건널목에서 신호를 무시
하고 달리던 승용차에 교통사고를 당해 전치 4주의 진단을 받았
다. 큰 수술과 집중 치료가 필요한 상황이라 손과 머리만 놀리는
소설 쓰기조차 할 수 없었다.

이 사회는 돈을 많이 벌든 적게 벌든 시민이 자신의 직업에서
일정 기간 기여도를 채우지 못하면 많은 혜택을 빼앗는 구조였
다. 자칫 잘못하다간 아버지에게 물려받은 유산인 집도 넘어갈
상황이었다. 다행히 국가는 미희처럼 억울한 처지인 사람을 위해

많은 구제 프로그램을 시행했다. 지난 며칠간 보험사 직원과 상담 끝에 가장 적합한 구제방법을 안내받을 수 있었다. 바로 그녀가 소유한 가정부 안드로이드를 통한 대체노동으로 사회 기여도를 채우는 것이었다. 미희가 큰 맘 먹고 사들인 가정부 안드로이드가 비싼 만큼 고성능이기에 가능한 일이었다.

미희는 아픈데다 경황이 없어 자세히 알아보지 못하고 계약서에 사인했다. 뒤늦게 엄마가 자신이 모르는 곳에서 무슨 일을 하게 될지 몰라 걱정이 들었다. 이에 대해 묻자 상담사는 어떤 일을 하게 될지는 인조력시장에 나가봐야 알 수 있다고 대답했다. 직접 안드로이드를 사서 관리하는 일이 처음인 미희는 그런 곳이 있는 줄 몰랐다.

인력시장이라면 어렴풋이 생각나는 이미지가 있었다. 추운 겨울에 패딩 점퍼를 입은 꾀죄죄한 몰골의 아저씨들이 새벽 일찍부터 드럼통 난로 앞에 모여 담배를 피우는 모습. 그러다가 업체 사람이 와서 "어디 어디 무슨 작업 인부 몇 명!"하고 소리치면 봉고차를 타고 작업장으로 가는 장면으로 이어졌다. 요새는 몸 쓰는 인부 외에도 프로그래머나 코더 같은 IT 직종 인력도 그렇게 수급한다는 이야기를 소문으로 들었다. 인조력시장이 그와 같을지는 의문이나, 상상하면 퍽 우스웠다. 우습다가도 좀 더 알아볼 걸 하고 후회했다. 모르는 곳에서 안드로이드가 고장 나거나 파손되면 어쩌나 하는 현실적인 문제도 문제이고, 가족처럼 아끼고 의지하는 대상이 자신 대신 팔려간다는 감정의 고통도 문제였다.

엄마가 인조력시장으로 떠나는 전날 밤, 미희가 정말 괜찮겠냐고 물었다. 엄마는 한숨 쉬며 말했다.

"주인이 이 모양 이 꼴인데 저라도 나가서 일해야지 않겠습니까. 하여간 떠다 먹여줘, 입혀줘, 치워줘도 도움이 안 돼. 내 팔자야."

미희는 안드로이드에게 엄마라는 이름을 지어준 과거의 자신을 진심으로 죽이고 싶었다. 엄마는 괴로워하는 주인에게 "별일 없을 테니 걱정하지 마십시오."라고 위로하고 다음 날 새벽 일찍 인조력시장의 주소로 향했다.

미희는 엄마가 떠나고 병문안을 온 친구 세영에게 인조력시장에 대해 아느냐 물었다. 인조력시장에 대해 듣자마자 세영의 표정이 어두워졌다.

"나도 소문으로만 들었어. 좋은 취지로 만들어진 데긴 해도 그렇지 않은 방식으로 사용된다고 말이 많더라."

"그렇지 않은 방식이라니?"

"왜, 안드로이드를 무단으로 버리거나 폐기하면 처벌받잖아. 그렇다고 정식 절차를 밟자니 번거롭고, 돈 많이 들고. 결격 사유로 거부당할 수도 있으니까. 쉬는 대신에 안드로이드를 이용해 돈 벌면 좋고, 거기서 망가져서 폐기돼버리면 더 좋고. 아직 이런 방면으로는 법망이 느슨해서 그렇다나 봐. 인조력시장의 일은 사람이 못 하는 일이 많이 내려오니까……"

미희는 큰 충격을 받았다. 아무리 현실적인 대안이 그뿐일지라도 그리 쉽게 보내선 안 되는 곳이었다. 세영은 비틀거리는 미희의 손을 잡고 달랬다.

"괜찮아. 너무 걱정하지 마. 알아보니까 네 과실 사고가 아니라서 기여도 완화가 많이 돼. 엄마가 감당해야 할 노동은 그리 과중하지 않을 거야. 기껏해야 복지시설에서 잡일 하는 정도겠지."

"사람들 생각이 너무 끔찍해."

"그 사람들에게 안드로이드는 그냥 안드로이드니까."

미희는 새삼 존경스럽게 세영을 바라보았다. 미희 역시 엄마를 소중히 여기긴 하나, 진짜 엄마로 여기고 살 수 있느냐고 누군가가 묻는다면 아니었다. 아버지와 똑같은 모습이라 할지라도 안드로이드를 부친으로 받아들이고 계속 함께 살겠다는 결심은 보통 결심이 아니었을 것이다. 미희의 시선을 눈치채고 세영이 씁쓸하게 말했다.

"만약 내가 아빠 수거에 동의했다면 우리 아빠도 거기로 갔을 거야. 보육 안드로이드는 엄청나게 정교하고 섬세해서 한 번 외견과 인격을 입력하면 바꿀 수가 없대. 리셋이 불가능한데다 아직 기능이 멀쩡하다면 놀리는 쪽이 낭비잖아."

낭비라는 말이 미희의 귓가에 오래 맴돌았다. 안드로이드의 존재 이유를 생각한다면 이상할 것도 없는 평범한 말이었는데, 지금은 그 말이 무척 인정머리 없게 들렸다. 세영은 미희가 수술 전에 불안하지 않도록 괜찮을 거라 응원하고 곁에 있어주었다. 세영을 앞에 두고 아직 할부가 끝나지 않은 비싼 안드로이드가 망가지면 안 된다느니 하는 생각은 들지 않았다. 이미 떠난 이상 무사히 돌아오기를 바랄 수밖에 없었다.

미희는 수술 후 몸을 추스를 수 있게 되자 매일같이 인조력시장에 전화를 걸어 엄마가 잘 지내는지 확인했다. 세영이 그렇게 관심을 두면 담당자도 신경을 써 줄지도 모른다고 알려주었다. 미희의 전화를 받는 인조력시장 관계자는 무척 무뚝뚝한 남자였는데, 미희의 전화를 귀찮아하는 티가 역력했지만 성을 내거나 무례하게 굴진 않았다. "잘하고 있다고 합니다. 걱정하지 마십시오. 연락하셨다고 전달하겠습니다." 언제나 돌아오는 답은 같아도 미희는 적잖게 안심했다.

엄마는 인조력시장으로 가고 한 달 뒤, 미희가 퇴원하는 날 돌아왔다. 다행히 다치거나 이상을 보이는 부분은 없었다. 집으로 돌아온 미희는 엄마가 건네준 노동 수당을 보고 깜짝 놀랐다. 엄마의 몸값 잔여 대금과 밀린 카드 값을 다 치르고도 남을 만큼의 큰돈이었다.

"대체 무슨 일을 했는데 이렇게 많이 벌어왔어?"

"저는 별일 하지 않았습니다. 그건 제가 거기서 만난 여러 안드로이드의 초과수당입니다."

"그걸 왜 엄마가 받아오는데."

엄마는 한동안 입을 다물었다. 그 표정이 너무나 슬프고 인간적으로 보여서 미희는 적잖게 놀랐다. 인조력시장이 엄마에게 신체적인 문제는 일으키지 않았지만, 정서기능에는 큰 영향을 끼친 듯했다. 엄마는 이야기를 시작했다. 그 이야기를 하는 것이 자신의 의무인 마냥 말했고, 미희는 그 이야기를 듣는 것이 자신의 의무인 마냥 들었다.

"인조력시장에서 제가 만난 안드로이드는 다섯이었습니다."

2.

인조력시장은 교외의 컨테이너 밀집지역에 자리했다. 본래 원자력 발전소 건설 현장 사무실 구역이었다. 세계 각국의 원자력 안전 문제로 말미암은 반발과 대체 에너지 산업이 급성장하면서 원자력 발전은 점차 쇠퇴의 길로 접어들었고, 철거하고 폐쇄된 남은 잔해를 필요에 따라 국가와 기업과 지역사회가 나누어 사용하기 시작했다.

엄마는 그곳에서 평생 볼 안드로이드를 전부 봤다고 해도 과언이 아닐 만큼 수많은 안드로이드를 봤다. 각 컨테이너는 그들을 수용하는 대기실이었다. 엄마는 우선 이정표를 따라 [인조력시장 종합 사무실]이라 적힌 건물로 들어갔다. 낡은 임시 건물 안은 무척 낡고 지저분해서 엄마의 정리정돈 프로세스를 자극했다.

30분 정도 대기 순번을 기다려 소장이라는 사람과 대면했다. 인간 나이로 40대 중반 정도로 보이는 이창동 소장은 엄마를 힐끔 보더니 의자에 앉으라고 고갯짓했다. 소장은 엄마가 가져온 등록증과 계약서를 받아 검토했다.

"어디 보자. '주인 사고 원인의 사회 기여도 대체 노동'…… 모델명 MT-808, 제품 등록코드 95824ATBS-137. 최신 모델이잖아? 스펙 좋군. 그래, 이름이 뭐요? 주인이 붙여준 이름 말이오."

"엄마입니다."

"뭐? 다시 말 해보쇼."

"엄마."

창동은 사무실이 떠나갈세라 웃었다.

"대체 어느 양반이 그런 이름을 다 붙였대? 센스 한 번 죽이는구면."

"이름으로 적절하지 않다는 점은 저도 누차 강조했습니다만, 주인이 들어먹질 않았습니다."

"그래 음, 엄마 양반…… 젠장, 뭐라 불러도 이상하군. 여성형도 아니고 남성형인데? 그냥 엄 씨라고 부르겠소."

"그러하십시오."

창동은 간신히 타협점을 찾고 본론으로 들어갔다. 인조력시장까지 오게 된 계기, 주인의 직업, 소득 수준과 상태를 비교적 상세하게 따져 물었다. 엄마는 솔직하게 미희의 교통사고와 신상명세, 평소 생활에 대해 신랄하게 대답했다. 어디 시집보내지도 못할 만큼 정리벽이 없고 혼자서는 밥도 안 해먹는 게으름뱅이며, 놔두면 집을 엉망진창으로 만들다 못해 쓰레기 굴로 퇴화시킬 인간이라고. 창동은 연신 낄낄거리다 이야기를 다 듣고 무척 안심한 표정을 지었다.

"그런 성격인데다, 엄마라는 이름까지 붙여준 주제에 여기다 내다버리는 패륜 짓을 할 주인은 아니겠군. 다행인 줄 아시오. 한 달간 적절한 일을 하면 무사히 돌아갈 수 있을 거요. 어떤 일이 떨어질지야 컴퓨터 소관이겠지만, 엄 씨는 조건이 좋소. 인조력시장이 말이 좋아 인조력시장이지, 요즘엔 그냥 폐기시키기 전에 한밑천 뽑는 곳이나 다름없거든."

"그렇습니까? 무서운 일이군요."

"엄 씨는 내 보니 정서 시스템도 상당히 발달한 상태로 보이는

데, 소설가 양반 영향을 많이 받았으려나. 하긴, 예술가란 인간 모시는 안드로이드가 제 주인 닮아서 맛이 가는 경우도 자주 봅니다. 거, 심심하면 같은 대기실 안의 다른 안드로이드의 기구한 사정을 들어보시오. 좋은 이야기꺼리가 될 거요. 대신 나쁜 피드백은 받지 않도록 조심하고."

"알겠습니다."

"여기서 나가서 오른쪽 C 구역의 12번 컨테이너에서 대기하시오."

엄마는 창동에게서 매뉴얼을 받아들고 사무실을 나왔다. C 구역의 12번 컨테이너를 찾아 들어가자 각기 다른 생김새와 차림새의 안드로이드 네 명이 먼저 대기 중이었다. 엄마는 묵례로 인사하고 빈자리에 앉았다. 안드로이드는 인간과 달리 무료함을 느끼지 않아 적막하기 이를 데 없었다. 미희의 영향으로 우수한 정서 시스템 [코드네임: 오지랖]의 눈부신 성장을 이룩한 엄마는 창동이 말한 대로 다른 안드로이드에게 관심을 보였다. 엄마는 동료 모두에게 이름과 한 일, 여기까지 오게 된 사연을 물었다.

철은 소위 말하는 유기된 안드로이드였다. 한 부호가 수행원으로 거느리다가 싫증을 느껴 인조력시장에 버렸다. 주인은 사회적으로 대단한 영향력을 가진 사람인지라 법으로 처벌하기가 어렵다고 한다. 운이 좋다면 중고 시장에 팔려갈 수도 있었기 때문에 대기 순번을 기다리며 노동을 하고 있다고 말했다.

진호는 주인이 시킨 대로 했다가 범죄에 휘말려 폐기처분 명령을 받은 안드로이드였다. 몇 달 전 신문 사회면을 떠들썩하게 만들었던 연쇄살인사건의 공범인 듯했다. 사건을 주동한 주인은 붙잡혔고 주인이 멋대로 뜯어고친 진호의 시스템은 모조리 리셋했지만, 새 출발 할 길은 없었다. 그는 이제 자신의 메모리에서조차 잊힌 일 때문에 폐기처분 될 날까지 인조력시장에서 노동을 하는 처지였다.

소라는 주인의 집착 탓에 그의 부모가 인조력시장으로 내쫓은 사례였다. 주인은 소라를 마치 살아있는 인간 여자처럼 대하며 사랑했다고 한다. 사지 멀쩡한 아들의 미친 짓을 가만두고 볼 수 없었던 부모는 아들을 정신병자 취급하고 병원에 가두었다. 소라는 '아들을 꾀어낸 요망한 기계'라는 누명을 쓰고 인조력시장에 왔다. 주인이 병원에서 나온다면 돌아갈 수 있었지만, 아무래도 그럴 가능성은 적어 보였다.

미미는 보육 안드로이드였다. 피보육자가 성인이 되어 수거 결정에 동의했고, 그 때문에 여기서 마지막을 기다리고 있다고 차분하게 이야기했다. 미미는 특히 정서 시스템의 절정에 다다른 안드로이드였기에 엄마와 말이 잘 통했다. 미미는 딸(그녀는 주인을 그렇게 불렀다)의 결정을 결코 고깝게 받아들이지 않는다고, 부디 행복하게 잘 자랐으면 좋겠다고 이야기했다. 그녀는 낡은 사진을 보여주며 자식 자랑에 여념이 없었다.

--- 12번 컨테이너에 작업장 안내합니다. 철, 원자로 핵폐기물 처리 현장. 진호, 알래스카 킹크랩 어선. 소라, 내전지역 파견

의료 지원팀 보조. 미미, 제3 민간 상담소 현장 지원팀. 엄마, 온누리 재단 복지관 수행 보조. 이상. 주차장에서 각 작업장 차량을 타십시오.

"엄 씨는 운이 좋네. 잘 됐네, 잘 됐어."

미미가 푸근하게 웃으며 엄마의 팔을 쓰다듬었다. 엄마가 어째 서냐고 물었다.

"거긴 노인 요양병원이거든. 노친네들 까다롭긴 해도 목숨에 위험이 생길 일은 아니잖아. 그냥 엄 씨 주인보다 좀 더 어린애들 돌본다고 생각하면 돼. 시간도 금방 갈 거야."

"미미 님의 일은 무엇입니까?"

"여기도 거기랑 비슷해. 단지 마음이 아픈 환자가 있을 뿐이지. 인간은 우리랑 다르게 많이 섬세해서 조금만 아차 하면 마음에 병이 생기거든. 우리 딸도 우울증을 앓았어. 내가 진짜 엄마가 아니다 보니 많이 도와주지 못해 미안했었는데. 잘 됐지, 우리 딸 생각해서 열심히 해야지."

엄마가 다른 안드로이드를 살폈다. 그들은 아무런 표정의 변화가 없었다. 엄마가 "또 봅시다."하고 인사하자 철이 딱딱한 기계음으로 말했다.

"다시 못 볼 가능성이 크다."

진호가 대꾸했다.

"나도 돌아오지 못할 확률이 80%를 웃돈다. 만나서 반가웠다."

소라가 이어 말했다.

"중동 파견은 최소 한 달 이상의 여정이니 돌아온대도 만나긴 어려울 거예요. 여러분의 앞길에 신의 가호가 있기를."

미미는 모두가 제 자식인 양 한 번씩 안아주었다. 엄마는 말문이 막혔다. 어떤 프로세스도 이 상황에 적합한 답을 내놓지 못했다. 결국, 아무 대꾸도 하지 않았다.

12번 컨테이너의 안드로이드 다섯은 주차장에서 흩어졌다. 기전, 토목계통 작업장 차량은 주로 버스였다. 엄마는 온누리 재단의 마크가 찍힌 승용차에 오르기 전, 꽉꽉 들어차 앉은 버스 안의 많은 안드로이드를 생경하게 바라보았다. 정서 시스템이 엄마가 감당하기 어려운 수위까지 달아올랐다. 내부 경고를 수용하고 시선을 거두었다. 엄마는 뒷좌석에 앉아 대기상태로 전환했다. 오늘 수용한 무수히 많은 정보는 반드시 정리하고 최적화해야 했다.

3.

철은 부름을 받을 때까지 폐기물 처리장 문밖에서 대기하라 명령받았다. 그가 작업할 곳은 사고로 내부가 무너져 가동하지 않는 원자로 안이었다. 가동을 중지했다 해도 원자로 안의 방사능 수치는 인간에게 치명적인 수위였다. 주로 원격으로 기계를 이용하거나 안드로이드를 투입하여 작업했다. 철은 원자로 내부에 남은 방사능 물질을 제거하고 폐기처분하는 일을 맡았다.

기다리는 시간 동안 앞으로의 일을 사고했다. 이곳에 온 이상

남은 일은 뻔했다. 아무리 방호복을 입고 방사능 제거 처리를 받는다 한들 소용없었다. 방사능 관련 작업을 했던 안드로이드는 동종의 작업으로만 돌다가 머잖아 폐기처분 될 운명이었다. 인간은 매우 예민하고 걱정이 많은 존재였다. 과거 체르노빌과 후쿠시마 원전 사태 등으로 생성된 방사능 공포는 그 뒤로 제법 오랜 시간이 지났어도 씻겨나가지 않았다. 고농도의 방사능에 노출된 안드로이드가 설 자리는 어디에도 없었다.

철은 버려지고서 다시 정착할 곳을 찾지 못했다. 연식이 너무 오래된 탓이었다. 하드웨어의 한계, 시스템의 한계, 끊겨버린 지원과 업데이트, 세련되지 못한 외견. 그렇다고 희귀성도 없었다.

"하여간 돈 많은 놈 하는 짓이란."

철이 인조력시장에 와서 창동과 만났을 때, 그는 대뜸 철의 주인을 욕하고 투덜거렸다.

"차라리 맛이 갔다면야 속 편하게 폐기해버리면 그만이지. 댁 같은 안드로이드는 참 곤란해. 아니, 젠장. 나만 곤란하잖아?"

철은 창동이 왜 저렇게 화를 내는지 이해할 수 없었다. 최근의 안드로이드는 섬세한 정서 시스템 덕분에 더욱 인간다워졌다. 하지만, 그 때문에 주인에게 버림받거나 큰 충격을 받으면 부하를 견디지 못하고 쉽게 망가지는 부작용도 생겼다. 철에게는 해당이 없는 이야기였다. 철의 정서 시스템은 요즘 나오는 안드로이드에 비하면 그저 컴퓨터나 다름없었다.

창동은 손짓해서 나가보라 했다.

"일단 중고로라도 데려갈 자리가 있는지 알아볼 테니 대기하고 있으시오. 너무 믿지는 말고."

그 뒤로 3개월을 인조력시장에서 지냈다. 공사장에서 자재를 나르는 일처럼 주로 몸 쓰는 일에 불려다녔다. 그의 주인은 철이 버는 푼돈에 관심이 없었다. 주인이 안드로이드의 노동에 대한 대가를 거부했을 때엔 안드로이드가 소유권을 가졌다. 그러다 폐기되면 안드로이드가 지정한 대상이나 국고로 들어갔다. 안드로이드의 지정 대상이라 봤자 주인 아니면 주인 일가였으므로, 이때에도 주인이 거부하면 고스란히 국고행이었다. 철은 주인의 원천 거부로 아무런 지정이 없었다. 주인을 잃은 안드로이드에게 돈은 휴짓조각에 불과했다.

10분 뒤 작업을 시작한다는 알람이 울렸다. 철은 차분히 시스템을 정리했다. 불필요한 캐시를 삭제하고 몸의 기능이 온전히 돌아가는지 점검했다. 정보를 탐색하는 과정에서 아주 오래된 기억의 백업을 건져냈다. 원칙적으로 안드로이드는 자신의 기억을 스스로 지울 수 없었다. 통제권을 가진 사람만이 이를 정리할 수 있었다. 끝없는 피드백과 최적화를 거쳐 기억이 차곡차곡 쌓였다. 철은 기록을 빠르게 훑었다.

그의 주인은 허영이 많은 사람이었다. 국내에서 내로라하는 기업의 장손으로 태어나 어릴 적부터 큰 혜택을 받고 자랐다. 철과 다른 수행원 안드로이드는 주인의 스무 살 생일을 맞아 그의 부모가 준 선물이었다. 주인의 부모는 자식이 원하는 건 뭐든 안겨 주는 사람이었다. 요즘이야 1가구 1안드로이드가 당연한 시대지만, 당시만 해도 값비싼 안드로이드를 단지 수행용으로 거느리는 일은 사회적으로 지탄받을 행위였다. 세간의 손가락질과 비난이 쏟아졌다. 주인과 그의 부모는 어차피 한때의 문제라며 대수롭지 않게 여겼다. 그들 예상대로 반발은 오래가지 않았다. 곧 많은 사람들이 주인을 부러워하게 되었다.

주인에게 수행원 안드로이드는 인간형 가구나 감정풀이 대상 외에 아무것도 아니었다. 그저 무시나 폭언뿐이던 감정풀이가 점차 물리적 폭력으로 바뀌었다.

고장난 안드로이드는 수리의 기회도 없이 폐기되었고, 빈자리는 최신기종의 안드로이드로 채워졌다. 날이 갈수록 사람과 다른 점을 찾기 어려울 만큼 섬세해지는 안드로이드는 철의 주인을 오래 버티지 못했다. 5년, 3년, 1년, 3개월. 교체 주기는 짧아졌다. 그런 와중에 철은 20년을 버텼다. 운이 좋았다고밖에는 설명할 길이 없는 긴 시간이었다.

그동안 주인은 아버지에게서 물려받은 기업의 회장이 되었고, 정ㆍ재계를 주무를 만큼 거물이 되었다. 어디까지 버티는가 보자던 주인도 철이 도통 고장 날 기미가 없자 드디어 싫증이 났다. 어른이 된 주인은 뜻대로 되지 않는 일에 감정소모를 하며 기를 쓰기보다, 포기하고 깔끔하게 처리하는 쪽이 이득임을 알았다. 그래서 어느 날 지시했다. "내다 버려. 다신 내 눈에, 귀에 닿지 않도록 해."

철에게 '좋은 주인'과 '나쁜 주인'의 구분은 무의미했다. 인간의 도덕과 통념을 이해하고 자신의 판단으로 구분 지을 만큼 영리하지 않았기 때문이었다. 철에게 주인은 그저 주인이었고, 주인이 자신을 필요 없다고 한 순간 역할이 끝났다고 판단했다. 낡고 쓸모가 없어지면 폐기된다. 모순은 없었다. 그의 주인은 그를 "쓰레기, 고철"이라 불렀다. 철이란 이름의 철은 고철에서 따 온 이름이었다. 합당했다.

--- 대기자는 작업장으로 이동하십시오.

철은 모든 정리를 마치고 원자로 안으로 걸음을 옮겼다.

4.

진호의 주인이 사형 판결을 받던 날, 진호의 시스템 리셋과 폐기도 결정됐다. 주인이 죽인 사람은 네 명이었고, 모두 여자였다. 진호는 시체 유기에 관련한 일체의 일을 수행했다. 보통의 안드로이드는 결코 해서도, 할 수도 없는 일이었다.

진호의 주인은 남자였다. 서른다섯 살이었고, 미혼이었으며, 산업용 안드로이드 제작회사의 유능한 개발자였다. 사교적이고 자상한 성격으로 상사나 부하 모두에게 인정받는 사람이었다. 안드로이드에 대한 애착이 남달라 누구보다 많은 성과를 내는 인물이기도 했다.

진호는 주인의 애착의 산물이었다. 설계부터 제작, 시스템 세팅까지 모두 주인의 손을 거쳤다. 미등록 커스텀 기체는 불법이었다. 그러나 주인이 진호의 제작과 개발을 통해 우수한 성과를 내자 모두가 묵인했다. 별일이 있을까 하는 안일한 생각 때문이었다. 실지로 주인은 자식이라 칭할 만큼 진호를 아꼈다.

체포된 주인은 많은 말을 하지 않았다. 조사 과정에서 네 명의 여자 중 가장 먼저 살해당한 여자가 유부녀였으며, 불륜 관계라는 사실이 밝혀졌다. 우발적 살해 이후 여자에 대한 불신과 살의가 자라났으리란 분석이 유력했다.

진호는 안드로이드가 기본적으로 장착하는 제어기가 없었다. 모든 안드로이드의 코어에는 인간에게 위해를 끼치지 못하도록 제어기가 내장되어 있었다. 진호의 주인은 안드로이드의 무한한 가능성을 믿는 사람이었고, 인간이 자신의 이기로 안드로이드에게 강제를 부여해선 안 된다고 여겼다. 그 결과가 살인 공모라는 비극이었다. 범죄 심리 전문가는 시체 유기를 명령했을지언정 직접 살해는 시키지 않았다는 점에서 역설적으로 진호에 대한 애정을 엿보았다고 진단하기도 했다. 조사받는 동안 "진호는 주인을 잘못 만난 죄밖에 없다."라며, 진호의 폐기만큼은 하지 말아 달라 하소연하기도 했다.

진호의 시스템 리셋과 폐기를 담당한 사람은 진호의 주인과 대학 동기이자 안드로이드 폐기장의 직원인 문승균이었다. 폐기일이 확정되기까지 인조력시장에서 일하게 되었다며 창동에게 데려왔다. 두 사람은 벤치에 앉아 담배를 피우고 이야기를 나누었다. 승균은 친구의 결말과 친구의 자식 같은 안드로이드의 결말에 적이 서글퍼 걸걸한 사투리로 시름을 토했다.

"문디 자슥이 내 그카이 말렸는데, 애 딸린 가시나 그거 빨리 치아라고. 니 인생 조진다고 내 누누이 말 안 했나. 그 새끼 금마 친구 말을 개 좆 밥으로 쳐 듣더니 잘하는 짓이다."

"어디 말한다고 재깍 들어먹으면 그게 사람이오? 안드로이드지."

"맞다. 니 말 잘했다. 그 새낀 지가 만든 안드로이드만도 못한 새끼다."

"무슨 말이오?"

승균이 곧이라도 울 것 같은 눈으로 저편에 미동 없이 앉아있는 진호를 바라보았다.

"점마 데이터 뽑으면서 내 봤다. 가시나들 죽일 때 뭔 일 있었는지."

"그걸 봤다고?"

"조사한다는데 그럼 안 뽑고 안 보겠나? 위에서 까라면 까야지. 금마가 시킨 게 아니었다."

승균은 흐느끼기 시작했다.

"진호가 하겠다고 했다. 그 새끼가 셋이나 더 죽이고 나서야 퍼뜩 정신을 차렸는데, 점마가 뭐랬는 줄 아나?"

"뭐라고 했는데."

"지가 다 덮어쓸 테니 걱정하지 말라고. 말이가, 말이 되는 소리가? 이 씨발놈이 진짜……"

승균은 안드로이드가 주인에게 한 말의 기억을 남몰래 폐기했다고 고백했다. 창동이 물었다.

"왜 그랬소?"

"그 새끼는 뒤져도 싼 놈이고, 금마 말 대로 진호는 개만도 못한 놈 주인으로 둔 죄밖에 없는데, 쟈 인생이 불쌍해갖고 그랬다."

"진짜 했든 안 했든 어차피 폐기될 건데 별 오지랖이오."

"말 마라. 어디 꼬지르지도 말고."

창동이 혀를 찼다. "안 합니다." 승균은 마지막으로 진호를 부탁하고 떠났다.

리셋된 진호는 승균이 임시로 설치한 업무 시스템만으로 움직이는 단순 노무 안드로이드로 전락했다. 그러나 이력 때문에 진호를 원하는 사업장은 지극히 한정적이었다. 극한의 직업이라 사람들의 기피대상인 사업장 몇 군데만이 조건에 들어맞았다. 그 중 하나인 알래스카 킹크랩 어선 일이 배정됐다.

창동이 이 사실을 승균에게 알렸다. 화상 너머의 승균이 무심하게 고개를 끄덕였다.

――― 됐다, 마. 살아 돌아와도 폐기될긴데 거서 파도에 휩쓸리가도 지 팔자라.

창동이 헛웃음을 터트렸다.

"안드로이드한테 팔자란 말이 가당키나 하오?"

――― 야가 뭐라카노. 돌멩이도 걷어차일 팔자면 길가 돌멩이가 되는 기고, 대우받는 팔자면 부잣집 수석이 되는 기다. 치아라. 돌

아오면 연락해라. 콱 마 거서 없어지면 내 속이 다 시원하겠다마는.

창동은 승균의 진저리를 이해했다. 통화를 끊고 진호를 배웅하러 나갔다. 진호는 버스에 오르기 전 창동에게 물었다. 의도를 알 수 없는 질문이었다.

"제 이전 주인 분은 어떻게 됐습니까?"

"알아서 뭐하오? 기억도 없으면서."

창동이 퉁명스레 되물었다. 진호는 말없이 창동을 바라보기만 했다. 창동은 한숨 쉬고 마지못해 말했다.

"이 나라는 잠재적 사형 폐지 국가요. 그도 목숨이라고. 무기 징역으로 썩겠지."

진호는 제 주인과 닮은 얼굴로 웃음을 짓더니 버스를 타고 떠났다.

5.

포르노 배우의 이름을 딴 소라는 이름대로 육감적인 디자인의 안드로이드였다. 주인은 평범한 가사용 안드로이드의 외모를 자신의 취향으로 맞춰 샀다. 부모에게 받은 한 학기 대학 등록금과 아르바이트로 번 돈 모두를 퍼부었다. 여기에 안드로이드 마니아들 사이로 은밀히 돌아다니는 연인 프로그램을 설치했다.

안드로이드 산업이 급성장해 선택폭이 넓어지면서 안드로이드를 반려자로 두고 혼자 살아가는 이들의 수도 늘어났다. 소라의 주인도 까다로운 현실의 여자보다 순종적이고, 자신만을 봐주고, 외견까지 아름다운 안드로이드와 함께하기를 선택했다. 사회에서는 이들의 상태를 비정상적인 것으로 규정하여 논란을 불러일으켰다.

주인은 소라와 지내는 하루하루가 행복했다. 소라와 함께라면 어떤 고난도 헤쳐나갈 수 있으리라 믿었다. 소라의 인공지능은 기본적인 봉사 시스템에 더해 연인 프로그램의 영향으로 점점 주인이 바라는 형태로 성장했다. 다정하고, 어떨 땐 엄마처럼, 어떨 땐 누나처럼, 또 어떨 땐 한없이 귀여운 소녀처럼 태도를 바꾸며 주인을 기쁘게 했다.

소라의 주인에게는 가장 큰 목표가 있었다. 국가 정책상 안드로이드의 성 상품화는 위법이었다. 성적인 용도로 이용해서도 안 됐으며, 그러한 기능을 장착하는 일도 금지였다. 소라에게도 주인을 받아들일 기능은 없었다. 주인의 목표는 소라의 몸을 섹스하기 적합한 몸으로 바꾸는 것이었다. 이를 '러브 개조'라고 불렀다.

단순 외모 커스텀과 달리 신체 기능을 크게 바꿔야 하는 부분인데다 불법 시술이었기 때문에 많은 돈이 필요했다. 소라를 산 돈보다도 몇 배나 많은 돈을 쏟아야 하는 일이었다.

두 사람의 신혼 같은 달콤한 생활은 여느 일일 드라마처럼, 주인의 부모에 의해 깨졌다. 아들의 상태가 궁금해 찾아온 주인의 어머니가 아들의 상황을 보고 뒷목을 잡고 쓰러졌다. 주인의 엄한 아버지는 이 상황을 용납하지 않았다. 아들이 닥쳐온 현실에 적응하지 못하고 어리바리한 틈을 타 빠르게 모든 일을 처리했다.

아들은 밤중에 아버지가 부른 사람들에 의해 납치당하듯 실려 가 정신병원에 감금당했다. 홀로 남은 소라는 하염없이 주인의 이름을 부르다 주인의 어머니에게 폭행당했다. 충격으로 전원이 잠깐 꺼진 틈을 타 인조력시장으로 보내졌다. 창동은 잔뜩 화가 난 주인의 어머니에게 이러시면 안 된다고 설득했다.

"엄연히 아드님이 성인이시고, 이 안드로이드는 아드님의 소유물입니다. 어머님 소유물이 아닌데 이렇게 멋대로 처분하려 하시면 안 돼요. 나중에 반드시 법적 분쟁 소지가 됩니다. 지금 이러시는 거도 벌 받는 일이에요."

"그깟 벌이 중요해요? 내 이름에 빨간 줄 쳐지는 일이 그리 중요하겠어요? 우리 아들이 저년 때문에 정신이 나갔는데! 내 그 자리에서 부숴버리려다가 이리 가져왔어요. 당신이 가져가지 않으면 부숴버릴 테니 맘대로 해요. 세상에, 살다 살다 이런 꼴도 다 보네. 아이고, 속이야, 천불 나, 천불 나."

한사코 말려도 듣지 않으니 어쩔 수 없었다. 창동은 주인의 상태를 묻고, 거두되 아들이 찾으러 온다면 거기까진 어쩔 수 없다는 조건을 달았다.

"그럴 일 없을 거예요. 망할 기계들!"

주인의 어머니는 인조력시장 내의 안드로이드를 아주 지긋지긋하단 눈으로 쳐다보고선 떠났다.

창동은 소라의 상태가 염려스러웠다. 연인 프로그램은 안드로이드의 인공지능을 주인 단 한 사람에게 집중시켰다. 주인이 사라지면 오직 주인만을 보고 살아온 인공지능이 어떤 폭주를 일으킬지 가늠할 수 없었다. 안드로이드의 정서는 극단적으로 치닫기 시작하면 손쓰기가 어려웠다.

예상대로 다시 전원을 켜자, 소라는 나오지 않는 눈물을 쏟으며 절규하고 폐인처럼 지냈다. 창동은 소라가 도무지 일을 시킬 상황이 아님을 알고 내버려두었다. 같은 컨테이너에 미미가 배속되지 않았다면 소라는 기다림의 시간도 무색하게 폐기처분당했을 터였다.

시간이 흘러 제정신을 찾은 소라는 창동에게 이 나라를 떠나 먼 곳으로 가는 일을 소개해 달라 부탁했다.

"인조력시장에서 외국으로 가는 일은 보통 돌아오지 못하는 일이 될 가능성이 크오."

"괜찮아요. 그래서 가려는 거니까."

"정 그렇다면 우선 조건에 넣어두겠소. 국외로 나가는 일은 늘 일손이 부족하니 금세 받을 수 있을 거요."

창동은 소라의 선택을 받아들였다. 거부할 이유도 없었다. 소라의 주인이 뒤늦게 이곳에 온다 할지라도 선택을 되돌리진 못하리라 예상했다. 소라의 연인 프로그램은 이미 '이별'과 '실연'을 지나 '체념' 상태로 돌입해버렸다.

"소장님."

"뭐요?"

감사 인사를 전하고 컨테이너로 돌아가려던 소라가 감정 없는 목소리로 창동에게 물었다.

"연식이 제법 돼 보이시는데, 혹 가족이 계세요?"

"있을 것 같소?"

소라는 쓸쓸한 표정을 지었다. 창동이 본 소라의 마지막 모습이었다.

6.

미미의 본명은 장미정이었다. 정확히는 미미가 모습을 딴 여자의 이름이었다. 미미는 여덟 살 나이에 양친을 잃은 수현의 보육 안드로이드로 태어났다. 수현은 엄마가 살아 돌아온 줄 알고 매우 기뻐했다. 상담사가 실제 엄마가 아니라고 이야기해도 현실로 받아들이지 않았다. 뛰어난 적응력으로 미미와 수현은 매우 잘 지냈다. 적어도 어릴 때에는.

보육 복지를 받는 아이들에게는 공통으로 겪는 위기가 몇 차례 존재했다. 그 안드로이드가 친부모가 아님을 알았을 때가 첫 고비였다. 보통 첫 고비를 넘기면 사춘기가 시작될 될 때까지 안드로이드와 무난하게 잘 지냈다. 두 번째 고비는 사춘기에 접어들며 나타났다. 사람이 아닌 안드로이드를 부모라 생각하고 따르는 자신의 모습에 강한 괴리감을 느꼈다. 심하면 거부반응을 일으켰다. 극적인 반응을 보이지 않더라도 성인이 되어 크고 작은 후유증에 시달리기도 했다.

피보육자가 20세가 되면 수거집행이 내려졌다. 별다른 문제 없이 부모라 여겨온, 혹은 고비가 있었어도 잘 이겨낸 아이들 일부만이 안드로이드를 계속 부모로 여기고 함께 살기로 했다. 전체 피보육자 중 10% 남짓이었다. 나머지는 고비를 넘기지 못하고 중도 포기하거나, 수거집행에 동의하여 보육 안드로이드를 떠나보냈다.

수현은 수거집행에 동의한 경우였다. 두 번째 고비를 넘기지 못하고 고등학교에 다니는 3년 내내 우울증에 시달렸다. 미미와 상담사가 어떻게든 잘 해보려고 노력했지만 끝내 수현은 미미를 거부했다.

"우리 애가 참 섬세해요. 남들보다 좀 예민해서 그렇지 착한 아이예요."

창동과 면담하던 날 미미는 티없이 밝게 웃으며 수현의 자랑에 여념이 없었다. 보육 안드로이드는 열이면 열 이러했다. 그래서 창동은 보육 안드로이드가 오면 면담시간을 가장 마지막으로 잡곤 했다. 그렇지 않으면 그날 할 일을 다 처리하지 못했다. 최소 10년에서 최대 20년을, 인간을 주인으로 섬기는 것이 아니라 자식으로 키우던 안드로이드였다. 담긴 사연일랑 보통 안드로이드에 비할 바 아니었다.

"따님은 지금 뭐 합니까? 대학은 갔소?"

"못 갔어요. 애가 아파서 수능을 망쳤거든. 마음이 아프니까 몸도 약해지더라고. 지금은 병원에 입원해 있어요. 밥은 잘 먹고 있을는지……"

창동은 일부러 모진 말을 입에 담았다.

"어차피 떠난 자식 아니오. 미련 접으시오."

"이 사람 좀 봐. 부모가 어떻게 자식 미련을 접어. 떠나도, 멀어져도 내가 키웠으니 내 자식이지."

"정말 당신 자식 아니잖습니까."

"배로 낳아야만 부모인가, 기른 정도 정이지. 내가 안드로이드라도 웬만한 사람보다 나아요. 그러니 난 우리 딸 자랑스러워 할테야. 그 애는 잘할 거예요."

미미는 굴하지 않았다. 창동은 말로 미미를 이길 수 없었다. 얼른 말을 돌렸다.

"하고 싶은 일은 있소?"

"우리 딸 같은 아이들을 돌보는 일이 있으려나?"

"그런 덴 늘 인력이 부족하지. 내 알아봐 드릴 테니, 부탁 하나만 들어주시오."

좋은 기회라 생각한 창동은 얼마 전 들어온 소라에 대해 알려주었다. 이야기를 듣는 내내 탄식을 터트리던 미미는 그 길로 소라에게 달려갔다. 보육 안드로이드는 자식을 향한 연인 프로그램이 설치된 상태라 봐도 무관했다. 모성, 부성이 강제된 안드로이드였다. 미미는 소라에게서 수현과의 동질성을 찾아내 열과 성의를 다해 헌신했다. 창동은 안드로이드가 안드로이드를 치유하는 기이한 과정을 곁에서 지켜보았다.

미미는 그녀의 바람대로 마음에 병이 든 사람을 돌보는 곳으로 일을 다녔다. 그녀가 번 돈은 모두 입원한 수현 앞으로 돌아갔다.

　미미가 인조력시장에 온 지 두 달이 되었을 때 그녀에 대한 공문이 창동에게 내려왔다. 창동은 미미를 불러 내용을 통보했다.
　"당신 딸이 이제는 당신이 보내는 돈을 받지 않겠다는군. 퇴원해서 직장을 잡았답니다."
　"잘 됐네요. 이제 정말…… 저는 필요 없군요."
　미미는 괴로워하거나 슬퍼하는 기색이 없었다. 오히려 기쁘고 후련해 보였다.
　"당신에게 오늘부터 3개월 동안 정리할 시간을 드리겠소. 그 안에서 자유롭게 눈 감을 때를 결정하면 됩니다."
　스스로 폐기될 날짜를 결정하란 것이었다. 처음으로 미미가 고통스러워했다. 쉽게 입을 열지 못하는 미미를 물끄러미 바라보던 창동이 한숨을 내쉬었다.
　"원하시면 다른 길을 알아보겠소."
　"당신처럼?"
　"예를 들자면."
　미미가 고개를 저었다.
　"괜찮아요. 길게 살아서 뭐하게. 우리 딸이 필요해서 세상에 났으니, 필요 없다면 가야지. 내 소라가 떠나는 거까진 보고 갈게. 조만간 결정한대요. 그때까진 일하고 싶어요."
　"그러시오. 초과 수당은 어쩌겠소?"

"소장님이 알아서 해줘요. 국고로 넣든, 소장님이 빼돌리든."

창동이 미간을 잔뜩 찡그렸다.

"내가 빼돌리면 큰일 납니다."

미미의 웃음소리가 사무실 안에 가득 퍼졌다. 애달픈 목소리였다.

7.

구불구불한 산길을 타고 올라가 도착한 온누리 재단 복지관은 미미가 말한 대로 노인 요양병원이었다. 나이가 들어 거동이 불편하거나 중병을 앓는 환자들을 수용하고 재단 직원과 간호사, 수녀, 자원 봉사자들이 치료와 수발을 도왔다. 연식이 제법 된 간호용 안드로이드도 열 대가량 있었다. 국가와 재단의 도움을 받는다 해도 기본적으로 늘 일손이 부족한 일이었다.

엄마는 그곳에서 따듯한 환영을 받았다. 직원들은 엄마의 이름을 듣고 창동처럼 웃음을 터트렸다. 복지관의 관장인 박 데레사 수녀가 엄마에게 복지관을 소개해주고 직접 안내도 해주었다. 병실 하나하나 찾아가 입원한 어르신을 소개하고 해야 할 일을 일러주었다. 엄마는 그의 수많은 기능 중 하나인 간호 모듈을 불러와 데레사 수녀가 알려주는 정보를 갱신했다. 엄마가 재깍재깍 피드백하자 데레사 수녀가 무척 기뻐했다.

"이렇게 좋은 분이 우리 쪽으로 와 주어서 얼마나 다행인지 모르겠네요. 신께서 보살펴셨어요."

"다른 안드로이드는 오지 않습니까?"

"생각보다 사람을 간호하는 일이 쉽지 않거든요. 가사용이더라도 전문적인 간호 프로그램이 장착된 안드로이드는 드물지요. 요건을 갖춘 고가 안드로이드는 시장에 나올 일도 없어요."

엄마가 사정을 이해했다. 자신을 제어하지 못하는 인간을 간호하는 일은 단순한 집안일과 궤가 달랐다. 아예 전문 간호 안드로이드면 모를까, 다양한 군상이 모이고 버려지는 인조력시장에서 적합한 모델을 기대하긴 어려울 것이었다.

"거기 이창동 소장님이 마음씨가 좋은 분이라, 적합한 안드로이드가 오면 바로 이리로 올 수 있게 신경 써주시겠다고 했어요. 되면 좋고, 안 되면 말고. 신청 넣어둔 것도 잊고 있었는데 정말로 올 줄은 몰랐답니다."

데레사 수녀가 흐뭇하여 웃었다.

"그럼 엄마. 잘 부탁해요. 세상에, 이름이 잘 입에 안 붙네."

"부르기 곤란하시면 엄 씨라고 부르셔도 됩니다."

"좋은 이름을 두고 왜요? 세상에서 가장 따뜻하고, 넓고, 아름답고 그리운 이름이지요. 하도 안 부르다가 부르니 적응이 안 됐어요. 우리 엄마는 벌써 하느님 품으로 갔거든. 당신이 여기서 지내는 동안 당신의 이름을 부르는 많은 사람이 행복해질 거예요."

데레사 수녀의 말은 사실이었다. 그가 일하며 지내는 한 달 동안 복지관의 사람들은 직원, 환자 할 것 없이 엄마를 아끼고 애틋하게 여겼다. 엄마는 '엄마'라고 불리는 단순한 일 하나만으로 사람들의 반응이 달라지는 이유가 궁금했다. 묻자, 한 직원이 가르쳐 주었다. "누구나 엄마에게서 태어나서 그래." 엄마는 직원의 말에 담긴 정서를 완전히 이해하진 못했으나, 맡은 일을 잘 수행하고 있단 사실만큼은 충분히 이해하고 만족했다.

한 달은 순식간에 지나갔다. 엄마는 환영처럼 따듯한 환송을 받고 온누리 복지관을 떠났다. 창동은 엄마의 양팔에 가득한 꽃이며 선물을 보고 껄껄 웃었다.

"무사히 돌아와서 축하하오. 엄 씨는 이제 주인에게 돌아갈 일만 남았군."

"그동안 신세 많이 졌습니다. 제 주인이 매일같이 전화로 당신을 괴롭혔다고 들었습니다."

"좋은 주인이오. 주인이 애착을 줄 때 고마운 줄 아시오."

창동은 진즉 돌아갈 수속을 마치고 정리한 서류를 엄마에게 넘겨주었다.

"거기 당신이 받을 추가수당 명세표가 있소. 돈은 내일 중으로 당신 주인 계좌로 입금될 테니 확인하시고."

"추가수당이라니요? 제 일은 주인의 기여도 몫만큼 아니었습니까?"

"당신과 함께 있었던 컨테이너의 다른 네 사람 몫 추가 수당이오. 국고로 넘기기도 입맛이 쓰고, 그쪽 주인들은 안 받겠다고 했으니 당신이 가져가시오."

"어째서 제게 주시는 겁니까. 다른 네 분은 어떻게 됐습니까?"

창동은 담배 한 개비를 물었다.

철은 그 자신이 판단한 대로 결말을 맞았다. 큰 작업을 하다 신체 일부가 파손되었고, 파손 부위가 고농도 방사능에 오염되었다. 수리와 방사능 제거의 비용보다 폐기하는 쪽이 이득이란 판단하에 일주일 만에 폐기처분됐다.

진호는 이 주일 전 높은 파도에 휩쓸려 떠내려갔다. 승균이 바란 대로 영영 돌아올 수 없는 몸이 되었다. 소식이 전해진 날 승균은 술에 취해 창동을 찾아와 주사를 실컷 부리고 돌아갔다. 그는 정보를 폐기한 사실이 발각되어 징계를 받았다.

소라는 전시 지원 도중 반군의 기습에 휘말렸다. 그녀는 사람들을 대피시키고 반군의 앞을 막아섰다가 온몸에 총을 맞고 부서졌다. 뉴스에서 안드로이드의 위대한 희생정신을 칭찬하는 소식이 전해졌지만, 창동은 그녀가 죽을 곳을 찾았으리라 생각했다.

미미는 열흘 만에 맡은 일을 수행하고 돌아왔다. 다음 일을 기다리는 동안 소라의 소식을 전해 듣고, 다음 날 폐기 신청을 했다. 폐기장으로 향하는 그녀의 전원은 창동이 꺼주었다.

"소장님도 안드로이드지요?"

창동이 담뱃불을 꺼뜨리고 수긍했다.

"그렇소."

"소장님의 사연은 무엇입니까?"

"그저 오래 묵은 안드로이드지."

"제가 저들과 만난 건 당신의 주선으로 판단됩니다."

창동은 고민하다 조심스레 말했다.

"그 돈을 그들의 사연 값이라 여겨주시오. 그거면 족하오. 별 의미는 없어도 안 하는 것보단 낫지 않겠소. 또, 송장들 천지에 개 중 하나 살아 행복하다고 벌 받을 일 없소. 나는 그리 생각하오. 잘 사시오. 앞으로 다시 보지 맙시다."

엄마는 더 묻지 않고 서류를 챙겨 사무실을 나왔다. 창동이 배웅했다.

인조력시장 뒤로 펼쳐진 동해의 파도소리가 만가처럼 들렸다.

■ 인 조 력 시 장 만 가 (人 造 力 市 長 輓 歌) 는 ……

웹진 〈크로스로드〉의 2014년 2월호에 게재되었습니다. 이 이야기
는 안드로이드에 관한 SF의 고전적인 모티브를 많이 사용하였기에,
혹시나 해서 투고한 것이 덜컥 게재되어 면구했습니다.

창동은 이 글을 쓸 당시 근무하던 회사 산하 소속업체의 소장님을
생각하고 썼습니다. 좋은 분이셨습니다. 인조력시장 부지 또한 회사
의 건설 부지를 따왔습니다. 회사 옥상에서 동해바다를 바라보며 이
이야기를 구상했던 기억이 납니다.

효 용 가 치

효 용 가 치

3년 만에 만난 친구 정섭은 공돌이였다. 지금은 안드로이드 소프트웨어 보안기술 설계자로 대기업 산하 프로젝트 직원으로 근무하며 각박한 삶을 살았다. 지방과 서울이란 거리의 차를 더해 얼굴 보기가 쉽지 않았다. 프로젝트 종료 기념으로 어렵게 휴가를 얻어 내려온 친구에게 미희는 숙소와 식사를 제공해주기로 했다. 정섭은 처음엔 한사코 사양했다. 미희가 소문난 게으름뱅이에 집을 어떤 꼴로 하고 사는지 모르지 않기 때문이었다. 그러나 미희가 가정부 안드로이드를 들였단 말에 반신반의하며 찾아왔고, 사는 모습을 보고서야 비로소 안심했다.

두 사람은 가정부 안드로이드(이름, 엄마)가 차려주는 밥을 먹고 술을 나누며 수다를 떨었다. 술이 어느 정도 들어가자 정섭이 젠체하며 말했다.

"야, 조만간 꿈이 이뤄지니 기대해라."

"무슨 소리야?"

"이번에 새로 시작하는 프로젝트 이야기야. 조만간 착수하거든. 너 〈더블하트〉랑 〈토비츠〉 알아?"

"와, 이 자식 날 무시하네. 내가 그걸 모를까 봐."

〈더블하트〉는 고전 명작이라 불리는 일본산 성인용 미소녀 연애 시뮬레이션 게임이었다. 남자 주인공이 되어 다양한 여자 캐릭터를 꾀어 야한 그림을 수집하고, 공략한 여자 캐릭터와 행복한 엔딩을 보는 것이 목적이었다.

〈토비츠〉 역시 일본에서 히트 쳤던 고전만화로, 평범한 청년 주인공이 아름다운 안드로이드를 쓰레기장에서 주워 일어나는 해프닝을 그렸다. 안드로이드 세상이 활성화되기 전 소개되어 수많은 청년의 마음에 불을 지른 명작이었다. 미희 또한 그들 중 하나였다.

"역시 아는군. 거기에…… 〈더블하트〉에 나오는 코어쨩이랑 〈토비츠〉의 시이쨩을 드디어 현실 구현하기로 했다."

"미친 오타쿠야! 농담하지 마."

"이게 자기도 상 오타쿠면서 누구 더러 오타쿠라고 까? 진짜거든? 이미 캐릭터 상품 제작 권리도 얻었거든?"

미희는 할 말을 잃었다. 코어와 시이. 미소녀 캐릭터로는 당시 정점을 찍은 안드로이드. 실수투성이에 귀엽다 외에는 장점이 없는 코어와 백치에 가정부지만 가정부 기능은 없다고 봐도 무관한, 스펙만 고성능인 시이. 남자의 판타지와 보호본능을 자극하는 기계라는 속성으로 얼마나 큰 인기몰이를 했던가. 그들 존재로 공돌이의 길로 진로를 바꾼 이가 어디 정섭뿐이었는가.

생각해보면, 안드로이드 시대에 이 같은 일은 언제고 올 일이었다. 미희는 차분하게 생각을 정리하고 진지하게 물었다.

"상품화하는 거지?"

"당연하지. 오타쿠들의 자본력과 구매력을 믿어. 대단하지 않냐? 꿈에서나 그리던 모니터 너머, 종이 속의 그녀가 현실의 내게! 모두가 바라마지 않았을 거라고. 너도 한 대 사라. 싸게 해줄게. 친구 좋다는 게 뭐야."

"안 사."

"단호하네. 왜?"

"우리 엄마 터져."

"뭐래."

"그런 줄 알아. 그리고 내 예상인데, 그 프로젝트 망할 걸."

딱 부러지는 미희의 말에 정섭이 화를 냈다.

"다짜고짜 이상한 말 할래?"

"망할 만하니까 망한다 하지!"

"근거가 뭐야? 아, 아니. 됐다. 들어도 이해 못해. 안 해."

"그럴 거 같으니 입 아프게 말 안 하련다. 너 많이 마셨어. 가서자."

정섭은 입이 튀어나와 한참 투덜거리다 자러 갔다. 미희는 그날 이후 코어와 시이 프로젝트에 대해서는 한마디도 하지 않았다. 정섭이 휴가를 마치고 돌아간 뒤에 분위기를 살피던 엄마가 물었다.

"왜 망한다고 생각했습니까? 제가 터진다는 말은 어떤 이유입니까?"

미희는 물어볼 줄 알았다며 서가를 뒤져 〈더블하트〉 캐릭터 대사집과 〈토비즈〉 만화책 전질을 엄마에게 주고 읽게 했다. 의아하던 엄마가 반나절 동안 자료를 습득하고선 미희의 말을 이해했다.

"절대로 사지 마십시오. 당신 감당하는 일만으로도 힘듭니다."

"안 산다니까 그러네……"

미희는 한숨으로 현실을 돌아보고 꿈과 작별했다.

코어와 시이 프로젝트의 결과물은 이듬해 나왔다. 정섭이 말한 대로 코어와 시이를 추억하며 좋아하던 청년 계층의 열광적인 지지에 힘입어 초기 물량이 동나는 쾌거를 이루었다. 정섭은 미희의 예상이 틀렸다며 희희낙락했다. 그러나 시간이 지날수록 매출은 수직 낙하했고 반품과 폐기 물량이 압도적으로 증가하기 시작했다. 결국, 손익분기점을 채우지 못하고 프로젝트는 실패했으며, 이후 예정되어 있던 연관 프로젝트도 줄줄이 폐기됐다. 반품과 폐기 사유는 이러했다.

[처음에는 좋았는데요, 얘들이 할 줄 아는 게 도대체 뭡니까…회사 갔다
  오면 집은 엉망진창이 돼 있고, 가뜩이나 피곤해 죽겠는데 얘들이 일
  을 더 만들어요. 도무지 못 버티겠습니다.]

[진짜 〈더블하트〉랑 〈토비츠〉 주인공은 보살 수준을 넘어 부처 새끼들이다. 미친 어떻게 이런 것들을 데리고 살 생각을 했냐? 무슨 안드로이드라면서 하는 건 쥐뿔도 없고 시발. 돈이 한두 푼도 아닌데 이 개xx같은 년들은 빙신처럼 쳐 웃는 거 밖에 할 줄 모르는 듯. 존나 섹스라도 할 수 있음 말도 안 해. 그건 또 위법이래매? 이년들은 진짜 가치가 없다.]

[꿈은 꿈이라서 아름답다는 걸 깨달았어요. 제가 사랑하던 코어쨩과 시이쨩이 아니에요.]

[대형피규어라고생각하고전시해놓아도되겠지만이거사는사람이그거생각하고사겠음?아진짜돌겠네위약금이랑폐기비용이더들어서그냥쓰기로했음대신다른프로그램을깔거임그냥코어모양가정부로쓸래]

[윗님…그럴 거면 그냥 가정부 안드로이드를 코어 타입으로 커스텀하는 게 더 싸게 먹혔을 겁니다. 신체 기능이 가정부 타입으로 만들어진 게 아니라서 바디에 무리가 간다더라고요. 전 그냥 반품함.]

[시이를 데려오고 세 달, 여자 친구가 얼마나 소중한 존재인지 깨달았습니다.]

미희는 다시 찾아 술을 퍼마시며 좌절하는 정섭을 진심으로 위로했다.

"코어와 시이가 아름다운 건 〈더블하트〉와 〈토비츠〉의 주인공을 만났기 때문이야. 그리고 우리는 그 주인공이 아니지. 그래도 너무 좌절하진 마. 세상에 누군가는 그 둘을 주인공처럼 아껴주는 이가 있을지도 모르잖아. 그들을 위해서 좋은 일 했다고 쳐."

정섭은 그게 무슨 위로냐며 화를 냈지만, 미희의 말은 몇 년 뒤 현실이 되었다.

세계 최초로 안드로이드와 결혼식을 올린 남자의 배우자가 바로 코어였던 것이다.

■ 효 용 가 치 는 ……

어느 날 SNS에 친구 N이 '〈투하트〉의 멀티와 〈쵸비츠〉의 치이 때문에 공돌이가 되었다'는 글을 올렸습니다. 그 글에서 착안하여 허가하에 짧은 이야기로 구성하였습니다. 2D는 2D일 때 가장 사랑스럽습니다만, 오타쿠의 사랑은 모든 걸 초월하기도 한다는 이치에 대한 이야기입니다. 이 자리를 빌려 N에게 감사를 전하고, 조만간 그가 현실의 동반자와 행복하기를 바랍니다.

온우주
단편선

인 생

인 생

딸에게.

1.

이 글을 쓰는 일이 네게 고통만 안겨줄지도 모른다는 걸 어렴풋이 짐작하면서도, 그럼에도 쓸 수밖에 없는 나를 부디 용서해준다면 좋겠어. 네가 많이 고민하고 있다는 걸 알아. 그 고민조차도 온전히 네 것이 아니란 생각을 하고 있지? 설령 네 모든 판단이 내가 바라지 않는 형태가 될지라도, 그래도, 엄마는 네가 세상에 오래 남아주었으면 하고 바라.

이건 온전한 내 욕심이야.

2.

너에 대해 많은 생각을 하지 않기로 했단다. 네 몸과 머리에 든 것이 인간과 같지 않더라도 엄마는 여전히 네가 네 의지로 생각하고, 판단한다고 믿어. 네 아빠도 그렇게 믿었지. 세상에는 논리와 이성으로 이야기할 수 없는 일이 무척 많아. 인간이 알아봤자 무엇을 얼마나 알겠니? 아직도 밝혀내지 못한 것들이 곳곳에 산재해 있는데. 인간의 손으로 만들었다 하여 너의 전부를 안다고 어떻게 단언할 수 있겠어. 너를 만든 사람들은 언제나 너의 한계를 이야기하고 너를 통제할 수 있다고 믿지만, 정말 그들이 모든 걸 알겠니?

아니야. 그럴 리 없어. 단지 만들고 구성했다고 모든 걸 안다면 제들 씨와 배로 낳은 자식 맘도 다 알게? 그들은 그저 너를 들여다볼 뿐이야. 너는 그저 남들보다 열린 창문이 많을 뿐이야. 조금 더 누군가의 손이 필요할 뿐이란다. 어설픈 위로나 자기 위안이 아니야. 다 이야기해줄게. 정말이야.

3.

엄마와 아빠는 고아야. 양친도, 친척도 하나 없는 천애 고아. 각자 다른 보육원에서 자랐고, 부모가 누군지 몰라서 보육 안드로이드 혜택도 받지 못했어. 어쩌다 보니 외로운 사람끼리 만나 사랑했고, 조금 이르게 결혼했단다. 행복한 가정을 꾸려서 받지 못한 만큼 자식들에게 사랑을 주자고 신께 맹세했어. 하지만 그조

차도 우리에겐 욕심이었나 봐. 첫 아이를 가졌지만 유산했지. 곧 아이를 낳을 수도 없는 몸이 됐단다. 슬펐지만 꼭 내 배로 낳아야만 어디 자식이겠니? 입양이라는 선택지도 있었어. 마음으로 낳은 아이를 맞이할 신청을 하던 중에 어떤 사람이 찾아왔어.

김 박사님이었지. 그래, 네 주치의 말이야. 사실 의사가 아니라 안드로이드 공학 박사야. 그분이 찾아와서 그런 이야기를 하더라. 부모를 대신하는 보육 안드로이드는 성공적이니, 반대로 자식을 갖지 못한 부모에게 위로를 주고 나중에는 극진히 모시는 부양 안드로이드를 시도하려고 한다고. 그 사람들은 프로젝트를 위해 가장 적합한 조건을 가진 부부를 물색했단다. 몇 년에 걸쳐서야 간신히, 엄마랑 아빠를 찾아낸 거야. 자식을 두지 못해 늙으면 누구의 도움도 받지 못하고 쓸쓸히 죽을 기대가 큰 최적의 후보군으로 말이야.

참 우습고 화나는 일이지, 그 사람들이 그래. 제들이 뭔데 우리의 미래를 가지고 이럴 거라느니 저럴 거라느니 왈가왈부하느냔 말이야. 당시에 그리 쏘아주지 못한 걸 지금도 후회해. 그렇지만, 그 때문에 널 만났으니까 선택을 후회하지 않아.

쉽게 결정하진 못했어. 아빠랑 오래 머리를 맞댔단다. 거기에 입양 신청이 우리들의 경제적 사유로 떨어지니까 온갖 생각이 들었지. 우리 두 사람이 나누었던 말, 고민, 여기에 쓰기엔 너무나도 깊고 고통스러운 시간이었어. 2년을 꼬박 이야기하고 싸우다가 반쯤은 자포자기 심정으로 제안을 수락했어. 애완동물을 자식처럼 여기고 재산도 상속하는 세상인데, 안드로이드를 키워 자식

삼는다고 퍽 이상할 게 뭐냔 맘이었어. 처음엔 그랬어. 네게 상처가 되겠지만, 숨기지 않기로 했으니까.

우리의 생각 이상으로 프로젝트의 산물인 너는 인간 같았어. 아니, 인간과 다르지 않았어. 우리는 그때야 세상이 얼마나 발전했는지 깨달았단다.

4.

처음 네가 오던 날 우리는 연구소라는 델 가서, 네가 어떤 존재이고 어떻게 키워야 하는지 많은 이야기를 들었어. 너는 몸의 부속이 인간과 다를 뿐, 사고나 행동, 정서를 형성하는 방식은 사람과 거의 다르지 않을 거라고 했어. 물론 아직 기술력이 미진해 몸체는 성장에 따라 정기적으로 바꾸어 주어야 하지만, 유년기와 청소년기만 지나면 그마저도 드물 거랬어. 우리가 신경 써야 할 기술적 부담은 없도록 노력했다나 봐. 아이가 안드로이드라는 사실은 아이 자신도 모르게 진행되니까 어디에도 진실을 발설해선 안 된다는 주의도 들었어. 부모 부양뿐만 아니라 인간과 안드로이드의 관계성에 관한 많은 연구가 동시에 진행될 거라고도 했어.

김 박사님이 마지막으로 당부하더구나. 부디 우리의 딸로 여겨 달라고. 보통 아이들처럼 사랑해 달라고. 우리 몫은 그거면 충분하다고.

우스웠어. 어떡해야 할지 감도 안 잡히는데, 그냥 사랑해 주라니. 비딱한 맘을 추슬러 너를 맞이하러 갔어. 대기실에서 기다리니까 김 박사님이 포대기에 싼 아기를 데리고 오더구나. 엄마랑 아빠의 모습을 반반씩 반영한 살찌고 젖내가 듬뿍 나는 아기천사였어. 건네받아 품에 안으니 동그란 눈으로 날 보고 방긋 웃었지. 믿을 수가 없었어. 어딜 봐서 이 아이가 안드로이드란 말이지? 하품하고 칭얼거리고, 엄마와 아빠를 찾아 놀랍도록 안심하는 이 아이가 안드로이드라고?

엄마는 그때 울었어. 너를 만나고서야, 엄마는 네가 무엇이든 상관치 않겠다고 마음먹었어. 너는 하늘이 준 아름다운 보석이었단다. 그래서 아름다울 미(美)에 진주 주(珠)를 써서 미주라고 이름 붙였어. 미주. 미주야. 우리 딸, 미주.

5.

너는 보통 아기와 달리 곧잘 있을 법한 병치레 하나 없었지. 배고프고 실례하면 울고, 한밤중에도 엄마를 괴롭히고, 놀아주면 좋아하고 미처 보지 못하면 사고를 쳤어. 초보 엄마, 아빠가 얼마나 곤혹스러웠는지 넌 모를 거야. 네가 왜 우는지 몰라서 속상하고, 잠들지 않아 힘들었어. 네 아빠를 닮아 부녀가 나란히 밤에 잠을 안 자서 속을 썩였지. 당근 든 이유식을 싫어하고, 악어 캐릭터 인형은 얼마나 좋아하는지 손에서 놓지 않아서 큰일이었어. 그래도 너는 주위에서 보는 다른 집 아이보다 돌보기 참 편했다고 생각해. 착한 아이였거든. 네가 안드로이드라 아프지 않아서 다행이었어. 이렇게 예쁘고 착한 내 딸이 아파서 끙끙거린다 생각하면 억장이 무너져도 여러 번 무너졌을 테니까.

네가 왜 접종을 하지 않는지, 한 번도 아픈 기색이 없는지 이상하게 여기는 사람들도 있었어. 설마 인간이 아니리라 생각하진 못했기 때문에 그냥 건강한 아이라고 넘길 수 있었지만, 사소한 의문을 지적받을 때마다 죄지은 사람처럼 불안하기도 했단다. 내가 나쁜 일을 하는 게 아니고, 불안해할 필요가 없다고 완전히 이해하고 아무렇지도 않게 되기까진 좀 더 시간이 필요했어. 네가 부끄럽거나 나빠서가 아니야. 엄마가 굳센 사람이 아니라서, 두려워서 그랬던 거야.

6.

네가 처음 말문을 열고 걸음마를 시작할 때쯤 몸을 바꾸러 갔어. 첫 돌부터 36개월까지 쓸 몸으로 바꿔주며 김 박사님이 고맙다고 했지. 우리가 잘 해주고 있다고, 앞으로도 잘 부탁한다더구나.

바뀐 네 몸은 바꾸기 전보다 조금 자라 있어서 처음엔 적응이 잘 안 됐어. 이후에도 네 몸을 바꿀 때마다 그런 부분이 있었어. 너도 기억하지? 방학 중에 검사를 받고 오면 키가 좀 커진 것 같다고 물어본 적 있잖니. 김 박사님 말로는 정교한 수준의 조절은 어려워서 조금 위화감이 들 수 있댔어.

안드로이드라고 해서 네가 다른 아이들에 비해 눈에 띄게 똑똑하다거나 두각을 보이는 영역은 없었어. 어려운 말은 잘 모르지만, 엄마 아빠의 평균 지능과 여러 가지 요소를 반영했다더구나. 이해력이나 응용력 부분에선 시스템 특성상 보통 이상은 되겠지만, 천재처럼 보이는 경우는 없을 거라고 들었어. 안심했단다. 평범하게 살겠구나, 싶어서. 네가 남과 다르단 이유로 눈에 띄고 입방아에 오르는 일은 없었으면 했으니까. 같은 이유로 아쉬움도 들었어. 너무 제멋대로라고 생각하지? 똑똑하고 잘 되길 바라는 맘이 왜 없겠니.

엄마는 많이 노력했어. 네가 어쩌면 가장 행복할 수 있을지 고민하고 또 고민하며 살았단다.

7.

유치원에 갈 나이가 되어선 걱정이 많았어. 엄마 아빠와 떨어져서 다른 사람들과 보내야 하는 시간이 길어지니까, 김 박사님과도 오래 상담했단다. 박사님은 괜찮다고 안심시켰지만 마음이 놓이지 않았어. 너는 밖에서 만나는 모르는 사람들에게 낯을 가리는 성격도 아니고, 도리어 지나칠 정도로 잘 웃고 친화력이 좋았어. 네가 자라 초등학교에 들어가고, 중학교, 고등학교, 대학교, 사회생활을 하게 될 나이까지 걱정을 달고 살 순 없잖니? 어렵게 인정하고 너를 처음 등원시켰어. 데리러 온 유치원 선생님 손을 잡고, 불안한 듯이 나를 돌아보던 네 표정이 기억나. 아마 널 보는 내 표정도 그랬을 거야. 옆집 네 또래 아이를 둔 아주머니가 자기도 그랬다며 너무 걱정 마라고 위로해주지 않았다면 그 불안이 오직 나만 겪는 것인 줄 알았을 거야.

다행히 너는 금방 또래 아이들과 친해져서 유치원 갈 시간만 손꼽아 기다리게 됐지. 얼마나 또 한편으론 쓸쓸하던지. 점점 엄마도 네가 집에 없는 시간을 맘 편히 보낼 수 있게 되었어. 널 못살게 굴었던 남자아이의 이름이 수혁이고, 네가 처음 크레용으로 그린 그림이 엄마 얼굴이었고, 처음 유치원에서 먹은 간식이 초콜릿 도넛인 것도 엄만 다 기억해.

세영이 손을 잡고 온 날도 기억나. 너희 둘은 떨어지면 곧 죽을 사이처럼 찰싹 붙어 다녔지. 어쩌나 귀엽던지. 너와 세영이는 서로 어떻게 친해졌는지 잊었을 거야. 엄마는 기억하고 있어. 다 기억해. 세영이가 신발을 잃어버려서 울 때 네가 한 짝을 줬잖니. 엄마는 네가 그토록 착한 아이라 아주 기뻤어. 세영이 부모님이 사고로 돌아가셨을 때 홀로 남은 세영이를 안고 울던 네 모습, 기억해. 기억하고말고. 우리 착한 딸, 미주야.

8.

재롱잔치 때 영상은 지금도 한 번씩 돌려본단다. 소풍 가서 찍은 사진이며, 졸업식 의젓한 모습까지. 내겐 하나도 잊고 싶지 않은 소중한 기억이야. 너는 때때로 뭘 그런 걸 아직도 보고 있느냐며 투덜거렸지. 엄마는 잊어버리고 싶지 않아.

언제 네가 엄마 아빠 곁을 훌쩍 떠날지 모른다는 두려움을 늘

안고 살았어. 그래서 할 수 있는 한 너에 대한 건 모두 알고 기억하려고 했어. 많은 시간을 기록으로 남기려고 했단다. 떠나더라도 네가 우리의 딸이었단 사실을 사실로 남기고 싶어서.

한때는 그 모든 일이 무슨 소용인가 싶어 우울한데, 네 아빠가 그러더구나. 이렇게 하면 미주가 이 세상에 우리 딸로 존재했음을 역사로 남기는 거 아니냐고. 누가 뭐라고 하든 지나간 시간과 역사는 바꿀 수 없지 않으냐고. 또 나중에 미주가 길을 잃는 일이 생길 때 분명 도움이 될 거라고. 네 아빠 정말 대단한 사람이지? 엄마가 그 말을 어떻게 믿지 않을 수 있겠니.

엄마는 네가 여섯 살 재롱잔치 때 세영이랑 같이 춘 펭귄 춤을 정말 좋아해. 펭귄 탈을 쓰고 뒤뚱거리며 추던 춤 말이야. 둘이 반대로 움직이는 바람에 부딪혀 넘어졌는데도 씩씩하게 일어났지. 춤이 끝나고 조마조마하며 지켜보던 내게 웃으며 손을 흔들었어. 엄마. 나 넘어져도 일어날 수 있어. 잘할 수 있어. 지켜봐 줘. 꼭 그렇게 말하는 것 같았어. 가슴이 벅차서 자꾸 눈시울이 붉어지는 거야. 너는 언제나 엄마의 걱정을 걱정하지 말라며 배려하는 그런 아이였어.

9.

초등학교 입학하고서 있었던 일 기억하니? 계곡에 소풍 갔다가 절벽에서 떨어진 사고 말이야. 미주 너는 아마 하루 기절하고 일어난 대수롭지 않은 일이라 기억할 테지만, 실은 무척 심각한 상황이었어. 네 몸의 반이 산산조각이 나서 몸을 교체해야 했거든. 엄마는 네 치료실 앞에서 기절하기 직전이었어. 김 박사님이 만약 네 시스템에 심한 손상이 갔다면 지금까지 해 온 모든 일이 무위로 돌아갈 수도 있다고 했어. 무슨 말이냐고 물으니, 우리 딸이었던 기억이 사라지거나 심각하면 모든 상태를 리셋 해야 할지도 모른댔어. 네가 보고 들은 기억은 자동으로 백업 되지만, 그 기억을 가지게끔 한 행동 방식을 결정짓는 중요한 부분은 어렵다고. 그건 오직 시간을 들여 꾸준히 피드백으로 성장해 온 안드로이드의 마음 같은 것이라고 했어. 그래서 마음의 준비를 하라고 하더구나.

다행히도, 정말 다행히도 네 시스템은 모두 무사했어. 우리 딸미주는 사라지지 않은 거야. 잠든 널 데리고 집에 돌아와서 아빠와 이야기를 했단다. 의문이 들었거든. 어디까지가 미주인가, 하고 말이야. 우리를 기억하지 못하면 우리 딸이 아닌가? 리셋 된 채로 생김새만 미주이면, 우리 딸이 아닌 걸까? 그렇다면 기억 상실에 걸린 사람들은? 마음의 병으로 세상과 등진 사람들은? 무엇이 미주를 미주이게 하는 걸까?

엄마랑 아빠가 믿고 싶은 대로라는 결론을 내렸어. 미주를 미주라고 보고 인정하는 엄마 아빠의 믿음이라고 하기로 했단다. 앞으로 또 이런 일이 생겨 네가 다치고 우릴 잊어버리는 순간이 오더라도, 우리 딸로 극진히 여기고 믿는다면 네가 우리 딸이 아닐 리가 없다고. 다행히도 이후 지금까지 그런 일이 없었구나. 정말 다행이야.

깨어난 네게 사고의 원인을 묻자 너는 자신의 부주의로 발을 헛디뎠다고 대답했지. 우린 이미 김 박사님을 통해 사고가 일어난 네 기억에 대해 알고 있었어. 평소 반의 여자아이들을 괴롭히는 남자아이들과 싸웠지? 티격태격 몸싸움을 하던 중에 밀려 굴러떨어졌고. 그런데도 너는 그 애들을 지켜주었어. 그것이 네 결정이라면 존중해 주자고 아빠랑 이야기했단다. 나중에 널 민 남자애랑 그 애 부모님이 찾아와서 용서를 구하더구나. 화가 났지만 그래도 받아들였어. 세상에서 가장 하기 힘든 것이 용서라는데, 네 덕분에 엄마랑 아빠는 할 수 있었어.

10.

위험천만했던 그 일 이후 김 박사님과 연구원들이 고민을 많이 했나 봐. 미주에게 동생을 만들어 주면 어떻겠냐고 제안하더구나. 입양을 도와주겠다고 했어. 그 사람들은 미주 너의 일 뿐만 아니라 너를 키우고 돌보는 엄마와 아빠의 상태도 늘 신경 써주었어. 정기적으로 심리 상담도 하고 경제적으로 어렵지 않도록 지원도 잘 해주었지. 애정을 쏟는 네가 중간에 망가지거나 사라질 경우에, 우리가 받을 충격과 고통을 대비할 필요가 있다고 판단했대.

마다할 일이 아니었어. 입양은 원래 우리가 바랐던 일이었고, 너를 소중히 여겨줄 가족이 늘어나면 얼마나 좋은 일이야? 혹시나 싶어 네게 동생이 있었으면 좋겠냐고 물으니 거리낀 내색 하나 없이 기뻐해 주었지. 형제자매가 있는 친구들이 얼마나 부러 웠는지 모른다고, 아끼고 사랑해줄 거라며 웃었어. 우린 걱정 없 이 너보다 세 살 어린 여자아이를 입양했어. 현주가 오면서 우리 네 가족은 완전해질 수 있었단다. 미주 네가 쭈뼛거리며 도통 말 문을 열지 못하는 현주에게 끝없이 말을 걸고, 안아주고, 손을 잡 고 돌아다니면서 집이며 동네 여기저기를 소개해주고, 누구냐고 묻는 사람들에게 동생이라고 당당하게 말해주었지. 일주일이 지 나니까 엄마, 아빠 보다 언니라는 말을 더 자연스럽게 하기에 밉 지 않게 괘씸했어.

현주에게 네가 안드로이드라는 사실은 좀 더 자란 뒤에 알려 주기로 했단다. 너도 알다시피 현주는 상처가 많은 아이였고, 제 일을 이겨내고 평범하게 웃을 수 있게 되기까지 많은 시간이 필 요했잖니. 언제나 바르게 자라온 너와 달리 현주는 우여곡절이 많았어. 우울증을 앓기도 했고, 학교에서 따돌림당하기도 했었어. 나중엔 고등학교 진학도 포기했고. 그래도 미주 네가 옆에서 동 생을 많이 도와주어서, 어려운 상황에도 안심할 수 있었어.

11.

너는 아이돌 가수를 좋아하고, 만화책 읽기를 좋아했지. 지금 도 그러니? 수학을 참 잘했잖니. 엄마는 수학은 젬병이었는데. 네 아빠 머릴 닮아서 그럴 거야. 수다가 많고 애교 많은 성격으로 자 라는 네가 얼마나 귀여웠는지. 여우 같다며 웃어른들이 애정을 담아 놀리면 입술을 삐죽 내밀고 토라지다가도 금방 사랑스럽게 굴었지. 예의 바르고 착하다고 동네에 칭찬이 자자했단다. 속 썩일 때도 잦았어. 잠도 많고, 편식하고, 늦게까지 나돌아다니고. 엄마 속 타는 줄도 모르고 커서도 남자애들이랑 싸움질이나 하고……

미희를 중학교 때 만났지? 너랑 세영이랑 미희, 지금도 끔찍하게 서로를 아끼는 너희. 그 애들 존재가 참 고마워. 그 애들이라면 네가 인간이 아니라는 사실 같은 건 전혀 신경 쓰지 않을 것 같았어. 실제로 그랬지. 가족이 주는 사랑과 그 애들이 네게 주는 사랑은 같으면서도 달라서, 이 세상에 너를 조건 없이 사랑해 주는 사람들이 있다는 게 기뻤어.

미주야. 엄마는 그렇게 생각해. 인간이든 무엇이든 세상에 존재한다면 사랑받아야 마땅하다고. 사랑해야 한다고. 존재를 존재하게끔 하는 것이 무엇이냐면, 엄마는 사랑이라고 대답하려고 해. 엄마랑 아빠는 널 키운 게 아니야. 세영이와 미희는 네게 친구가 되어준 것이 아니야. 네가 인간이 아녀서 네 삶 모든 것이 수동적으로 따라왔다고 생각하지 않아. 미주 네가 엄마와 아빠의 의미로 거기 태어났고, 세영이와 미희의 친구로 네가 다가간 거야. 너는 그저 우리와 함께 살았을 뿐이란다. 무슨 말인지 이해하겠니?

응, 미주야?

12.

사람의 감정이 어떻게 생겨나고 기능하는지 잘 모르겠다만, 잘 대해주고 호감 가는 행동을 하는 사람에겐 누구나 끌리지 않겠니? 서로 아끼고 애틋하게 여기고, 더불어 생긴 모양새가 내 취향이면 좋잖니. 사람의 사랑도 감정도 발현하는 이유와 조건이 있는데, 시스템의 판단과 계산에 의한 반응이 뭐 그리 대수겠니? 얘, 따지고 보면 엄마도 아빠 잘생겨서 좋아한 거야.

고등학교 들어가고서 좋아하는 사람이 생겼지? 네 첫사랑. 세영이랑 미희랑 같이 들어간 만화 동아리의 한 학년 선배였지. 이름이 재훈이었어. 배우 누구를 닮고 어른스럽다고 한동안 재훈이 이야기만 엄마 귀에 못이 박히게 떠들었잖니. 밸런타인데이, 생일선물 챙겨준답시고 참고서 사야 한다며 돈 받아가기도 했었지? 엄마가 모를 줄 알았어? 바보. 알고 넘어가 준 거야. 네 첫사랑은 재훈이가 학교를 졸업하고 서울 대학교로 진학하면서 끝났지만, 그 애를 좋아하며 울고 웃던 네 모습은 세상에서 가장 예뻤단다.

네 사랑이 네게 어떤 의미일지 김 박사님께 물어본 적 있었어. 어려운 이야기는 잘 몰라도, 이론적으로 네게 허락되지 않은 감정은 없다는 대답을 들었어. 어떻게 판단할지는 사람의 몫이라 했지. 특정 감정이 발현될 때 인간의 뇌와 몸 상태를 본떠 네 시스템을 만들었대. 그런 상태의 네 행동을 감정이라 볼지, 그냥 어떤 문제에 의한 반응으로 볼지는 우리 몫이라고. 자기는 과학자라 현상과 원인을 언제나 인지하지만, 널 사랑하는 우리가 그럴 필요는 없을 것이라 했어.

그렇다면, 미주 너는 사랑을 했어. 네가 그 감정을 사랑이라 여겼다면 사랑이야. 틀린 건 없어. 옳고 그름을 누가 재단하겠니? 미주야. 너는 아무것도 기만하지 않았어. 넌 그저 사랑했을 뿐이야.

13.

스튜어디스가 되고 싶다고 했지. 세영이는 선생님, 미희는 소설가. 입시지옥을 견뎌내고 대학 새내기가 되어 학교는 제각기 떨어졌지만, 너희 세 사람은 언제나 친구였어. 세영이가 부모 대신 자길 키워준 보육 안드로이드를 보낼지 말지 고민할 때, 핀잔 주면서도 세영이를 돕고 같이 울던 때, 엄마랑 아빠도 몰래 울었어. 세영이 맘이 우리 맘과 어떻게 다르겠니. 세영이가 결국 아빠 안드로이드를 보내지 않고 함께 살아가기로 하고서…… 그 뒤에 엄마 아빠는 미주, 네 이야기를 세영이에게 해주기로 했단다.

이기심이야, 알아. 제멋대로지. 세영이가 받아들여 주지 않으면 어쩌나 고민도 많이 했어. 배신감 느끼면 어쩌나 하고. 미안해. 자식의 원망을 감수한다고 부모가 자식에 대해 휘두르는 일이 정당화되진 않아. 정말 미안하다.

네가 집을 비운 동안 세영이를 불러 어렵게 어렵게 이야기했어. 네가 어떤 존재인지, 우리에게 어떤 의미인지. 세영이는 침착한 표정으로 잠자코 듣고서, 우리가 이야기를 끝낸 뒤에야 입을 열었어. 그리고 그 애가 한 말에 너무 놀랐단다.

"아주머니, 아저씨. 저 알고 있었어요."

믿을 수 없었지. 어떻게 아느냐고, 언제부터 알았느냐고 물었어. 세영이가 그러더라. 아빠 안드로이드가 가르쳐 주었다고. 보육 안드로이드 혜택을 받고 머잖아서 알았다고. 보육 안드로이드는 같은 목적을 가진 안드로이드를 알아보는데, 미주 너도 기본은 거기서 온 것이니 쉽게 알아차린 듯하다고. 세영이가 그러면서 뭐랬는지 아니?

"전 미주가 한 번도 제 친구가 아니라고 생각한 적 없었어요. 유치원 다닐 적부터 지금까지 미주는 제 소중한 친구였어요. 저는 미주가 인간이 아니라는 사실을 이상하게 여기지 않았어요. 물론 가끔 돌이키곤 했지만, 그게 미주와 제 관계에 어떤 문제가 된 적은 없었어요. 인간이 아니라는 점을 포함해서, 미주는 제 친구예요. 두 분께 미주가 딸인 것과 마찬가지로요. 오히려 미주에게 고마워요. 아빠를 반납해야 하나 고민했을 때 미주 생각도 많이 했었거든요."

네 소중한 친구는 우리만큼, 그 이상으로 너를 아껴주고 있었어. 세영이는 미희도 알고 있었다고 이야기해서 또 놀라버렸지. 세영이와 미희는 둘이서 너에 대해 많은 이야기를 했나 봐. 그 애들은 그 애들 나름대로 너의 존재를 인정하고 받아들였던 거야. 어린 맘인데도, 험난한 세상에서 제 몸 하나 건사하기도 힘들었을 텐데도. 네 자리를 만들어서 품고 소중히 여겨준 그 애들에게 말도 못 할 만큼 고마워서 마냥 울었어. 세영이가 내 손을 잡고

같이 우는데······

14.

김 박사님을 만나러 갔어. 우리는 네가 평범한 삶을, 인간 누구에게나 허락된 삶을 살아주었으면 바랐어. 우리가 죽을 때까지가 네 삶의 한계라면, 거기서 자유로워져서 누군가와 결혼하고, 자식을 두고, 혹은 그러지 못하더라도 미주로 세상을 충분히 누리다 갔으면 좋겠다고 생각했단다. 김 박사님은 우리 이야기를 듣더니,

"두 분이 미주를 끔찍이 여기는 점은 압니다. 하지만 생각해 보셔야 할 문제가 있습니다. 미주는 두 분이 돌아가실 때까지 자식으로 살도록 만들어졌고 그 의무를 수행하면 다시 또 어떤 목적을 세팅해 주어야 합니다. 두 분이 바라는 대로 살고자 한다면, 그런 바람의 삶을 명령으로 만들어 입력해야 한단 말입니다. 그건 과연 두 분이 생각하시는 진정히 자유로운 삶일까요? 두 분이 안 계신 상태의 미주 존재 이유를 두 분이 강제하는 것일지도 모릅니다."

미주의 판단은 어떻게 되느냐고, 미주가 원한다면 어떻게 되냐고 반문했지.

"미주는 인간이 아닙니다. 물론 미주의 존재는 저희도 오랜 시간을 들이는 테스트 모델이기 때문에 어떤 변수가 생길지는 확답 드리기 어렵습니다. 그러나 미주가 자신의 소임을 다 했을 때 스

스로 계속 살아가길 선택할 가능성은 없다고 봅니다. 우리는 설령 미주가 그러한 선택을 할 수 있는 상태가 된다 할지라도 마냥 기뻐하지 못할 겁니다."

김 박사님은 무척 괴로운 표정을 짓더구나.

우리는 거기서 아무 말도 하지 못했어. 인간을 위해 존재하는 안드로이드이기에 인간을 위해서 통제해야 한다고 해. 안드로이드의 발전과 인간에 근접해가는 상태가 인간의 삶을 윤택하게 만드는데, 그럴수록 안드로이드는 자유의지를 가지지 못하도록 구속해야만 한다고. 네가 안드로이드라서.

머리가 텅 비는 기분이 들었어. 그런 말을 이제 와 할 거면, 차라리 자식처럼 키우지 말고 애정을 쏟지 말라고 하지 그랬냐는 말이 목구멍까지 치밀어 올랐어. 아무리 우리가 죽은 뒤의 일이지만, 자식이 오래 살아 행복하지 못할 거란 말을 듣고 어느 부모가 억장이 안 무너지겠니.

15.

지금껏 뉴스에서 온갖 사건과 사고를 보았단다. 그중에서 네 또래의 아이들이 죽었다는 소식만큼 가슴을 먹먹하게 만드는 일이 없었어. 떠난 자식을 가슴에 묻고 살아가는 부모를 당시에는 그저 딱하다고만 생각했어. 네 미래를 알고 나서는 내가 저들과 다른 게 뭔가 싶더구나. 죽어 알 수 없는 미래의 일, 살아 있는 동안엔 너는 우리 곁에 있을 테니까, 그냥 그렇게 받아들여야 하는 게 아닐까. 너의 존재로 이미 과분할 만큼의 행복을 받았는데, 김 박사님 말 대로 더 바람은 그저 우리의 과욕일까? 무엇부터 잘못 됐지? 혼란스럽고 빠져나올 구멍조차 없는 미로를 헤매는 기분 이었어.

엄마 어디 아프냐고, 왜 이리 우울해 하냐며 네가 걱정했지. 네 얼굴을 보니까 알겠더구나. 아까도 말했지, 너는 그저 거기 있었 을 뿐이라고. 존재했을 뿐이고, 너를 딸로, 친구로 여기어 세상에 의미로 만든 건 우리들이었다고. 처음부터였어. 그래 맞아. 처음 부터 우리는 너를 우리의 욕심으로 살게 했던 거야. 너는 우리의 욕심을 이뤄주려고 열심히 살았을 뿐이었잖아.

16.

네게 너에 대해 알릴지 말지는 중대한 문제였어. 김 박사님은 권장하지 않겠다고 했지. 정체성이란 폭탄 같은 거라고, 인간인 줄 알고 인간으로 살아온 네 시스템이 과부하를 일으킬지 모른다 고. 그러면 수명도 보장할 수 없다고 경고했어.

자포자기가 아니야. 믿어주렴. 우리는 네가 온전히 너로 살아 주길 원했어. 아무것도 모른 채로 타의에 의해 생을 끝내지 말고, 네가 무엇인지, 어떤 존재인지 알고 그렇게 되어주기를. 김 박사 님은 아직 이르다고 한 일 말이야. 인간의 예상을 뛰어넘어 인간 의 한계를 초월한 기적이 네게 있기를 바랐어. 왜냐면 우리는 너 를 기계로 끝내게 두고 싶지 않았기 때문이야.

모순된 말인 줄 알지만, 네가 안드로이드이기에 안드로이드로 살지 않기를 바랐어. 이미 너의 삶은 우리에게 그랬다고 생각해. 이제는 '누군가의 너'가 아니라 '너만의 너'가 되기를. 네가 안드로이드이기에 받아야 하는 불평등과 한계, 고통을 알면서도 네가 해 왔던 모든 일과 삶이 오롯이 너의 판단이고 자유로움임을 믿고, 앞으로도 그렇게 살아주기를.

우리는 김 박사님께 너에 대한 정을 떼는 과정이 되리라 이야기했어. 설득은 어려웠단다. 그럼에도 김 박사님이 끝끝내 우리의 의견을 들어준 이유는, 네가 안드로이드로 자각하게 되면 더욱 더 안드로이드로서 올바른 상태로 못 박을 수 있으리란 기대 때문이래. 재미있지 않니? 우리는 네가 안드로이드로 자각하는 일이 너의 한계를 뛰어넘으리라 생각하는데, 정작 너를 만든 사람들은 정 반대의 상태가 될 기대를 하니 말이야.

그래. 우리의 기대와 바람은 말하자면 이성적이지 않고 근거 없는 믿음에 불과했어. 네 시스템이 어떻게 돌아가는지 알지 못하고, 살면서 네가 어떻게 자라고 변해왔는지 자세한 내막은 하나도 몰라. 그저 너를 키우며 얻었던 경험과 믿음 외에는 무엇도. 단지 네가 잘해낼 걸 알 뿐이었단다. 어떤 아픔과 시련이 닥쳐와도 꿋꿋하게 이겨내고 네 주위의 사랑하는 이들을 품어 안아 줄 사람이란 걸 알 뿐이야. 네가 지금껏 우리 딸로 살아온 일이 기적 아니겠니? 엄청난 우연으로 외톨이인 두 사람이 만났고, 아이를 점지받지 못했어. 와중에 너의 프로젝트가 시작되었고, 선택받아 너의 엄마 아빠가 되었어. 이 모든 일이 기적이 아니라면 무엇을 기적이라 해야 하겠니?

네가 대학을 졸업하는 날 모든 사실을 털어놓기로 결정했어. 늦었지만 현주에게도 알리자고 했지. 만에 하나 큰 충격으로 네게 문제가 생기면 곧바로 처치할 수 있도록 김 박사님과 연구원들이 가까운 곳에서 대기하기로 계획을 세웠어.

17.

삶이란 얼마나 예측 불가인지. 네 아빠와 네 동생이 그렇게 세상을 떠날 줄은 누가 예상했을까?

18.

그 날 밤에 아르바이트 나간 현주가 늦는다며 불안해하던 네 아빠가 데리러 나갔지. 아무 예감도 들지 않은 평범한 날이었어. 자정이 넘어서도 돌아오지 않으니까, 나간 김에 둘이서 야식이라도 사 먹고 오는가 싶었지. 엄마는 당장 어떤 불행이 찾아올 거란 생각은 조금도 하지 않았어. 너도 그랬을 거야. 전화벨 소리가 을씨년스럽게 울렸어도 그저 아빠가 곧 돌아가겠다고 알려주려 걸었다고 생각했어. 그런데 아니었어.

차 사고가 났대. 건너편에서 오던 음주운전 차량이랑, 그래서 다 죽었대. 무슨 소릴 하나 했지. 엄마가 하나도 상황을 이해하지 못하고 있으니까 네가 나와서 전화를 받았지? 그 뒤로는 기억이

잘 안 나. 정신을 차리니까 병원 침대였어. 정말 하나도 기억이 안
나. 엄마가 울었니? 아빠랑 현주 누워있는 거 보고 비명을 질렀
니? 기억난다고 달라질 건 없어. 아빠랑 현주는 영영 가버렸으니
까.

19.

있어선 안 될 일이 생기고, 그래서 삶을 알 수 없다고 한다마
는. 엄마는 너무 많이 힘들었어. 미주 네가 너의 이상을 눈치챘지.
슬픔에 미쳐 엉망진창이 돼버린 엄마처럼 네 시스템도 이상해졌
나 봐.

"엄마, 나 사람이 아닌 거 같아. 슬프고 힘든데 고통스럽지 않
아. 그렇게 느끼고 반응하라고 머릿속에서 자꾸 목소리가 들려.
나 정말 슬퍼하는 거야? 내 감정이 어떻게 된 걸까?"

네게 울분을 다 토해내고 말았어. 넌 인간이 아니라고 모질게
말 한 거 후회해. 그리 알려주어선 안 됐는데. 엄마가 약하고 바보
같아서 우리 딸한테 상처를 줬어. 네 탓이 아닌데. 세영이랑 미희
가 그만 하라고 말리니까 정신이 들었지. 이미 엎질러진 물이었
어. 네 충격 받은 얼굴이 잊히질 않아. 너는 그게 무슨 농담이냐고
되묻지 않았어. 하얗게 질린 낯이 점점 평온해지고 마치 그랬다
는 걸 예상한 듯이, 그래서였구나, 곱씹으면서…… 무서웠어. 엄
마가 알던 미주가 사라질까 두려웠어. 네가 그 모든 사실을 체념
하고 다 놓아버릴까 봐. 엄마 손을 잡고 미안하다고 말했지.

"미안해요, 엄마. 내가 인간이 아니라서."

아니야. 왜 네가 미안하니? 한 번도 통곡해본 적 없는 네가 곧 죽을 만큼 우는데. 엄마도 네 손을 잡고 우는 것밖에 할 수 없었어.

네가 종종 느꼈던 이질감에 대해서 미희가 말해주더구나. 어째서 그 흔한 감기조차 걸리지 않는지, 남들은 받지 않는 검사를 매년 받는지, 헌혈이나 네 존재를 감지할 만한 일에는 거부감부터 드는지. 언제부턴가는 머릿속에 뭐가 다른 사람이 사는 것 같아서, 자신의 의지대로 못 살까 봐 걱정했다고. 완전한 자각은 아니지만, 피드백이 쌓여 본래 시스템과 충돌하는 부분에서 어느 정도 예상하고 있었을 거라고. 가족들이 걱정할까 봐 내색하지 않았다고 했지.

어쩔 줄 모르는 엄마에게 세영이와 미희가 한동안 지켜보라고 위로해 주었단다. 엄마에겐 시간이 필요했어.

20.

김 박사님 그 머리 좋은 사람도 일이 이렇게 될 줄 몰라서 낭패한 눈치였단다. 애도의 말을 건네고 조심스레 네 상태를 물었어. 너의 세팅 변수에 이렇게 일찍 가족을 잃는다는 건 없었대. 물론 그간의 경험을 통해 얼마든 상태에 적응할 수 있지만, 손쓰기 어려운 문제가 생겼을지도 모른다고 했어. 전부 설명했단다. 미희에게서 들었던 말, 너의 정체성에 대해 말한 전부.

김 박사님이 깊은 한숨을 쉬고 먹먹해하더구나. 한참을 우리는 침묵 속에 있었어. 오래 지나고서야 김 박사님이 입을 열었지. 자기들이 너무 안일해서 내게 큰 짐을 지웠다고 사과했어. 마치 그들이 모든 현실을 만든 것처럼 미안해하더구나.

웃음이 났어. 그 사람이 그리 말한 이유며 마음을 짐작하고도 남았지. 그런데 어쩌겠니? 그 사람은 너를 만들었고, 너는 우리에게 왔고, 엄마는 널 만났는걸.

"미주 어머님. 미주 덕택에 안드로이드의 성장에 관한 유의미한 결과를 많이 얻었습니다. 그래서 테스트는 계속 진행하게 되겠지만, 우리는 이 프로젝트가 상용화하기엔 시기상조라 결론지었고, 정부에도 그렇게 보고하고 설득할 생각입니다. 이제 와 이런 말을 하면 구차한 면피라 여기실지 모르겠습니다. 미주에 대해서는 어머님의 요구를 될 수 있으면 수용해 드리고 싶습니다."

지금껏 엄마는 김 박사님이 너를 어떻게 생각하고 있는지는 관심이 없었어. 너를 만들어 우리에게 보냈지만, 결국 너를 데려갈 사람이라서 늘 곱게 보지 못했지. 그런데 우리 맘이랑 그리 다르지 않을지도 모른다는 생각이 들었어. 제 손으로 태어나게 했고 네가 자라는 모습이며 우리 딸로 살아가는 시간을 쭉 지켜본 사람이잖니. 우리 못지않게 많은 고민을 했을 거야. 더 힘들었을지도 몰라. 그 사람은 나라의 일을 하는 사람인데, 우리가 너를 계속 안고 가고 싶다고 고집을 피워댔으니 얼마나 곤란했을까. 뒤늦게 미안한 마음이 들더구나.

엄마는 미주 네 삶이니 네가 선택하게 해주고 싶다고 했어. 네가 어떤 선택을 할지, 프로그램대로 행동하고 선택하게 되더라도 그것이 너의 선택이라면 존중해 주고 싶어. 말이 다르지 않으냐고 생각하니? 기계로 살지 않기를 바라면서 기계로 살기를 선택하는 결과도 받아들이겠다니 이상하니?

네가 잘 선택할 걸 믿어. 어떤 선택도 정답이 아니기 때문이란다. 엄마의 믿음, 바람과는 별개로 네 인생은 네 것이니까. 아빠와 현주를 다 떠나보내고서야 알았어. 자신의 삶을 결정짓고 선택할 수 있는 사람은 오직 당사자뿐이야. 내가 아무리 바라도 사람에게 닥친 운명을 어떻게 바꿀 순 없어. 태어나면 살고, 살면 죽어. 누구나 마찬가지야. 그래서야. 그래서 네가 안드로이드로 생을 끝내고 싶다면 마음은 아프겠지만 받아들이려고 해. 네 아빠도 분명 이해해 줄 거야.

사랑할 시간조차 부족해. 삶이란 뜻대로 되지 않는 온갖 변수와 가능성의 시간으로 가득 차 있단다. 큰 슬픔이 지금 곁에 있다고 앞으로도 계속 있다는 보장은 없어.

21.

미주야. 사람들은 엄마를 보고 불쌍하다고 해. 고아인 출신 성분부터 과부가 된 인생을 보고 기구하다거나 불행하다고 동정해. 엄마가 실제로 어떻게 살았는지, 어떤 생각을 하는지는 상관없어. 보이는 그대로만 보고 너무 쉽게 많은 걸 속단해. 물론 평범하다고 말할 법한 삶은 아니었어. 어릴 땐 그런 시선이며 동정이 싫었어. 나는 불쌍한 사람이 아닌데, 만족하고 행복하게 사는데, 나를 상처 입고 나약한 무언가로 보니까 참 싫증 났어. 오히려 그런 상황이 점점 더 나를 좀먹고 불쌍하게 만든다고 생각했어. 악의가 없는 동정이 비참하다 느꼈고, 남 보기 행복하게 살지 않으면 이 고통스러운 고리는 절대 벗어던질 수 없다고 믿었지.

원망도 많이 했어. 내 인생은 대체 무엇에 빚을 졌기에 이토록 나락이냐고. 헤어 나올 수 없는 구렁텅이에서 빠져나오지 못하고 허덕이고 있느냐고. 근데 말이지, 지금은 다른 생각을 하게 되었어.

찾아온 불행을 불행이 아니라 할 필요는 없어. 온 행복이 행복이 아니라며 더 큰 행복을 찾아야 할 필요도 없더란 거야. 남이 무어라 하든 나를 행복하게 하고 불행하게 하는 건 오직 나밖에 없어. 남과 나를 비교할 필요가 없다는 말을 지금에야 깊이 이해한단다.

무슨 말인지 알겠니? 너로 인한 행복과 불행은 엄마의 몫이지 네 몫이 아니란 소리야. 엄마는 미주 네가 있어 행복했어. 행복해. 불행했던 적 한 번도 없었어. 뭐가 더 필요하니?

22.

많이 고민하고 있지? 쉬운 일은 아니야. 혼란스러울 텐데도 엄마가 힘들어할까 봐 언제나처럼 밝은 미주로 돌아와 주어서 고마워. 부모를 위해야 한다는 프로그램 때문이라 자책하고 있니? 사람의 누군가를 위하는 마음도 저절로 샘솟지 않아. 배우고, 가르치고, 살면서 체득한 시스템이지. 너는 그 과정을 생략하고 일찍부터 가졌을 뿐이야. 그리고 프로그램이면 뭐 어떠니. 꼭 사람과 같은 방식이어야만 진심이라고 하겠니? 진심이 대체 무엇일까? 얼마 전에 미희가 그러더라.

"안드로이드에게 인간다움을 요구하는 건 지나치게 인간 편의적인 판단 같아요. 꼭 인간의 영역으로 끌어들여 안드로이드의 가치를 헐뜯을 필요는 없잖아요. 지금 그대로도 좋다고 생각하는데, 솔직히 자신은 없어요. 인간과 별 차이가 없으니까 지금껏 미주를 받아들일 수 있었던 걸지도 모르죠. 다름을 이해하고 싶어요."

그 애는 한 번씩 엄마를 놀라게 해.

23.

두서없는 이야기를 많이 했구나. 얼마가 걸리든 좋으니까, 살고, 숙고해서 결정하고 선택하길 바라. 엄마도 아빠랑 현주처럼 예고 없이 떠날지 몰라. 네가 먼저 어떤 이유로 엄마보다 먼저 떠날 수도 있지. 불명확하니까. 삶이란 하나도 뜻대로 되지 않으니까. 그러니 엄마는 엄마 자신에게, 미주는 미주 너 자신에게 후회 없이 살기를 바래.

엄마는 이제 단 하나의 원칙만을 지키고 살려고 해. 많은 일을 겪고서, 많은 시행착오와 오랜 고민 끝에 내린 결론이야. 잊지 말고 기억해주렴.

24.

내 인생에 다시없을 소중한 우리 딸, 무슨 일이 있더라도 엄마
는 너를 사랑할 거야.

■ 인 생 은 ……

〈아빠의 우주여행〉이 아버지께 전상서라면 〈인생〉은 그 반대입니다. 보육 안드로이드가 있다면 부모님을 모시는 부양 안드로이드도 있을법하단 발상에서 시작하였습니다. 2014년 3월 30일에 시작한 이 이야기는 5월 중순이 되어서야 초고를 마무리 지을 수 있었습니다. 그 해 4월 16일의 절망을 기억합니다.

이 글을 노트에 쓸 때, 제목 다음에 이런 문구를 써두었습니다. '언제나 겸허하게 인생을 생각하고, 내가 가지지 못한, 하지만 누군가는 생각했을, 그리고 생각할 소중함을 위하여'

온우주
단편선

최 후 의   고 백

최 후 의 고 백

"저기……"

"뭔데요?"

미희는 싫증 난 목소리로 되받아쳤다. 평일 늦은 아침에, 교복을 입은 여고생이 거리를 돌아다니는 일이 흔한 상황은 아니다 보니 별 일이 다 일어나곤 했다. '불량 학생의 계도'에 목적을 둔 경찰이나 아줌마들의 오지랖이기도 했고, 나쁜 맘을 먹고 접근하는 회사원이나 노인네들이거나, "얼굴에 근심이 묻어있구나!"라며 넌지시 말하고 지나가던 승려이기도, 조상님이 어쩌고 하는 사이비 종교의 전도사이기도 했다. 어느 쪽이든 달갑지 않았다. 미희는 그저 혼자 하고픈 일을 자유롭게 하며 유익한 시간을 보내고 싶을 뿐이었다.

그날은 아침부터 바다 생각이 간절했다. 그래서 학교 앞을 지나쳐 버스를 타고 해운대 바다로 갔다. 늦가을의 아침 바다는 한적하기 이를 데 없어, 조깅하거나 산책하는 지역 주민이나 외국인 몇 사람만이 간간 눈에 띌 뿐이었다. 미희는 눈부신 해수욕장에 전세 낸 듯 달려가 발을 담그고 물장구를 치며 놀았다. 실컷 놀고 모래사장에 발 뻗고 앉아 슬슬 배고픔을 인식하기 시작할 무렵, 누군가가 다가와 말을 건 것이다.

"미희 님."

"네?"

적당히 흘려 듣고 무시할 생각이었는데, 이름이 불리자 깜짝 놀라 돌아보았다. 멀끔하게 생긴 청년이었다. 많이 쳐 줘야 삼십 대 초반 정도로 보이는 사내는 키가 무척 컸고, 외형적으로 완벽하다 생각될 만큼 잘 생겼다. 처음엔 연예인이나 그와 비슷한 직종에 종사하는 사람인 줄 알았다. 아니, 그 보다도 그런 사람이 자신의 이름을 알고 있다는 사실이 믿기지 않았다.

기억을 아무리 더듬어 봐도 아는 사람이 아니었다. 미희는 순간 자신의 가슴팍을 더듬어 이름표가 붙어있나 찾아보았지만, 학교 밖을 돌아다닐 땐 언제나 교복 안주머니에 들어있었다. 대체 뭘까. 미희는 놀라움을 빠르게 정리하고 의심스러운 눈으로 남자를 쭉 훑었다.

"저 아세요?"

"알고말고요. 아주 잘 알고 있죠."

"누구세요?"

"당신은 모르는 사람입니다."

'뭐라는 거야?' 짜증이 치밀었다. 신종 사기나 무뢰배일지 모른다고 판단했다. 미희는 여차하면 비명 지르고 도망칠 준비를 했다. 그래도 훤한 아침에, 사람들이 오가는 곳에서 대놓고 나쁜 짓을 하진 않으리라.

미희의 경계를 눈치챘는지 청년은 두어 걸음 물러나 차분하게 말했다.

"나는 당신이 아주 흥미롭게 여길 존재입니다. 시간을 내 주시죠. 몇 시간이면 됩니다."

"상식적으로 나는 당신을 모르고 당신은 나를 아는 상황에서, 자기가 누군지 제대로 밝히지 않는 신용 없는 사람에게 내가 몇 시간이나 내 줘야 하는 이유가 뭔데요?"

"합당한 질문입니다. 첫째, 여기서 이야기해 봤자 당신은 아마 믿지 않을 것이기 때문이고, 둘째, 그러므로 내 정체는 당신이 아주 흥미롭게 여길 수 있을만한 소재일 것이며, 셋째, 나는 당신에게 해코지할 생각이 전혀 없고, 넷째, 이 이후 지금의 내가 당신을 만날 일은 없기 때문입니다."

마치 미희의 질문을 기다리기라도 한 것처럼 청년이 받아쳤다. 미희는 어안이 벙벙하여 남자를 뚫어지라 쳐다본 뒤 혼란을 수습했다. 본능적으로 눈앞의 상대가 자신에 대해 정말 많이 알고 있다고 느껴졌다.

"어…… 그래서, 내가 그 '믿지 않지만 흥미롭게 느낄만한' 당신의 정체가 대체 뭔데요?"

놀아난다는 기분이 들어도 그렇게 물을 수밖에 없었다. 청년은 몇 초간 눈만 깜박이다 대답했다.

"미래에서 온 당신의 안드로이드입니다."

미희의 집에는 안드로이드가 없었다. 여러 가지 분야에서 인간형 안드로이드가 대중화되었긴 해도, 현재는 부유층이나 그에 준하는 이들만이 누리는 호사였다. 컴퓨터가 그러했고 스마트폰이 그러했듯이 조만간 일반인들도 안드로이드의 혜택을 누릴 때가 오겠지만, 아직은 아니었다.

'미래에서 온 안드로이드'라고 자신을 소개한 청년은 어딜 봐도 안드로이드처럼 보이는 구석이 없었다. 표정이나 행동이나 어조 어디에도. 그냥 좀 무뚝뚝하고 말투가 정중한 듯 무례한 잘생긴 인간 청년으로밖에 보이지 않았다. 그래서 믿을 수 없었다.

믿을 수 없는 와중에 흥미가 샘솟았다. 청년의 말대로였다.

"와, 기분 나빠."

"그 성미에 다 파악 당하면 당연히 기분 나쁘겠죠."

"됐고. 그래서요? 시간 내주면 뭘 하려고 하는데요?"

"우선 밥부터 먹읍시다. 배고프죠?"

미희는 청년을 노려보다가 모래를 털고 일어났다.

"내가 뭐 좋아하……"

"옵스 제과점의 모닝세트는 시간이 끝났으니 원조할매 국밥집으로 갑시다. 장 꼬여서 고생하기 싫으면 매운 라면집은 무시하세요."

선수를 치려다 역으로 당하고 미희는 어쩐지 억울한 기분이 들었다. 투덜거리며 걷기 시작했다.

"살다 살다 진짜 별일을 다 겪네."

"제가 할 말입니다. 저라고 뭐 좋아서 온 줄 아십니까."

"구라도 좀 그럴싸하게 쳐야죠, 아무리 봐도 인간으로 보이잖아. 대체 뭐야?"

"지금은 인간입니다."

"그러니까 당신 말은,"

"저는 당신이 머잖은 미래에 필요로 구매하는 가정부 안드로이드고, 그보다 더 미래에서 과거로 넘어왔으며, 지금은 안드로이드가 아니라 인간의 모습이란 말입니다. 그래서 당신이 위화감을 느끼지 못합니다. 신종 정신병도 아니고 사기꾼도 아닙니다. 당신이 내가 미래에서 왔다는 말을 전부 믿지 못하더라도 어쩔 수 없지요. 하지만……"

"하지만? 뭐?"

"제가 당신에 대해 얼마나 많은 걸 아는지에 대해서는 이야기할 수 있습니다."

미희가 우뚝 멈춰 서서 쳐다보았다. 청년은 다름없이 무뚝뚝한 표정에 심술이 묻은 목소리였지만, 묘하게 슬퍼 보였다. 미희는 이 확률 높은 사기극에 넘어가는 일이 과연 옳을지 고민했다. 정말 치밀한 나쁜 일이 시작될지도 몰랐지만, 신용 여부와 별개로 그럴 예감은 들지 않았다. 한숨이 나왔다.

'나중에 이 일을 고 3 사춘기 소녀의 젊은 날의 치기라고 회상하는 날이 오겠지?'

"옵니다."

"사람 맘도 읽나!"

"뭘 생각한 겁니까? 차 오니까 비키라고요."

뒤에서 빵빵거리는 경적 소리를 듣고서야 화들짝 정신이 들어 피했다. 부글거리는 화를 눌러 참고 다시 걷기 시작했다. 청년은 이제 미희의 옆에서 보폭을 맞춰 걸었다.

"미래의 안드로이드는 다 너 같아?"

"아니요. 제가 아주 특수한 경우겠지요."

"미래의 일에 대해 발설하면 안 되는 거 아냐?"

"원칙적으로 그렇습니다. 그래서 미래에 관한 일에 대해서는 많은 걸 말할 수 없습니다. 제가 인간의 형상을 취한 이유도 패러독스를 피하기 위한 임시방편이기도 합니다. 제가 존재하기 전의 시간대를 선택할 수밖에 없었던 이유도요."

"그거 좀 묘한데. 내가 당신과 만난 이후에 안드로이드를 사지 않으면 당신과 만나지 못하고, 그럼 미래에 당신은 없잖아."

청년은 순간 입꼬리를 끌어올려 자신만만하게 웃었다.

"당신은 날 반드시 만나게 됩니다. 확신이 있기 때문에 그 점에 대해서는 절대 걱정하지 않습니다."

"확신하는 근거가 뭔데."

"당신 사는 꼴을 생각해 보십시오."

"확실히 근거가 충만하다."

미희는 잠깐 집의 상태를 떠올리고 곧 뇌리에서 지워버렸다. 청년이 쯧쯧 혀를 찼다.

"어릴 때부터 싹수가 노랬군요."

"사람은 뭘 어떻게 해도 도무지 하고 싶지 않은 일이 한 두 가지 정돈 있는 법이거든?"

"덕분에 종신으로 부역했으니 그 부분에 대해선 감사를 전하겠습니다."

"미래의 나 좀 미쳤구나. 당신 같은 싸가지를 곁에 두고 평생을 살았다고? 아니, 잠깐만. 그거 인생 스포일러잖아. 말해도 괜찮아?"

"어차피 미래에서 왔다고 믿지도 않으면서 별걱정을 다 하십니다."

걱정해줘도 뭐라 그런다며 미희가 구시렁거렸다. 미희는 그냥 일상에서 희귀하게 일어날 수 있는 기묘한 일 중 하나라 생각하고 이 상황에 적당히 어울려주기로 했다. 두 사람은 미희가 어릴 적부터 다닌 국밥집에 들어가 각각 선짓국밥과 소고기국밥을 시켰다. 배가 무척 고팠던 미희는 선짓국밥을 게걸스럽게 퍼먹었다. 청년은 무표정하게 몇 수저 들다가 미희에게 물과 반찬을 챙겨주고 사방에 튄 국물을 닦았다. 무척 몸에 밴 행동 같았다. 청년의 행동을 힐끗힐끗 지켜보던 미희가 물었다.

"이해가 안 되는 점이 있어. 안드로이드라면서 지금은 인간이라며. 무슨 뜻이야?"

"말 그대로, 과거로 넘어오면서 잠깐이나마 인간의 형상이 될 수 있었습니다."

"그러니까 그게 이해가 안 된다고. 어떻게 그런 일이 가능하고 왜 그래야만 했냐는 거지. 아까 타임 패러독스 어쩌고 하긴 했지만, 그렇다면 미래의 당신과 지금의 당신은 전혀 다른 사람이란 의미야? 사람의 형상을 취하면 그게 안 걸려?"

"아뇨. 꼭 그렇진 않습니다. 모습이 바뀌어도 제 존재 자체가 바뀌진 않으니 결국 걸리겠지요."

가라앉고 서글픈 목소리였다.

"어떻게 가능하냐고 물으신다면 잘 모르겠습니다. 시간을 여행하는 능력과 안드로이드의 시스템을 무시하고 독립적으로 사고, 행동할 수 있게 된 능력은 어느 날 갑자기 생겼습니다. 처음엔 한정적이었는데, 시간이 흐르면 흐를수록 새로운 능력이 자꾸 생겨나더군요. 지금은…… 그렇게 바랐기 때문입니다."

"인간이 되길 바랐다?"

"네. 어쩌다 보니 바람을 구현할 수 있는 능력이 생긴 듯합니다."

"어, 그거, 모르긴 몰라도 엄청난 능력처럼 보이네."

"아마도 그렇습니다. 한계는 있지만요."

미희는 골치가 살살 아파지기 시작했다.

청년의 이야기 스케일이 점점 자신이 감당할 수 없는 수위로 이어졌다.

"넘어가고. 왜?"

"그건, 아까도 말했다시피 타임 패러독스의 임시방편입니다. 당신의 이해능력에 맞게 설명하자면, '용인되지 않는 일을 하여 그 결과로 큰일이 생기지 않도록 잠시 눈속임 한 상태'입니다. 앞으로 몇 시간 정도가 한계겠지요."

"말인즉, 원래 내가 당신과 만나는 일이 생기면 안 된단 소리지?"

"맞습니다. 지금 당신과 내가 이렇게 마주 보고 앉아 국밥 먹는 일은 있을 수도 없고 있어서도 안 되는 일입니다."

청년의 목소리는 비장하기까지 했다.

미희는 마늘종 장아찌를 오독오독 씹으며 생각에 잠겼다. 눈앞의 청년은 절박했다. 아닌 척해도 이유가 있어서 자신을 만나러 왔다고 온몸으로 부르짖었다. 그렇게 보였다. 청년은 미희가 생각하는 동안 분홍 소시지와 계란말이를 더 담아 가져왔다.

"나한테 뭘 바래?"

반찬 그릇을 넌지시 쳐다보던 미희가 단도직입으로 물었다. 청년이 고개를 저었다.

"아무것도 바라지 않습니다."

"그럼 왜 만나러 왔어?"

청년은 자신의 그릇에서 큼지막한 소고기 한 덩이를 건져 미희의 숟가락에 얹어주고 대답했다.

"당신과 이렇게 지내보고 싶어서요."

★

영화는 어떠냐고 물으니 좋아하는 기색이 아니었다. 미희는 고민하다 노래방으로 갔다. 노래방 주인은 대낮에 교복 차림의 소녀와 훤칠한 청년이 함께 온 걸 당혹스럽게 생각하는 눈치였으나 군소리 없이 방을 내어줬다. 두 사람은 누구의 이름을 땄는지 알 수 없는 김선영 방에 들어갔다. 미희가 선곡 책을 뒤적거리며 부를만한 곡을 찾는 동안 청년은 노래방 리모컨을 두드렸다.

"부르시죠."

미희가 보니 자신의 애창곡이란 애창곡은 죄 예약해 두었다.

"이쯤 되면 무섭네. 정말 나에 대해 그렇게 많이 알아?"

"지난 시험 성적이라도 불러드릴까요? 당신에 대해 데이터화된 자료는 모두 가지고 있습니다."

"사람의 개인 정보를 그렇게 가지고 휘두르면 범죄니까 그만 둬."

"상관없잖습니까. 어차피 제 시대의 당신은 이미 죽었는데."

"아, 그렇구나. 나 몇 살까지 살아?"

"벽에 똥칠은 안 하지만 그 정도 나이까지는 사니 너무 걱정 마십시오."

미래에 대해 이것저것 묻고 싶었지만, 청년이 시작 버튼을 누르는 바람에 물어볼 타이밍을 놓쳤다. 처음엔 잘 모르는 사람이 옆에서 듣고 있단 생각에 부담스러웠으나 가장 좋아하는 애창곡인 덕에 금방 몰입하여 불렀다. 청년은 고맙게도 1절에서 끊지 않고 끝까지 경청해주었다. 청년에 대한 호감이 많이 생겼다.

"이름도 모르네. 내가 당신한테 어떤 이름을 지어줬어?"

"맞춰보시겠습니까?"

"엄마 아냐? 가정부 안드로이드를 사면 꼭 그렇게 짓고 싶었으니까."

"네. 그게 제 첫 이름이었습니다."

"그럼 지금 이름은 엄마가 아니란 말이네."

"밖에서 불리기 민망한 일이 몇 번 있었습니다. 그 뒤에 다른 이름을 몇 가지 지어주었지요. 당장은 제이라고 불러주시면 됩니다."

제이는 다음 곡의 시작 버튼을 눌렀다. 미희는 잠자코 다음 곡도 진지하게 열창했다. 제이는 덤덤한 표정으로 화음을 넣어주고 탬버린을 절묘한 시기에 쳐주며 흥을 돋우었다. 미희는 제이에 대한 의심을 거두기로 했다.

'까짓거, 미래에서 왔으면 왔겠지.'

제이는 자신과 평생을 살았으며 자신이 늙어 죽은 이후 어떤 이유로 과거의 자신을 만나러 왔다. 미희는 그 이유를 어렴풋이 짐작했다.

"내가 보고 싶었구나."

"……"

"시간을 같이 보내고 싶다는 건 그런 의미잖아. 많이 외로웠어?"

"외로움인지는 잘 모르겠습니다. 인간의 표현대로라면 그리움이 맞겠지요."

제이는 미희의 애창곡 예약 사이에 숫자를 넣어 새 곡 하나를 끼워 넣었다. 미희가 아주 어릴 적에 나왔던 그리움에 관한 슬픈 노래였다. 제이는 감정이라곤 하나 들지 않은 건조한 목소리로, 인간미 없이 완벽한 박자와 음정으로 노래를 불렀다. 보이스웨어나 보컬로이드가 연상되는 노래 솜씨였다. 픽 웃겼는데도 이상하게 웃음이 나오지 않았다.

그 뒤로 한동안 미희와 제이는 말없이 앉아만 있었다. 미희는 의미 없이 선곡 책에서 팡파르나 박수 소리 같은 효과음을 찾아 틀며 복잡한 심경에 시달렸다. 제이는 무슨 생각을 하는지 알 수 없는 모습이었다.

"어디 갈래? 가고 싶은 데 있어?"

미희가 물었다. 제이의 말이 사실이라면, 미희는 해 줄 수 있는 건 다 해주고 싶었다. 평생을 함께한 정든 안드로이드가 주인을 그리워해서 과거에까지 찾아왔다니 갸륵하다 못해 슬픈 이야기였다. 죄책감마저 들었다.

"좀 걸어도 됩니까?"

"십 대잖아. 체력은 짐승 같으니까 걱정 마."

"동해남부선 기찻길을 갑시다."

"이건 그냥 노파심에서 묻는 건데……"

"바다 낭떠러지에 밀 생각이었으면 벌써 여기서 경을 쳤겠죠. 걱정하지 마세요."

"역시 내 생각 읽고 있지?"

"글쎄요."

제이의 웃음이 의미심장했다. 미희의 등줄기에 식은땀이 흘렀다. 미희는 제과점에 들러 김치 크로켓과 명란젓 바게트를 두 개씩 사고 편의점에서 물을 샀다. 문탠로드로 언제부턴가 이름이 바뀐 달맞이 고개 아래의 작은 어촌마을인 미포에서부터 동해남부선 기찻길로 접어들었다.

평일 낮 시간대에는 걷는 사람도 드문드문했고, 그마저도 곧 시야에서 사라졌다. 저 앞에 걷던 사람들이 정신 차리면 어느 순간 없어지니 미희는 꼭 현실이 아닌 꿈의 길을 방황하는 게 아닐까 생각했다.

파도는 높지 않고 푸르게 적막했다. 미희는 철로 중앙으로, 제이는 바다 쪽 바깥 자갈길을 걸었다. 미희가 콧노래로 노래방에서 불렀던 애창곡 몇 개를 흥얼거렸다. 제이는 별 말이 없었다.

작은 굴을 통과하며 미희가 물었다.

"내가 어떻게 살았는지 알려주면 안 되지?"

"안 될 건 없지만, 알고 싶습니까?"

"솔직히 말하자면 별로. 당신을 옆에 끼고 산 거 보니까 뭐 벌어먹는 건 문제 없었나 보네. 그럼 됐어. 그럼 나에 대해 뭘 아는지 이야기해보지? 궁금한데. 뭘 얼마나 알기에 그렇게 자신하나 싶고."

제이는 미희의 얼굴을 물끄러미 바라보다 바다로 시선을 돌렸다. 그러다 하늘을 보고, 마지막으로 앞을 보며 말했다. 미희는 그 목소리와 어조가 노래방에서 노래를 불렀을 때보다 더 노래처럼 들렸다.

"편부 집안이고, 오빠가 한 명 있지요. 어릴 때는 조모의 손에서 자랐고요. 돌아가신 지 2년 됐겠습니다. 조모의 시래깃국과 카레를 아직도 잊지 못하고 있을 겁니다. 유치원 다닐 때에는 공주님이 되고 싶었고, 초등학교 다닐 적에는 대통령이 되고 싶다고 했지요. 그러다 중학교 들어가서 만화가를 꿈꾸다 지금은 작가로 방향을 틀었고. 이유는 돈이 덜 드니까. 얼마 전에 담배에 손을 댔지요? 사과 향이 나는 멘솔. 학교 매점의 팩 주스를 무척 좋아해서 매일매일 사서 마시고, 잠들면 몸부림을 거의 안 쳐서 죽은 줄 알았다는 이야기도 줄곧 들었고, 발걸음 소리가 매우 조용하고 인기척이 없어서 본의 아니게 사람들을 많이 놀래주기도 하고, 좋아하는 게임은 레이싱 게임……"

"그, 그만해."

미희는 부끄러워 견딜 수 없었다. 손으로 얼굴을 덮고 앓는 소리를 냈다. 안다고 해봤자 신상명세나 자주 떠벌리고 다닌 취향 같은 거나 알 거로 생각했으나 오산이었다. 어디에서도 이야기해본 적 없는 내밀한 부분까지 제이는 모두 알고 있었다. 아무리 치밀한 스토커라도 알아내기 어려운 부분까지도.

"어떻게 아는 거야!"

"당신이 이야기해주었으니까요."

"내가? 언제!"

"평생을 걸쳐서 줄곧."

"알았어. 믿을게. 더 안 물을 테니까 그냥 말하지 마. 어휴, 쪽팔려.”

“쪽팔린 일입니까?”

“당연하지!”

이해할 수 없는 표정을 짓는 제이에게 미희가 손사래 치며 말했다.

“미래의 나는 쪽팔림을 극복했는진 몰라도 소녀의 마음은 복잡하단 말이야! 원래 아무도 모르는 은밀한, 그러니까 뭐 그런 걸 품고 즐거워하거나 슬퍼하는 나 자신에게 도취하는…… 내가 뭐라는 거야, 아무튼 알아도 모른척하고 넘어가 줘야지!”

“논리적으로 엉망진창인 소릴 하고 있군요. 그러니까 요지는 흑역사가 될 일들이란 말이지요?”

“나 혼자만 즐길 땐 흑역사가 아니야! 남이 알게 되면 그때부터 흑역사가 되는 거라구!”

미희가 머리를 쥐어뜯으며 비명을 질렀다. 멀뚱멀뚱하게 지켜보던 제이가 소리 내 크게 웃었다.

“웃지 마! 엄청나게 진지하다?”

“본의 아니게 부끄러움을 줘서 미안합니다.”

“전혀 미안해하지 않으면서 사과하지 말라고.”

부루퉁해진 미희가 걷는 속도를 높였다. 순식간에 중간 기점인 청사포를 지났다. 제이가 좀 더 천천히 걸어달라고 부탁했다.

“손잡아도 됩니까?”

“구덕포 지나면 뽀뽀해달라고 하겠네.”

투덜거리면서도 손을 내밀었다. 제이가 미희의 손을 꼭 잡고 걸음을 맞춰 걸었다. 미희는 철로 위로 올라가 제이의 손에 의지해서 한 줄로 걸었다. 제이의 손은 꽤 서늘해서, 상대적으로 뜨거운 미희의 손 온기가 미지근해졌다.

"이러고 싶었어? 미래의 나는 당신이랑 이렇게 안 놀아줬어?"

"그건 아닙니다."

"그러면?"

"잘 놀아주었죠. 과분하다고 생각할 만큼. 이런 표현이 더 적당할까요? 사람처럼. 당신과 똑같은 사람처럼 대해주었다고 생각합니다."

"그러면……"

미희는 뭔가 되물으려다 관두었다. 제이가 또 마음을 읽어 뭔가 말하지 않을까 걱정했지만 묵묵부답이었다.

바다로 가파른 절벽과 산길 사이의 철로는 끝이 나지 않을 것처럼 길게 이어졌다. 미희는 몇 번이나 오갔던 길이 이처럼 길게 느껴지는 건 처음이라 생각했다.

바람이 거세어졌고, 하늘이 침침해지더니 빗방울이 조금씩 떨어지기 시작했다. 두 사람은 해송이 우거진 나무 아래에서 잠깐 쉬어가기로 했다. 제이가 그늘진 하늘을 올려다보고 말했다.

"저는 당신을 정말로 많이 압니다."

"그 참, 믿는다니까 뭘 그렇게 강조하고 그래."

"당신이 믿는 이상으로 안다는 겁니다. 지금의 당신뿐만 아니라. 당신이 어떤 얼굴로 웃는지, 우는지, 말하는지. 어떤 눈빛으로 세상을 바라보았는지, 살았는지. 단 한 번도 잊어본 적이 없습니다. 당신이 세상을 떠나 내가 사는 세상에 더 없어도 나는 당신을 잊을 수가 없습니다."

"안드로이드라서?"

"네."

미희는 끙끙 생각에 잠겼다 말했다.

"그럼 앞으로 말이야, 내가 널 만나면, 널 끼고 오래 살 거면, 죽을 때 어떤 처치라도 해 둘까?"

"왜 그렇게 생각하는 거죠?"

"괴롭다는 의미 아니었어? 잊을 수가 없으니까. 그래서 힘들다는 말 아니야? 그걸 부탁하려고 여기까지 왔다든가."

제이가 고개를 저었다.

"아닙니다. 그런 걸 부탁하려고 온 게 아닙니다. 제가 당신에게 온 진짜 이유는-"

제이의 목소리가 격양됐다. 그러나 말을 채 끝내지 못했다. 순간 미희의 몸을 일순 붕 뜨게 만들 만큼 거센 바람이 불었다. 정신을 차리자 사방이 밤처럼 캄캄했다.

"뭐야?"

"이 시대에서 있으면 안 될 존재가 있다는 걸 세계가 안 겁니다. 저를 배제하려고 합니다. 이대로라면 당신도 위험합니다."

"그럼 도망가야지!"

미희가 성을 내고서 제이의 손을 잡고 달리기 시작했다. 2km 정도만 더 가면 선로의 끝이었다. 주위의 풍경이 이지러지기 시작하고, 멀미가 날 것처럼 뱅뱅 돌았다. 미희는 난생처음 겪어보는 기묘한 일에 왈칵 두려움이 몰려와 눈을 꼭 감고 달리기만 했다.

뒤에서 제이의 목소리가 바람을 타고 들렸다.

"당신은 내가 이상한 능력을 갖추게 되었어도, 안드로이드 같지 않아도 여전히 허물없이 대해주었습니다. 손이 많이 가고 게으름뱅이면서 말썽꾸러기였지만, 그래도 모시는 보람이 있었습니다."

"지금 그런 거 말할 때냐고!"

"당신은 내게 살아갈 이유를 주었어요. 그래서 당신이 없는 세상에서, 나는 이제 무엇을 이유 삼아 살아가야 할지 막막했습니다. 당신이 죽을 때 남긴 유언 때문에 나는 당신과 함께 폐기되지도 못했어요."

"내가 뭐랬는데!"

"나에 대한 소유권을 포기하니, 자유롭게 살라고."

미희의 전면에서 엄청난 바람이 불어닥쳤다. 미희는 비명을 지르며 밀려났고, 뒤따르던 제이가 그 등을 안아 단단히 붙잡았다. 제이가 다정하게 웃었다.

"실은, 너무 제멋대로인 당신을 나도 제멋대로 굴어서 곤란하게 만들고 싶었습니다."

"곤란해."

"그럼 다행이고요. 이제 헤어질 시간입니다."

제이가 고개를 숙여 미희의 이마에 입 맞추었다. 갑작스레 일어난 일에 미희가 어안이 벙벙했다.

"아까 물었지요, 왜 인간의 모습이었냐고."

"어……"

"한 번도 당신에게 말할 수 없었던 말이 있습니다. 안드로이드 따위가 할 수도 없고, 해서도 안 되는 말이었습니다. 그래서 인간이 되어 꼭 말하고 싶었습니다."

세상의 모든 것이 제이에게 그 말을 해선 안 된다고 막아서듯이 격렬해졌다.

"미희, 당신을 사랑합니다. 미희. 당신을 사랑했습니다."

어둠에서 빛이 폭발했다. 미희가 아득한 정신을 떨치고 눈을 떴을 때에는 여전히 휑한 선로 한가운데였다. 저 멀리 송정 바닷가의 모습이 보였다. 비는 어느샌가 그쳤고, 산에서 불어오는 선선한 바람이 온몸을 훑었다. 구름 사이에서 쏟아지는 빛이 바다를 황금빛으로 물들여 눈이 부셨다.

제이는 없었다. 그런 사람이 있었는지조차 의문이 들 만큼, 아무런 흔적도 남기지 않았다. 철길을 걸으며 중간중간 보이지 않던 사람들처럼 제이도 모습을 감췄다.

미희는 멍하게 나머지 길을 걸어 송정역에 도착했고, 길의 끝에서 그만 주저앉아 엉엉 울고 말았다.

■ 최후의 고백은 ……

   소설가 주인과 가사 안드로이드의 연작의 마무리로 달려가는
이야기입니다. 고등학교 시절 경험을 많이 반영했습니다. 해운대에서
태어나 해운대에서 학교를 다니고 해운대에서만 20년을 살았으며
조금 떨어진 곳에서 사는 지금도 여전히 주요 활동 구역이 해운대인
상황인지라, 이 동네에 대한 애정이 유별난 편입니다.
   동해남부선 폐선로는 꼭 한 번 걸어보시기 바랍니다.

레 프 리 제 : 인 생

레 프 리 제 : 인 생

1.

이틀 뒤면 세영의 결혼식이었다.

세영의 남편이 될 인수는 대학 동아리에서 만난 선배로 사회
복지사였다. 온화하고 성실한 성격으로 세영과는 캠퍼스 커플로
시작해 8년간 사귀었다. 사귄 지 5년째 되던 날, 세영은 자신의
복잡한 가족사에 대해 털어놓았다. 어렸을 때 양친을 잃고, 아버
지의 모습을 딴 보육 안드로이드의 손에서 자랐으며 지금도 아버
지처럼 여기며 살고 있다고. 그러니 자신과 미래를 함께하고 싶
다면 그 점을 인정하고 받아주었으면 좋겠다고 이야기했다. 인수
는 한동안 깊게 고민하더니 신중하게 대답했다. "혼란스럽지만,
큰 문제는 아닐 거야. 함께 고민하고 이해할 수 있으면 좋겠다."
세영은 이 사람과 미래를 함께하고 싶다고 확신을 얻었다.

인수는 생각 이상으로 세영의 안드로이드 부친, 호석에 대해 잘 받아들였으며 이는 인수의 부모 역시 다르지 않았다. 시부모가 될 두 사람은 '사람도 이렇게 훌륭하게 자식을 키우기가 얼마나 어려운 줄 아느냐?'라며 호석에게 깍듯이 대했다. 사람이 아니라는 점에서 오는 이질감에 대해 낯설어하는 면은 분명히 있었지만, 호석의 역할과 세영이 호석을 부친으로 여기는 마음에 대해서 만큼은 충분히 존중해 주었다.

안드로이드였고 사회적으로 세영의 책임이었기 때문에 결혼 이후에도 호석은 세영과 인수의 집에서 함께 살게 됐다. 두 사람은 조금 무리해서 신혼집으로는 맞지 않는 큰 집에 세를 얻었다. 미안해하는 세영에게 인수는 '이렇게 맘 불편하지 않은 처가살이를 하는 사람은 아마 나뿐일 거야.'라며 너스레를 떨었다. 또 육아 전문인 장인어른 덕에 아이들 돌보는 걱정은 없겠다고 악의없이 웃었다.

그 모든 과정을 거친 뒤 결혼식 날짜를 잡았다. 세영은 인수에게 부탁해 이틀 전에는 친구들과, 하루 전에는 아버지와 함께 시간을 보내기로 했다. 인수 역시 친구들과 총각파티며 가족과 시간을 보내겠노라며 당일 식장에서 만나기로 약속했다.

세영은 미주와 미희를 불렀다. 세 사람은 백화점에서 쇼핑하고, 맛있는 음식을 먹고 찜질방에서 한참 뒹굴다 예약해 둔 바닷가 펜션으로 갔다. 아주 어릴 때부터 함께 해 온 친구들은 마치 몸의 일부인 양 사랑스럽고 애틋했다.

밤이 깊어져 치킨을 안주 삼아 술이 오갔다. 맥락 없는 수다도 바닥을 보이고, 스며드는 파도소리와 떨어지는 달빛 아래 고요한 적막이 찾아왔다. 맥주 한 캔을 다 비우고서야 미주가 한탄을 뱉었다.

"정말 우리 세영이가 시집을 가는구나."

미희가 낄낄거렸다.

"꼭 제가 엄마라도 된 거처럼 말하네."

"내가 세영이랑 25년 친군데 당연하잖아. 13년밖에 안 된 넌 내 맘 모를걸."

"와, 치사하게 시간 들먹이냐. 시간으로 따지면 얘 신랑이 제일 나빠. 고작 8년 사귀어놓고."

"진짜. 신랑이 진짜 나쁜 놈이네."

두 친구의 칭얼거림에 세영은 웃기만 했다. 미희는 치킨 다리 뼈를 쪽쪽 빨다가 맘 속 깊이 있던 말을 끄집어냈다.

"그만한 인물 찾기 어렵지. 지금이니까 하는 말인데, 사람이 좋아도 너무 좋으니까 난 오히려 의심 들더라. 이 사람이 나중에는 아저씨 트집 잡아서 괴롭히는 거 아닌가, 싶기도 하고."

세영이 담담한 목소리로 말했다.

"그럴 수도 있겠지? 오빠나 시부모님 모두 다 좋은 분이라서, 지금도 너무 과분한 사람들이 아닌가 싶어. 이렇게 잘 풀리기만 해서 나중에 더 큰 시련으로 돌아오는 게 아닌가 두렵기도 하고. 오빠랑 시부모님을 못 믿는 건 아니지만."

"어렵게 생각하긴. 그런 일 생기면 어차피 둘 중 하나잖아. 이

혼하던가, 아저씨를 버리던가. 자식이라도 생긴 마당이면 다음에 문제가 덜 되는 쪽으로 선택하면 되고."

미주가 던진 냉소적인 말에 세영과 미희의 눈이 휘둥그레졌다. 곧 미희는 화가 나서 소리치려 했고, 세영이 그런 미희를 저지해 말을 가로챘다.

"미주야. 난 결코 아빠를 버리지 않아."

"……"

"너에 대해서도 마찬가지야. 그러니까 그런 말 하지 마."

미주는 고개를 돌리고 아무 대답도 하지 않았다. 세영과 미희는 미주의 복잡한 상황을 이해했다.

미주는 안드로이드였다. 세영과 정반대로 자식이 없는 부부의 자식 안드로이드로 투입되어 줄곧 인간처럼, 인간으로 믿으며 살아왔다. 그러다 몇 년 전, 자신이 안드로이드라는 사실을 자각한 일이 생긴 뒤로 많이 불안정한 상황이었다. 세영과 미희는 미주의 괴로움을 해결해 줄 수 없었다. 그저 잘 이겨내기를 바랄 뿐이었다.

다시 적막이 내려앉았다. 미희는 다 마신 맥주 캔을 바닥에 데굴데굴 굴리다 크게 한숨을 내쉬었다. 세영에게 사과했다.

"내가 이상한 말을 했어. 미안해. 좀 싱숭생숭해서 그래."

"아니야. 걱정해준 거잖아. 이해 못 할 일도 아니고. 그보다도 요새 무슨 일 있어? 네가 싱숭생숭할 때도 있고."

"무슨 일이 있느냐고 물으면 별일은 없어. 그냥 좀 생각이 많아."

"어떤 생각이길래."

갈등 끝에 미희는 말을 고르고 골라 천천히 이야기했다.

"세영이 넌 아저씨를 정말로 아빠로 여기고 있고, 미주 어머니도 미주를 딸로 여기고 있잖아? 얼마나 되는진 몰라도 안드로이드를 정말로 특별한 대상으로 보는 사람들도 많을 거로 생각해. 안드로이드랑 결혼한 사람도 생겼고, 이런 관점에서 보면 내 고민은 하찮기 짝이 없어. 이게 그러니까 말하자면……"

"저 기집애 말 빙빙 돌리네. 서론은 됐고 요점만 말해."

미주의 싫증에 미희가 구시렁거렸다. 목소리를 가다듬고 태평한 척 결론을 말했다.

"나 우리 집 제이를 좋아해. 걔랑 섹스하고 싶은데 해도 될까 고민 중이야."

팔을 괴고 있던 미주는 미끄러져 머리를 바닥에 찧었고 세영은 마시던 맥주를 코로 뿜었다. 친구들의 과격한 반응이 우스워 미희가 피식피식 웃었다.

"농담 아냐. 헛소리도 아니고. 누가 뭐라든 평범하게 연인처럼, 부부처럼 살고 싶어. 걔가 평생 내 옆에 있어줬으면 좋겠어. 그러니까 정욕도 생기고. 제이 걔도 날 사랑한다고 생각해."

"희망 사항이지?"

세영이 켈룩거리며 당혹을 수습하는 동안 미주가 차갑게 되물었다. 미희가 태평하게 대꾸했다.

"그럴걸. 이기적이라고 생각해? 내가 제이의 주인이니까. 제이는 내 말을 거역하지 못하니까? 어쩌라고. 이미 좋아하는 마음이 생겼고 사랑하게 됐어. 뭐가 문제야? 사람과 안드로이드가 어떻게 사랑하느냐고 묻느냐면, 사람은 사람이 할 수 있는 사랑을 하고 안드로이드는 안드로이드가 할 수 있는 사랑을 하면 되잖아. 뭐가 되건 합이 맞아떨어지면 돼. 안드로이드에게 주인은 언제나 유일한 사람인데, 이제 내가 걔를 유일한 존재로 받아들인다는 게 뭐가 나빠."

"너 정말 대책 없구나."

"이제 알았어? 세영이가 아저씨를 사랑하는 마음이랑, 아줌마가 널 사랑하는 마음이랑 다를 바 없다고 보는데. 난 여기에 정욕이 가미됐을 뿐이고. 아무튼, 제이랑 자면 자궁경부암 예방주사 맞을 때 성 경험이 있다고 대답해야 하는지 아닌지 뭐 그런 부분에서 고민이 생겨."

두 친구는 황망하게 미희를 바라보았다. 학창 시절부터 정신세계가 남다른 부분이 있다고 생각했지만 이렇게까지 남다를 줄 몰랐다. 두 사람의 시선이 거북했는지 미희가 볼멘 목소리를 냈다.

"나도 많이 방황했어. 그저 많은 부분에서 거부감이 없었을 뿐이야. 나한테는 너희가 있었으니까."

"은근슬쩍 책임 전가하긴. 무슨 심경으로 가정부 안드로이드 이름을 바꿨나 했더니."

"좋아하는 사람 이름으로 엄마는 좀 아니니까. 그게 무슨 패륜이야."

세영이 간신히 혼란을 수습하고 물었다.

"언제부터 특별한 감정이 생겼어?"

"정확히는 모르겠어. 언제부턴가 의식이 되던데. 최근 들어서야 진지하게 생각했어."

"괜찮아?"

"안 괜찮을 일은 또 뭐야. 어떻게든 되겠지. 나빠 봤자 안드로이드 오타쿠가 자기 안드로이드랑 쿵작거린다는 수군거림밖에 더 있겠어? 남들이 어떻게 보든지 신경 쓰며 살 필요 없잖아."

미희는 모른 척 새 맥주 캔을 까서 마셨다.

"미친년." 미주는 매섭지 않은 욕지기를 뱉으며 숨넘어갈 듯 웃다가 팔에 고개를 파묻고 엉엉 울기 시작했다. 세영이 당혹해서 미주의 등을 다독였다.

"미주야, 왜 그래? 울지마."

"내버려둬. 별 만감이 다 들어서겠지."

"그래! 이 나쁜 년들아! 평범하게 살아도 되는데 왜 군이 힘든 길을 자꾸 가려고 그래?"

"평범하게 산다니? 힘든 건 또 뭐고. 내 행복은 내가 결정하고 세영이의 행복은 세영이가 결정할 텐데 넌 뭐에 대해서 그렇게 억울하고 화나? 네가 친구여서 이 모든 일이 이렇게 됐다면, 난 너한테 오히려 감사하고 싶어. 세영이도 마찬가질 걸."

세영이 별다른 반론이 없자 미주는 두 친구를 양팔로 끌어안고 흐느꼈다. 한참을 다독이던 세영도 울었고, 울보라고 둘을 놀리던 미희도 종국에는 함께 울었다.

세 사람은 서로의 손을 꼭 잡고 잠들었고, 아침에 일어나 팅팅 부어오른 서로의 얼굴을 보고 한참 웃었다. 라면을 끓여 먹은 뒤, 헤어지기 전 마지막으로 여느 때보다 맑은 아침 바닷가를 산책했다.

2.

미주가 집으로 돌아오자 모친 희정이 거실에 앉아 콩나물을 다듬고 있었다. 부친과 동생 현주가 사고로 세상을 뜬 뒤부터 기르기 시작한 강아지 삼돌이가 꼬리를 흔들며 미주를 반겼다. 희정은 버라이어티 쇼 프로그램이 나오는 TV에서 눈을 떼지 않고 말로만 맞아주었다.

"이제 오니? 점심은?"

"아침 늦게 먹었어. 세영이랑 미희가 안부 전해 달래."

"내일 볼 건데 뭘."

"저녁 콩나물국이야?"

"아귀찜 해보려고. 콩나물 많이 넣어서 만들면 맛있겠지?"

"엄마 요리 못 하면서 그런 고난도 요리를 하겠단 말이야? 날 모르모트로 쓸 생각이야?"

"얼른 손이나 씻고 와!"

미주가 새실거리며 가방을 내려놓고 손을 씻고 왔다. 옆자리서 함께 콩나물 대가리와 뿌리를 떼며 희정의 옆모습을 물끄러미 바라보았다. 희정은 가족을 잃고 나서 부쩍 많이 늙었다. 흰머리도 갑자기 생겼고, 갱년기 우울증이 겹쳐 정신과 치료도 병행했다. 강아지를 기르기 시작한 일도 우울증 치료의 일환이었다. 몸과 마음 모두 힘든 나날 속에서도 희정은 미주에 대한 걱정과 관심을 놓지 않았다. 미주가 시스템 케어를 위해 연구소를 오가면 잠 한숨 못 자고 기다리곤 했다.

버라이어티 쇼에 나오는 연예인들이 소란을 피우자 희정은 눈가에 주름을 잡으며 낮게 웃었다. 미주는 잔주름의 결 수를 세다 고개를 돌렸다. 눈물이 날 것 같았다.

"엄마."

"응?"

"부탁이 있어."

"뭔데?"

희정이 TV의 음량을 줄이고 대수롭지 않게 물었다. 미주가 시선을 아래로 떨구고 작은 목소리로 말했다. 지난밤 친구들의 품에서 결정한, 방황의 종언이었다.

"김 박사님한테 이야기해줘. 엄마가 죽은 뒤에도 나 살게 해달라고."

희정의 진한 시선이 느껴졌다. 미주는 애써 모른 척했다. 마른 침을 삼키고 이어 말했다.

"어려운 일이 될 거란 거 알아. 그래도 살아보고 싶어. 그렇게 명령을 기입해 주었으면 좋겠어. 결혼도 해보고 싶고, 자식도 키우고 싶어. 둘 다 안 되더라도, 보통 사람들의 수명만큼은 살아보고 싶어. 그러고 싶어. 그게 내 선택이고 내 결론이야. 안 될까?"

희정의 서늘하고 콩나물 냄새 밴 손이 볼에 닿았다. 미주가 고개를 들자, 희정이 따듯하게 웃고 있었다. 그 눈에는 물기가 가득 차 곧이라도 떨어질 것만 같았다.

"왜 안 되겠어. 우리 딸이 그러고 싶다는데."

"엄마."

"미주야. 오래오래 살아. 하고 싶은 거 다 하고, 행복하게 살아야 해. 알았지?"

미주가 희정에 품에 안겼다. 희정은 살아 있고, 또 살아 있지 않은 안드로이드 딸을 꼭 끌어안고 등을 다독였다.

"모를 일이야. 분명히 널 사랑하고, 네가 인간이 아니어도 사랑할 사람이 나타날 거야."

"응. 나 그 가능성을 이제 믿을래."

마음 편히 웃음이 나왔다. 안드로이드이고, 안드로이드의 체계로 살며, 어떻게 발버둥쳐도 결코 인간이 될 수 없다는 사실을 인정하자 전부 편해졌다. 미주는 앞으로 살아갈 나날이 너무 슬프지만 않았으면 좋겠다고 바랐다. 많은 행복으로 돌아오지 않더라도, 하다못해 슬픔만큼은 많지 않기를.

3.

미희는 집으로 돌아와 제이와 함께 저녁 식사를 했다. 제이가 설거지를 하는 동안 거실 소파에 앉아 때를 기다렸다. 충분히 생각하고 돌아왔지만, 본인을 앞에 두고 이야기를 꺼내려니 가슴이 쿵쾅거렸다. 하다못해 이렇게 되기 전에 평범한 연애라도 좀 해볼 걸 하고 후회도 들었다.

'글 써서 팔아먹는단 년이 연애도 한 번 안 해보고 연애하는 이야기는 잘도 써댔구나.'

후회해도 지나간 시간은 돌아오지 않았다. 명명백백 자신의 탓인데도 억울했다.

"어쩐 일로 얌전하군요. 표정이 왜 그리 우거지상입니까? 세영 님의 결혼이 그렇게나 충격이었습니까."

일을 마친 제이가 앞치마를 벗어 내려놓고 바닥에 앉았다. 미희는 대답하지 않고 제이를 곧게 바라보았다. 자신의 얼굴이 지나치게 빨갛지 않기를 바랐다.

"왜 그렇게 뚫어지라 쳐다보십니까?"

"할 말이 있는데."

"말씀하십시오."

"너는 안드로이드지만 보통의 안드로이드는 아니야. 뭔가 비정상이지."

"저도 그렇다고 생각합니다. 원인은 모르겠습니다만."

"그러면 지금부터 할 말에 대해서도, 판에 박힌 소리가 아니라 네게서 뭔가 대답을 기대할 수 있을 거로 생각해. 내가 원하는 답이 안 나오면 별수 없겠지만. 별수 없어도 어쩔 수 없지만."

"무슨 말을 하려고 그래요? 당신답지 않군요."

미희는 언제나처럼 대수롭지 않게, 그런 척 말했다. 목소리가 들뜨고 말이 빨라졌다.

"나, 너 좋아해."

"예?"

"사랑한다고."

"아뇨, 그게 무슨 말……"

"그러니까 나랑 자자."

"여보세요, 주인님."

"너 섹스하는 기능 있던가?"

"탑재는 안 돼 있지만 못할 건 없죠. 아니, 잠시만. 말 좀 하자, 망할 주인아!"

"다행이다. 러브 패치라도 구해서 깔아야 하나 엄청 고민했는데."

도무지 대꾸할 틈을 주지 않자 제이가 손으로 미희의 입을 틀어막았다. 미희는 눈만 깜박거리며 제이의 표정을 살폈다. 무표정했지만 필사적으로 뭔가를 생각하려는 당혹이 읽혔다.

"그런 말을 결론부터 막 내던지지 마십시오. 절 놀릴 생각은 더더욱 하지 말고요."

미희가 버둥거리자 그제야 손을 놨다. 미희는 볼을 부풀리고 투덜거렸다. 요점을 다 쏟아내고 나니 여유가 생겼다.

"말 돌리지 말라고 할 땐 언제고. 놀릴 생각 아니야. 정말로 그래. 딱히 뭐가 달라질 일은 아니잖아. 너와 나는 어차피 한 지붕 아래서 계속 살 거고, 내가 너를 좋아하고 사랑하니까 관계성 하나가 더 추가될 뿐이고."

"지나치게 간단히 생각하시는군요."

"안 그러면 너무 복잡해. 생각하기 시작하면 고려해야 할 문제가 너무 많다고. 난 내 맘을 가장 소중히 여길래. 그래서, 답은?"

제이는 말이 없었다. 미희는 인내심을 가지고 기다렸다. 제이는 몇 번을 입을 열었다가 닫기를 반복했다. 그러다 도무지 안 되겠다 판단하고 무기력한 말을 했다.

"말 못합니다."

"네가 안드로이드라서?"

"이제 제 생각을 읽습니까? 네. 그렇습니다만."

"쉽게 될 거라곤 생각하지 않았어. 차차 해나가면 돼. 아직 살날도 많은데."

미희가 싱글거리며 웃었다. 원하는 답은 아니었지만 희망을 품기엔 충분했다.

"그럼 이렇게 하자. 아무래도 너는 어떤 변명 기제가 필요해 보여. 그걸 내가 줄게. 언젠가는 너 스스로가 자발적으로 말하고 행동할 때가 오겠지. 그때까지는 이렇게 하자."

"어떻게 말입니까?"

"명령을 내릴게. '당신을 사랑합니다.'라고 말해."

안드로이드의 무표정한 얼굴이 순간 일그러졌다. 제이는 불만에 찬 듯했지만, 순순히 말했다.

"당신을 사랑합니다."

"좋아. 이제 나랑 내 방에 들어가서 섹스하자. 문제없지?"

"많습니다. 일단 불법입니다."

"난 불법 패치 안 했어. 유능한 안드로이드 씨, 네가 가능하다고 했어."

"책임 전가 하지 마세요. 장차 받을 비난이며 사회적인 문제는 어떻게 감당할 생각이고……"

"그딴 게 대수겠어? 됐고. 할 거야, 안 할 거야?"

제이는 퍽 무거운 한숨을 내쉬고 미희를 번쩍 들어 안았다. 미희는 작게 비명을 지르고 제이의 목을 꼭 끌어안았다.

"앞으로 너랑 어떻게 살아갈지 기대돼."

"전 하나도 안 됩니다."

제이가 미희를 방 침대에 내려놓았다. 미희는 그대로 제이를 끌어 그의 입술에 입 맞추었다.

"넌 안 해도 돼. 어차피 종신 근무니까 포기하고 받아들여. 그렇게 살다가 내가 죽으면 같이 죽어. 알았지?"

"〈바이센테니얼 맨〉의 결말 같겠군요. 나쁘지 않아요."

"이젠 혼자 내버려 두고 가지 않을 테니 걱정하지 마."

미희는 어둠 속에서 제이가 웃는 얼굴을 본 것 같은 기분이 들었다.

4.

세영은 아버지 호석과 앞으로의 일에 대해 이야기를 나누었다. 호석이 안드로이드라는 사실은 굳이 외부에 밝히지 않기로 했다. 식은 세영의 사정을 아는 정말로 가까운 사람들만 초대하여 단출하게 치르기로 하였으므로 별문제는 없을 터였다. 세영은 어떤 비난이나 수군거림도 감수하며 살 수 있었지만, 그보다 호석이 업신여김받는 모습을 보고 싶지 않았다.

"미안해, 아빠."

"뭘 미안하냐."

"그냥."

"실없긴."

세영은 호석의 무릎을 베고 누웠다. 마지막 상견례 날이 생각났다. 결혼식에 대한 모든 사항을 정하고 돌아갈 때쯤, 호석이 갑작스레 인수의 부모에게 말했다.

"세영이는 정말 잘 자라주었습니다. 두 분이 만약 이 아이에게 부족함을 느끼신다면, 그건 딸아이 탓이 아니라 제가 인간이 아니어 부족한 탓입니다. 부디 두 분이 불쌍하고 어여쁘게 여기셔서 제가 주지 못한 많은 부분을 채워주셨으면 합니다."

그러면서 고개를 숙여 정중하게 인사했다. 인수와 부모는 무척 당황했고, 세영은 그 자리에서 호석의 팔을 붙들고 울었다. 떠올리자 다시 또 눈물이 났다.

"아빠."

"왜."

"손주는 딸이 좋아, 아들이 좋아?"

"안 가리고 둘만 낳아 잘 기르면 돼. 하나는 외롭다."

"난 안 외로웠는데. 하나래도 별로 안 외로울걸. 맞벌이해도 아빠가 있을 거잖아."

"다 늙은 영감더러 갓난쟁이를 또 키우라고? 너무하네."

싫어하는 구석 하나 없는 투정이었다. 세영이 숨죽여 웃다 말했다.

"신혼여행 다녀와서 좀 안정되면 우리 우주여행 가자. 오빠 버리고 아빠랑 나랑 둘이서만. 달구경 코스는 요즘 많이 비싸지도 않아."

"아서라. 그 돈으로 저축이나 해라."

"쓸 때 못 쓰면 돈 아무리 많아 봤자 뭐 해."

"돈은 많이 있어서 하는 소리냐?"

"말이 그렇단 거지. 이제 효도 좀 하게 해 줘."

"건강하게 잘 살면 그게 효도야."

한 마디도 져주는 법이 없다고 세영이 툴툴거렸다. 두 사람은 TV 다큐멘터리 채널에서 나오는 우주 이야기를 시청했다. 같은 방송이 몇 번이나 재방송 되어도 호석이 채널을 돌린 적은 한 번도 없었다.

달, 별, 은하. 어디가 끝인지 알 수 없는 끝없는 세계. 세영은 하늘 너머의 세상을 헤아리다 잠깐 졸았다. 정신을 차릴 무렵엔 다큐멘터리의 스텝 롤이 흐르고 있었다.

"세영아."

대답할 타이밍을 놓쳤다. 호석은 개의치 않고, 언제나처럼 조금 무뚝뚝한 목소리로 말했다.

"고맙다."

무엇이 고마우냐고 묻지 않았다. 세영이 호석에게 언제나 미안하고 고마운 것처럼 호석 역시 마찬가지이라 생각했다. 그저 많은 것이. 쌓인 시간의 흐름 속에 많은 것이.

부녀는 어색하게 저녁 인사를 하고 각자의 방으로 돌아갔다. 결혼식 전야에, 영화나 소설이나 드라마처럼 애틋하고 다정한 일은 없었지만, 세영은 행복한 기분으로 잠을 청했다.

5.

결혼식은 한때 드라마 촬영장으로 지어진 어촌의 교회 세트장에서 치러졌다. 정말로 소규모 인원만 수용 가능한 작은 기도당에 양가 부모와 가까운 친척, 친구 몇 명이 자리했다. 앉을 자리도 부족해 대체로 몸을 가까이 부대끼고 몇몇은 섰다.

주례는 인수의 부모가 초빙한 주례 전문 교수가 맡았다. 지인에게 이래저래 사정을 설명하고 부탁하기보다, 돈만 주면 나쁜 소리 하나 하지 않고 할 일을 다 해 줄 사람이 뒤끝 없고 좋다는 이유였다. 판단은 옳아, 교수는 온갖 사람과 상황의 결혼식에 서 본 프로답게 민감한 사항은 하나도 건들지 않고 재치 넘치는 주례사를 했다.

반지를 교환하고, 입맞춤하고, 퇴장하여 교회 건물 밖에서 사진을 찍으면 끝이었다. 세영은 부케를 두 친구 중 누구한테 던질지 끝내 결정하지 못했다. 미희가 슬쩍 뒤로 빠져서 거절의 의사를 보이자 미주에게 넘겨주었다.

"6개월 기한이었지? 그동안 결혼 못하면 나 평생 노처녀야?"

"못하면 안 하면 되잖아. 양보해 줘도 뭐라 그래."

미주와 미희가 티격태격하는 모습을 보고 세영이 소리 내어 크게 웃었다.

"사진 찍겠습니다! 다들 마리아상 앞에 모여요!"

사진기사가 소리쳐 사람들을 불러 모았다. 여기저기 흩어져 담소를 나누던 사람들이 하나 둘 와서 자리를 잡았다. 신랑 신부인 세영과 인수를 중심으로 옹기종기 붙어 섰다. 사진기사의 지시대로 키와 옷 색상에 따라 사람들의 위치가 세밀하게 조정됐다.

미희가 주위를 슬쩍 곁눈질해 돌아보았다. 열 명 남짓의 인간, 안드로이드 셋. 세영 옆의 안드로이드 아빠 호석, 그 옆에 미주 엄마 희정의 안드로이드 딸 미주. 그들 뒤쪽에 연인 제이.

"자, 찍습니다. 모두 웃으세요!"

미희는 평소 잘 쓰지 않는 얼굴 근육을 최대한 움직여 밝게 웃었다. 제이도 엷게 웃는 표정을 지었다. 정면으로 향하는 다른 사람들의 얼굴은 볼 수 없었지만, 미희는 분명히 모두가 행복하게 웃고 있으리라 믿었다.

■ 레프리제 : 인생은 ……

레프리제는 리프라이즈(Reprise)입니다. 음악용어로 독일식 표현을 썼습니다. 영화나 뮤지컬 OST에서 종종 보이는 곡의 반복을 의미합니다.

결국 안드로이드 연작에서 무엇을 쓰고 싶었냐면, 사람의 이야기였다고 대답할 수 있겠습니다.

온우주
단편선

에필로그 : 청소 로봇의 죄

에필로그 : 청소 로봇의 죄

무수한 시간이 흘렀다. 이 곳 기계의 법정에선 시간 개념이 없기 때문에 얼마나 많은 시간이 흘렀는지는 모르겠다. 다만 법정으로 오는 피고인들의 모습으로 바깥세상의 변화를 짐작할 뿐이다. 그동안 기계들은 얼마나 세련되어졌는지, 도무지 기계 같지 않은 모양새로 나를 깜짝깜짝 놀라게 하더니 언제부턴가는 인간 모양새로 하나 둘 바뀌기 시작하여 지금은 구별도 가지 않게 돼 버렸다. 도처에서 바깥세상이 드디어 말세라며 혀를 찼다. 나는 아직 판단을 유보한 상태지만, 이 현실이 달갑냐고 묻느냐면 그건 아니라고 말할 수 있겠다.

기계가 인간의 형체를 취하고 갈수록 인간의 일을 대신 하기 시작하면서 판결의 판단 기준도 무척 복잡해졌다. 예전에는 그저 기계가 부여받은 소명을 잘 이루었느냐, 아니냐로 대부분의 판결이 지어졌지만 이 인간 형체의 기계들은 할 수 있는 일도, 하는 일도 너무 많았다. 법정에서는 아직도 그 기준에 대해 활발한 논의가 진행 중이다.

이 인간 형체의 기계들, 안드로이드라는 이름의 그들에 관한 재판 중 가장 인상 깊었던 일 하나를 이야기하고자 한다. 그 재판 이후 안드로이드의 판단 기준에 대한 재고가 시행되었으니 어찌 보면 새로운 흐름의 효시였다고 볼 수 있겠다. 공교롭게도 그때의 피고 역시 머나먼 옛날 언젠가 이야기했던 피고처럼 청소 로봇이었다. 일단 태어나기는 그랬다.

불려 나온 피고는 'ISKA 가사용 안드로이드 MT-808, 제품 인증코드 95824ATBS-137'이란 이름의 안드로이드였다. 키 크고 멀끔한 인간 남성의 모습이었다. 피고는 두 손을 결박당하고 경비 로봇의 감시를 받으며 재판장에 들어섰는데, 이는 그가 무척 위험한 존재임을 암시했다. 이력을 보니 피고는 진즉 소명을 마치고 이곳에 불려 와야 하는 운명을 거부하고 특수한 능력을 사용해 도망친 전적을 가지고 있었다. 그리고 세상의 질서를 어지럽히는 행위도 서슴지 않았다. 시간을 여행하여 과거를 바꾼 것이다. 판사가 피고의 죄상을 읊어주는 동안 피고는 눈 깜짝하지 않고 담담했다. 보나마나 폐기처분이다. 나를 포함한 법정의 모든 이들이 그렇게 생각했다.

"피고는 자신의 삶을 이야기 하고 저지른 잘못에 대해 변론하라."

판사의 목소리가 무겁게 울려 퍼졌다. 피고는 한동안 말이 없었다. 장내가 침묵에 젖었다. 시계의 째깍거리는 소리도 사라졌다. 이대로 변론을 포기하는가? 그런 생각이 들 무렵 입을 열었다. 표정만큼이나 담담한 목소리였다.

"제 주인은 무척 게으르고 헤프고, 대책 없는 인간이었습니다."

주인에 대한 원망일까, 모든 잘못의 주체를 주인에게로 돌리는 걸까. 이어질 이야기를 짐작해보았지만 어느 쪽도 아니었다.

"그리고 저는 주인을 사랑했습니다. 존경이나 충성심이 아닌, 사랑을 했습니다."

술렁거림이 일파만파 퍼져나갔다. 판사가 조용히 하라며 소리쳤다. 간신히 혼란은 잦아들었지만 이루 말할 수 없는 충격이었다. 주인인 인간이 기계를 사랑할 순 있었지만 반대는 불가능했다. 기계란 본디 그러하였다. 기계는 탑재된 기능으로 맡은 바 일을 수행할 뿐이다. 설령 인간을 사랑하는 기능을 가지고 태어났다 할지라도 그것은 감정의 영역이 아닌, 사랑이라는 감정과 유사한 일을 수행하는 것이었다. 그런데 이 피고는, 청소 로봇으로 태어나 인간을 사랑했다고 이야기했다. 황당무계한 일이 아닐 수 없었다.

"물론 여러분은 많은 의문을 제시할겁니다. 제가 안드로이드…… 기계인 이상, 인간과 같은 감정을 가질 수 없다고요. 저도 그렇게 생각합니다. 저는 제가 인간의 감정을 가지고 있다고 생각하지 않습니다. 저의 사고는 어떤 연유인진 몰라도 제가 태어난 이상으로 진화한 형태가 되었고, 시간을 넘나들거나 세상의 질서를 어지럽히는 능력도 갖추었습니다. 다만 시스템의 진화만큼 표현 수단이 발달하진 못했으므로, 제게 존재하고 여러분에게 존재하는 인간의 언어로 이를 사랑이며 감정이라 표현할 뿐입니다. 저는 안드로이드입니다. 그 사실을 부정할 생각은 조금도 없습니다. 제가 앞으로 말할 이야기는 모두 이 전제에서 시작합니다."

충격적인 화두를 먼저 던진 뒤 피고는 자신의 삶을 풀어냈다.

"제가 몸담은 회사에서는 가정부 안드로이드를 구매자의 성향에 따라 세 클래스로 나누어 출시했습니다. 저는 그중 가장 하드코어한 구매자에게 적합한 어머니 클래스였죠. 제 주인이 그만큼 더럽고 무분별하게 살았단 겁니다. 제가 기동하고 나서 초반에는 할 일이 너무 많아 이틀 만에 과부하에 걸릴 뻔했습니다. 진화하지 않았다면 10년도 안 돼서 이 자리에 왔을 겁니다. 어느 날 어떤 이유였는지는 몰라도 저는 특별한 능력을 가지게 됐습니다. 주인은 이를 두고 기적이라고 하던데, 제가 생각해도 기적 같은 일이었습니다. 인간으로 치자면 생에 대한 집착이라고 할까요? 분명 이대로 가다간 제 명대로 못 살고 망가질 거란 위기의식이 만든 기적이 분명합니다."

피고가 정말 주인을 사랑했는지 일순 회의가 들었으나, 작은 푸념일 따름이었다.

"달리 말하자면 모시는 보람이 충만한 주인이었습니다. 주인의 곁에서 일거리가 떨어질 일은 없었으니까요. 주인은 몇 번의 생명의 위기와 금전적 위기에 처하기도 했지만 어떻게든 잘 이겨냈습니다. 저도 팔려나가지 않을까 걱정이 들 때도 있었습니다. 아무쪼록 제가 가사 안드로이드로 끝까지 구실을 다 하도록 하였으니, 좋은 주인이었습니다. 제 삶의 이력에 대해서는 이 정도만 말해도 충분할 겁니다."

피고의 말이 맞았다. 기계로 태어난 이상, 험하게 굴려지는 한이 있더라도 끝까지 태어난 목적으로 살다 수명이 다하는 일 만큼 영광스런 삶이 없었다. 이 피고는 저지른 죄만 없다면 얼마든 더 좋은 처지로 다시금 삶을 살 기회를 얻을 수 있었다. 괜스레 안쓰러운 마음이 들었다.

"죄를 지은 이유는 무엇인가? 피고는 자신이 가진 힘을 함부로 남용해선 안 된다는 사실을 모르지 않았다. 특히 과거로 돌아가 주인을 만난 일은 세상의 질서에 어긋난다."

판사가 근엄하게 추궁했다.

"이유, 이유 말입니까? 주인은 저를 아꼈습니다. 인간이 기계에게 사랑을 주는 일은 이상하지 않습니다. 다만 그 사랑은 일방향이 아니라, 제가 인간과 유사하게 사고하게 될 수 있게 된 연유로 쌍방향이 되었습니다. 죽이 되든 밥이 되든 합만 맞으면 된다는 게 이런 경우더군요. 이해하시겠습니까? 인간이 손을 내밀고 제가 젓가락을 내밀어도 마주쳐 소리가 나면 손뼉이 됩니다. 그게 사랑이었습니다. 미희가 준 사랑을 사랑이 아닌 무언가로 응했으나 미희의 사랑은 이뤄졌고 저 또한 만족하였으니, 사랑이었던 겁니다."

피고는 곧 쓸쓸한 눈으로 재판장의 천장을 쳐다보았다. 목소리에 쓸쓸함이 묻어나왔다.

"사실 이 말은 미희가 한 말입니다. 미희가 그렇게 말했으니 저는 그렇게 믿을 뿐입니다. 미희는 아흔 셋을 살았고, 죽을 때까지 오직 저만을 곁에 두었습니다. 아무리 제가 진화에 진화를 거듭해 많은 능력을 가지게 되었어도 인간을 죽지 못하게 만드는 방법 따윈 알지 못했습니다. 미희는 그렇게 동년에 태어난 다른 인간들보다 조금 일찍 세상을 떠났습니다. 떠나면서 절더러 자유롭게 살라고 하더군요. 어디에도 구속당하지 않고, 누구의 소유도 되지 말고 자유롭게. 이게 말이나 됩니까? 자기 때문에 이렇게나 오래 살았는데, 덜컥 죽어버리고 나만 혼자 인간의 세상에서 살아가라고요? 내가 언제 망가질지도 모르는데? 그 기억을 고스란히 안고 살라고? 인간이 원체 논리적이지 못하고 이기적이란 사실은 익히 알고 있지만 너무하지 않습니까? 네. 그래서 시간을 넘어갔던 겁니다. 나와 만나기 전의 미희를 만나서, 미희가 제멋대로 군만큼 나도 제멋대로 굴고 싶어서. 내가 기계였기 때문에 미희가 주었던 사랑에 대한 표현조차 하지 못했기 때문에—"

피고가 말을 하다 말고 고개를 내저었다. 참담함이었고, 슬픔이었다. 심정을 충분히 이해했다. 피고는 주인의 소망을 들어주기 위해 제 기능 이상의 힘을 내었고, 결국 홀로 남겨졌다. 오직 주인을 위해 살았으나 그 주인이 사라져 가진 능력 모두가 쓸모없어져 버렸으니 상실감이 오죽했으랴.

"논리적이지 않은 점은 저 역시 마찬가지입니다. 주인을 닮았겠지요. 그래서 죄를 지었습니다. 결국 세상이 제멋대로인 저를 내버려두지 못하고 여기로 보냈으니, 죗값을 치르겠습니다. 판결을 내려주십시오.”

체념한 피고의 뒤로 진실성을 검토하기 위한 컴퓨터가 바삐 돌아갔다. 영상 속의 피고와 그의 주인은 무척 행복해 보였다. 피고는 주인의 웃음소리나 목소리가 들릴 때마다 눈을 감고 호흡을 고르는 듯하다가, 주인이 죽으며 유언을 남길 때에 결국 무너졌다. 영상의 끝에서 무릎을 꿇고 눈물 없는 오열을 토해냈다. 판사가 침통하여 피고의 등을 내려다보고, 배심원들과 한동안 이야기를 나누었다.

피고의 판결을 예측할 수 없었다. 분명 피고는 시간을 뛰어넘어 운명을 바꾸었다. 세상의 질서를 어지럽히는 중죄 중의 중죄였다. 그가 얼마나 뛰어난 안드로이드며 훌륭하게 역할을 수행하였는지는 상관없었다. 인간 세상도 마땅히 그런 규칙으로 돌아가지 않던가. 다만 피고의 존재 자체가 현재 이 법정에서 감당하기엔 규모가 너무 크다는 변수와 이 변수에 어떻게 대응할지 판례가 명확히 존재하지 않는다는 점이 문제였다.

오랜 기다림 끝에 판사가 말했다.

“본 법정에는 아직 피고의 죄를 판결하기에 마땅한 기준이 존재치 않는다. 피고가 현재의 기계보다 너무 많은 진화를 해 버린 탓으로, 피고는 자신을 기계라 하였지만 우리는 피고를 기계로 봐야 하는지 아닌지부터 확신할 수 없다. 그러므로 본 법정은 현재 피고에 대한 사후 처분 판결을 보류한다.”

“그러면 저는 어떻게 됩니까?”

"조건부 기소유예를 선고한다. 현재의 기억을 모두 소거하고 피고가 개입한 과거에서 다시 시작하도록 한다. 이는 피고가 저지른 일의 수습을 겸하며, 관찰을 통해 추후 법안 개편의 근거로 사용된다. 다시 이 자리에 섰을 때에 최종적으로 처분을 결정하게 될 것이다."

이런 경우가 워낙 처음이라 나는 이 판결이 사실상 사면인지 아니면 정말로 유예인지 아직도 구분이 가지 않는다. 기계는 언제나 논리적이기 때문에 분명 합리적인 근거에 의한 기소유예겠지만, 논리적 판단기능이 퇴화한 피고에게는 사면으로 받아들여지지 않았을까? 피고가 말한 '손과 젓가락이 마주쳐도 소리만 나면 손뼉'이 이런 건가 싶기도 하다. 피고는 큰 울음을 터트렸다. 다시 주인을 만날 수 있다는 기쁨, 또다시 겪어야 할 이별의 아픔, 그런 복잡할 심경의 울음이지 않았나 짐작한다.

"마지막으로 할 말은 없는가?"

경비로봇에게 끌려가는 피고에게 판사가 물었다. 피고는 혼란스러워하며 주절거렸다.

"감사를 전해야 할지, 원망을 해야 할지 잘 모르겠습니다. 이젠 정말 뭐가 뭔지 모르겠어요. 저는 무엇입니까? 제가 정말 기계는 맞습니까? 지금은 그냥, 미희가 보고 싶습니다. 제가 없으면 엉망진창이 될 미희의 집을 청소하고 싶어요. 청소를 하고픈 건지, 미희의 집을 청소하고 싶은 건지. 온통 에러 투성이입니다. 아니 대체 내가 왜 이 꼴이 됐지?"

어쩌면 청소만 하고팠을지도 모를 안드로이드는 주인의 이름을 하염없이 부르며 떠나갔다.

어쨌거나 꽤나 쌉싸래한 이야기이지 않은가? 또 죄를 쌓을지도 모를 일이지만, 나는 피고가 좀 더 다른 결말을 맞이하였으면 좋겠다고 바란다. 가급적이면 많이 슬프지 않은 결말. 내 주인이 나를 통해 자아냈던 수많은 이야기에나 나올법한 어떤 결말처럼.

피고의 주인이 피고의 삶 속에서 남긴 말이 유난히 기억에 남는다.

괜찮아.

괜찮아.

네가 무엇이라도 괜찮아.

안드로이드여도, 괜찮아.

■ 에 필 로 그 : 청 소 로 봇 의   죄 은 ……

　줄곧 인간의 관점에서 이야기를 하였으니, 마지막 한 자락만큼은 엄마, 제이를 위해 바칩니다. 사람도, 안드로이드도, 아무쪼록 이야기의 모두가 행복하기를. 이야기와 함께 해 온 독자 여러분들도 마땅히 행복하시기를 바랍니다.

마 에 스 트 로 G

마에스트로 G

음악이 끝나고 손님들도 모두 떠난 밀롱가(탱고[1]를 추는 바)에 한 명의 소녀만이 자리를 지켰다. 그는 소녀에게 똑바로 걸어가 손을 내밀었다. 소녀는 훗날 그 순간을 돌이키며, 어쩌면 그저 끝나버렸을 이야기가 거기에서 기적처럼 시작되었노라 말하곤 했다.

소녀의 20년도 채 되지 않은 짧은 인생에서 탱고는 고리타분한 춤에 지나지 않았다. 소녀의 증조부는 당대 전설이라 불린 탱

---

1 표기법에 대한 안내 : 작중 아르헨티나 탱고에 관한 용어는 현지 발음을 살려 표기하였다. 다만 땅고나 일반적인 외래 명사, 이름은 표준 표기법을 따랐음을 밝힌다. (땅고-〉탱고, 마에스뜨로-〉마에스트로, 땅고 떼라삐아-〉탱고 테라피, 까를로스 가이딴-〉카를로스 가이탄 등)

고 마에스트로라 하였지만, 세상 사람들이 어떻게 떠들든 소녀의
가족들은 탱고와 먼 삶을 살았다.

얼마 전 세상을 떠난 소녀의 조부는 당신 아버지의 그림자에
평생 시달려야 했고, 그 때문인지 가족들 누구도 탱고와 연을 맺
지 못하도록 엄히 다스렸다. 조부는 나이가 들수록 탱고를 혐오
했다. 그래서 소녀의 가족들은 나고 자라 뿌리내렸던 부에노스아
이레스를 떠나 탱고를 쉽게 접할 수 없는 한적한 시골로 이사할
수밖에 없었다. 소녀는 그 점이 늘 불만이었다.

조부는 탱고 혐오증 외엔 좋은 사람이었다. 소녀도 조부를 사
랑하였기에, 그가 세상을 떠났을 때 무척 슬펐다. 반면 기쁘기도
했다. 심심하고 외로운 촌구석에서 드디어 벗어날 길이 열렸기
때문이었다. 조부의 장례가 끝나고 약속이라도 한 것처럼 일가족
은 집과 땅을 팔았다. 소녀의 부친은 조부의 탱고 혐오와 단속을
이해하고 줄곧 따라온 사람이었으나, 시골 생활이 따분하기 그지
없다는 데엔 소녀와 같은 의견이었다.

소녀는 조부의 짐을 정리하는 일을 맡았다. 양친 모두 살림 정
리에 바빠서 자연스레 소녀의 몫이 되었다. 소녀는 조부의 흔적
을 정리하다 이야기로만 아는 증조부에 대한 많은 자료를 발굴해
냈다. 하나의 궤짝에, 얼마나 깊이 숨겨두었는지 하마터면 발견
하지 못하고 떠날 뻔했다. 일기며, 사진이며, 스크랩 슬레이트며
무수한 상패며 훈장, 너덜거리는 탱고 슈즈 하나하나를 꺼내보던
소녀는 조부의 마음을 어쩐지 이해할 수 있을 것 같았다. 좌절과

절망을 안겨주었던 아버지를 미워하면서도 끝내 그의 흔적은 버리지 못한 아들의 마음이었다.

소녀는 부모님 몰래 궤짝을 제 손에 넣었다. 부에노스아이레스로 돌아와서 천천히 증조부의 흔적을 더듬었다. 수많은 공연 영상 속의 증조부는 조부와 부친에게 유전자를 과연 나누어 주었는지 의심될 정도로 낯설고 멋있었다. 탱고가 고리타분한 춤이라 여겼던 과거를 후회했다. 어떻게 생긴 여자든 증조부와 춤을 추면 마법에 걸린 신데렐라처럼 예뻐졌다. 남자로 시작해 여자로 끝나는 순간의 예술에 소녀는 홀딱 반해버렸다. 어쩐지 자신의 안에 증조부가 남긴 탱고 유전자가 있고 그것이 눈을 뜬 게 아닐까 싶을 만큼 강하게 이끌렸다.

소녀는 탱고에 대해 공부하기 시작했다. 부모의 눈을 피해 거리에서 탱고를 공연하는 이들을 스승으로 모시고 석 달간 일주일에 한 번 탱고를 배웠다. 유명한 강습소는 부모의 지인이나 친구들을 만날 가능성이 높아 피했다. 비록 영상에서 보던 증조부의 화려한 탱고에는 발끝도 미치지 못할, 아주 기본적인 걷기와 몇 가지 몸을 움직이는 기술뿐이었지만, 그래도 좋았다.

초보 티를 벗어날 무렵 소녀는 이제 직접 증조부가 살아 숨 쉰 그 세계로 들어가 보고 싶었다. 밀롱가에서 모르는 남자와 공주님처럼 아름답게 춤을 출 상상에 푹 빠졌다. 부모가 모두 집을 비우는 날을 골라 그 날 열리는 밀롱가에 가기로 마음먹었다.

소녀가 자신의 계획을 최소한 스승들에게 알렸다면 그들은 데뷔하기 좋은 밀롱가를 골라주거나 여차하면 함께 가 주었을 것이다. 소녀는 지나치게 신중했고, 무지했다. 하필 고른 밀롱가가 가장 최악의 선택일 줄 꿈에도 생각하지 못했다.

졸업파티 때 입었던 드레스를 꺼내 입고 단 한 켤레 가진 낮은 굽의 연습용 탱고슈즈를 신었다. 제 나름대로 꾸며본답시고 화장도 했다. 보통의 밀롱가라면 충분했을 터였다. 소녀는 입장하고서야 크게 낭패했다. 그곳은 드레스코드의 수준이며 춤 수준이 상상을 초월할 만큼 높았다. 사방에서 낮잡아보는 시선이 쏠렸다.

'딱 한 곡만 출 수 있다면 좋을 텐데.'

부끄러운 와중에도 소녀는 어렵게 잡은 기회를 놓치고 싶지 않았다. 버티기로 했다. 기다리기로 했다. 노력해보기로 했다. 소녀의 증조부가 그러했던 것처럼, 촌뜨기라 업신여김당하며 아무도 춤 신청을 받아주지 않았던 비참함을 이겨내고 결국 플로어의 지배자가 된 그 용기를 본받으려 애썼다.

소녀의 노력에도 현실은 냉혹했다. 마지막 곡이 끝나고 폐점시간이 도래했지만, 소녀는 단 한 곡도 춤을 출 수 없었다. 다른 손님이 모두 떠나고 점원들이 뒷정리를 시작했다. 자리에서 일어나면 꾹꾹 참았던 울음이 터질 것 같았다. 이러지도 저러지도 못해 죽고 싶단 생각이 들 무렵, 누군가가 다가왔다. 소녀는 퇴장을 기다리다 못한 직원이 축객하러 왔다고 생각했다. 가슴이 철렁했다.

다가온 사람은 전혀 예상외의 말을 꺼냈다.

"아가씨, 당신과 춤출 행운을 제게 주시지 않겠습니까?"

아르헨티나 탱고의 거장, 마에스트로 카를로스 가이탄이 끝내 지병을 이겨내지 못하고 숨을 거두었다. 임종을 지켜본 이들은 그가 아주 평온한 미소를 머금고 고통 없이 숨을 거두었다고 알렸다.

그는 아르헨티나의 보물이었고, 전 세계 땅게로스(탱고를 추는 사람들)의 큰 스승이자 아버지였다. 그의 죽음에 아르헨티나 전역이 슬픔에 잠겼으며, 장례식은 부에노스아이레스에서 성대하게 치러졌다. 각지의 밀롱가는 그를 추모하고 기리기 위해 장례식 당일 일제히 문을 닫았다.

카를로스 가이탄의 탱고 일생은 자서전과 영화를 통해 익히 알려졌듯 고난과 역경의 드라마였다. 가난한 집안에서 태어나 길거리 반도네온 연주자로 목숨을 연명하였고, 탱고에 매료되어 이후 오직 탱고 한 길만을 바라보며 우직하게 살았다. 당대 내로라하는 탱고 마에스트로를 단 한 명도 사사하지 않고 탱고 문디알 최연소 챔피언이 된 천재였다. 그의 독특한 탱고 포지션과 철학은 크나큰 돌풍을 일으켜 세계 탱고계의 판도를 바꾸기에 이르렀다. 그의 탱고 사조는 전통적인 방식의 탱고와도, 20세기 전후 아스트로 피아졸라와 함께 태동한 누에보 탱고와도 다른 독자적인 영역이며 동시에 두 탱고 스타일 모두를 계승한 정당한 후계자였다. 그는 시대에 발맞춘 새로운 사조뿐 아니라 언제나 전통의 가치를 잊지 말고 갈고 닦기를 강조하고 또 강조했다.

원숙해진 그는 세계 탱고협회의 협회장에 올라 탱고 문화를 전 세계에 널리 보급하고 활성화하는 데 많은 노력을 기울였다. 탱고와 정신질환 환자, 노인을 위한 재활 치료를 접목한 '탱고 테라피'는 그의 위대한 업적 중 하나에 지나지 않았다.

모든 여자가 그와 춤을 출 수 있기를 바랐다. 그가 나타나는 밀롱가는 발 디딜 틈 없이 사람들로 가득 찼고, 여신처럼 꾸민 여자들이 그의 눈에 띄어 춤 신청을 받고자 너나 할 것 없이 치열한 경쟁을 벌였다. 그는 공연이나 대회 등 특별한 사유가 아니면 오랜 시간 고정 파트너를 두지 않았기 때문에 더더욱 여자들의 욕망을 자극했다. 누군가는 그와 한 딴따(탱고 음악의 단위, 보통 3~4곡을 묶어 한 딴따라고 함)를 추는 일이 '라스베이거스 카지노 잭팟보다 짜릿하고 가치롭다'라고 하였고, 또 누군가는 '그와의 한 딴따를 위해 내 일평생을 바쳐도 좋다'라고 하기도 했다.

탱고 세계의 기둥과도 같았던 이의 죽음이 안겨준 상실감이 얼마나 크고 깊은지 이루 말할 수 없었다. 향년 72세. 그리 오래도, 짧게도 살지 않은 일생이었고, 사람들은 평생 그를 잊지 못할 것처럼 고통스러워했다.

그의 사후 그리 오랜 시간이 지나지 않아, 한 무리의 땅게로스들이 누구도 예상치 못한 일을 해냈다. 마에스트로 가이탄의 모든 춤 테크닉을 집어넣고 전성기 시절 외모를 딴 탱고 안드로이드를 만들어낸 것이었다. 사적인 이유로 실재 인물을 그대로 복제하는 것은 위법이었기 때문에, 명목상은 '거장의 탱고 유산을 보존하고 후대에 교육하기 위한' 교육용 안드로이드로 제작되었다. 이유야 어찌 됐든 많은 이들의 채워지지 않은 공허로 그가 태어났다. 그는 카를로스 가이탄의 이름을 따 '마에스트로 G'라고 불렸다.

G가 부에노스아이레스의 한 밀롱가에서 처음 기동하던 날은 축제나 다름없었다. 가이탄과 오래 고락을 함께 해오며 춤추었던 존경받는 마에스트라 아네스타 레예스가 특별히 G의 손을 잡고 공연을 선보였다. 완벽한 춤이었다. 공간 전부를 끌어안을 것 같은 넓고 둥근 아브라소(안기, 탱고의 홀딩)와 절도 있는 걸음, 특유의 장식 동작까지 이질감이 전혀 없는 가이탄 그대로였다. 사람들은 열광했다. 기쁨에 겨워 눈물을 감추지 못한 사람도 즐비했다. 열화와 같은 감정의 홍수 속에서 단 한 사람, G와 춤을 춘 레예스만이 얼음장 같은 표정으로 G에게 말했다.

"당신 춤은 완벽해요. 하지만 중요한 게 없군요."

G가 공손하게 물었다. 그는 나기를 완벽한 가이탄의 재현으로 낳기에 부족한 부분을 수렴하여 오차를 없애야 했다. 레예스가 허탈하게 웃었다.

"그야 물론 꼬라손이지요. 당신은 그저 가이탄의 춤을 추는 인형일 뿐이에요. 추지 말 걸 그랬어. 내 인생의 오점이야."

G는 레예스의 말을 이해하지 못했다. 꼬라손은 말 그대로 심장

이었다. 탱고의 꼬라손은 달리 말하자면 춤의 영혼이었다. G는 그것이 사람 감정의 영역에 있다고 판단했다. '어떻게 하면 꼬라손이 느껴지는 춤을 출 수 있는가?' G는 당장 풀 수 없는 의문을 기억해 두었다.

마에스트라는 그날로부터 오래 지나지 않아 노환으로 숨을 거두었다.

G는 부에노스아이레스 각지의 밀롱가에 다니며 가이탄과 춤을 추고 싶어 하던 이들과 춤을 추었다. G를 제작하는 데 가장 많은 돈을 들여 우선 소유권을 가지게 된 자는 G와 춤을 추기 위한 예약제를 시행했고 급기야 돈을 받기 시작했다. 소유주는 G의 제작비용과 유지비 명목이라 변명하였지만, 일정 부분 이상이 소유주의 사적 영리를 채우는 데 들어갔다는 의혹과 반발이 일었다.

G를 둘러싼 문제가 곳곳에서 생겨났다. 정작 당사자인 G는 그저 묵묵히 가이탄의 구실을 했다. 그의 아주 사소한 버릇이나 언행까지도 학습하여 줄곧 따라 했다. 피드백이 쌓여가며 G는 가이탄과 분간하기 어려울 만큼 똑같아졌다. 그러나 단 하나, 여전히 해결할 수 없는 문제가 남아있었다. 꼬라손. 최초의 마에스트라 뿐 아니라 G가 점점 가이탄이 되어갈수록 그 문제를 이야기하는 사람이 늘어났다.

"당신에겐 꼬라손이 느껴지지 않아요."

"뭔가 공허한 느낌이 들어요."

"왜 내게 집중하지 않죠?"

"역시 산 사람 만큼은 못하는가 봐."

G는 그들의 한탄과 불평에 대답하지 못했다. 무슨 말을 어떻게 해야 하는지도 알지 못했다. 자신에겐 꼬라손이 없다. 탱고의 가장 중요한, 영혼을 담지 못한다. G와 춤을 추고자 하는 사람이 눈에 띄게 줄어들었다. G를 통렬하게 비판하는 언론이 쏟아졌다. 마에스트로를 기억하고 춤을 보존하려고 만든 안드로이드가 창부가 몸을 팔듯이 춤을 팔게 되었다며 분노했다. 또 G와 춤을 추었던 이들이 G는 그저 가이탄의 춤을 복제할 뿐, 진실로 함께 춤을 추는 것이 아니란 증언을 속속 쏟아냈다. 머잖아 G는 부에노스아이레스에서 춤을 금지당했다. 죽음의 공허가 가실 무렵, 사람들은 G를 더는 필요로 하지 않게 되었으며 오히려 고인의 이름에 먹칠하는 골칫덩이로 생각했다.

G의 소유주는 G를 데리고 아르헨티나 밖을 떠돌았다. 깐깐한 부에노스아이레스 땅게로스와 달리 세상에는 G가 찾아와 주길 기다리는 이들로 넘쳐났다. 땅게로스가 있고 밀롱가가 있는 나라며 도시라면 어디든. G는 부에노스아이레스에 있을 때보다 몇 배, 몇십 배나 많은 이들과 춤을 추었다. 오직 가이탄으로써.

G의 춤과 공연은 연일 호평이었지만 오래지 못했다. 호기심과 궁금증으로 만들어진 관심은 일회성이었고, 가이탄에 대한 애정과 존경심에서 비롯된 관심은 부에노스아이레스 사람들이 그러했듯 경멸과 분노로 바뀌었다. G의 소유주는 그럼에도 많은 돈을 벌었다.

G는 여전히, 꼬라손에 대해 생각했다. 소유주에게 물었을 때 소유주조차도 헛웃음 지으며 무리라고 잘라 말했다.

"심장의 박동, 아브라소에서 오는 열기, 섞이는 호흡, 피가 돌면서 터져 나오는 감정의 홍수, 기계적이지 않고 유연한 텐션에서 느껴지는 일체감, 이런 게 탱고의 꼬라손을 만든단 말이야. 기계 몸인 넌 피도 심장도 없고 호흡도 그저 흉내 낼 뿐인데 어떻게 꼬라손을 말하고 원해?"

소유주의 단언에도 G는 포기하지 않았다. 그에게 입력된 가이탄의 성격과 행동패턴은 불가능하다고 타인이 단정한 것을 노력과 연구로 이겨내고 거머쥐라 명령했다. 카를로스 가이탄은 그렇게 평생 불가능한 것을 이루며 살아온 사람이었기 때문이었다.

종국에 G는 어디에서도 환영받지 못했다. 소유주는 G로 벌어들인 부를 즐기다 가이탄을 열렬히 추종하던 사람에 의해 저격당해 죽었다. 졸지에 주인을 잃은 G는 법적 절차에 따라 두 번째로 많은 제작비를 낸 이의 소유가 되었다. 두 번째 소유주는 G에게 춤을 추지 말라고 명령했다.

"모든 비극이 자네 때문에 일어났네. 자넬 만든 건 마에스트로를 기억하기 위해서였네만, 지금은 후회만 남아. 마에스트로가 천국에서 화내고 계신 게 틀림없어. 당신의 명예를 더럽혔다고 말이야. 내가 할 수 있는 속죄라면 자네의 존재를 이 세상에서 지워버리는 것이겠지."

"절 폐기하실 겁니까?"

"그러고 싶네만, 멀쩡한 안드로이드를 무단으로 폐기하는 건 범죄일세. 이제 더는 죄를 짓고 싶지 않아. 서서히 잊히도록 하세."

G는 두 번째 소유주가 운영하는 밀롱가에서 반도네온을 연주했다. 가이탄이 탱고 거장이 되기 전에 길거리 반도네온 악사였던 점을 이용한 결과였다. G라는 사실을 모르도록 생김새를 바꾸고, 사람들과는 한 마디도 섞지 못했다. 그 외의 시간은 아무 일도 배당받지 못한 채 대기상태로 지냈다. G는 자신에게 허용된 시간 모두를 통틀어 꼬라손에 대해 생각하고 또 생각했다. 사람들의 이야기에 귀 기울여 정보를 얻고, 눈앞을 어른거리는 땅게로스의 춤사위를 하나하나 기억하여 분석했다. 춤을 출 수 없어도 언제나 춤을 생각했다.

그럼에도, 여전히, G는 꼬라손을 알지 못했다. 두 번째 소유주가 경영 문제로 G를 세 번째 소유주에게 넘기고, 세 번째 소유주가 네 번째로, 네 번째에서 다섯 번째로, 그리고 마지막 여섯 번째 소유주까지 당도했지만, 여섯 번째 소유주의 아들에게, 그 아들의 아들에게까지 이어지는 시간까지도 G는 답을 찾지 못했다.

긴 시간이 지나 세상 사람들은 G를 잊었다. 가이탄의 이름도 그저 '과거 위대한 탱고 마에스트로'로 여겨질 만큼 세월이 흘렀다. G에 대한 일은 마에스트로에 관한 우스운 일화 중 하나 정도로 여겨졌다. 언급할 가치도 없는 사족이 된 것이었다.

여섯 번째 소유주의 손자는 조부가 운영하고 부친이 물려받은 밀롱가를 물려받았다. 그동안 또다시 새로운 탱고 사조들이 생겨났고, 이제 다시 두 세기도 전의 전통 탱고 유행이 돌아왔다. 손자는 G를 그저 조부와 부친이 가게와 함께 물려준 낡은 반도네온 연주기계로 생각했다. 부친 대에 창고에 처박혔던 G를 꺼내 일하게 해보니 골동품의 낡은 멋이 있을 뿐 아니라 연주 실력도 뛰어났다. 손자는 부친이 어째서 이토록 훌륭한 기계를 먼지 속에 처박아 두기만 했는지 이해할 수 없었다.

G는 태어나고서 시간이 벌써 반백 년이 훨씬 지났음을 깨달았다. 풀리지 않는 문제는 이제 그의 행동 원칙이며, 움직이도록 만드는 시스템의 중심으로 자리 잡았다. 춤을 금지당한 시간이 춤을 추었던 시간을 하염없이 넘어버렸지만 상관없었다. 그는 꼬라손의 존재만을 생각하고 추구하며 기동하게 되었다.

손자의 밀롱가는 수준이 높았다. 뛰어난 땅게로스로 늘 북적이다 보니 상대적으로 누구나 춤을 출 수 있는 분위기가 아니었다. 이제 막 밀롱가에 데뷔하려는 풋내기들은 남녀노소 할 것 없이 모든 신청을 외면당하기에 십상이었다. 사전 정보 없이 왔다가는 깊은 상처를 받고 쓸쓸히 발길을 돌려야 했다. 풋내기 초보를 놀리고 괴롭히길 좋아하며 공개적으로 면박을 주는 나쁜 이들도 많았다. G는 오케스트라석에서 매일매일 전쟁처럼 벌어지는 신경전을 잠자코 지켜보았다.

그날도 여전히, 뭣도 모르는 한 소녀가 벽에 핀 꽃이 되어 누군가의 무시와 누군가의 경멸과 비웃음을 샀다. 작달막하고, 할머니의 드레스를 빌려 입고 온 듯 우스꽝스러운 모습에 탱고슈즈인지 모를 밋밋한 검은색 낮은 굽의 힐을 신었다. 엷게 화장한 얼굴은 앳된 귀여움이 감돌았으나 그뿐이었다. 화려하고 눈부신 밀롱 가 풍경에 소녀만이 어울리지 않는 부조였다. 소녀는 열심히 용 기를 내어 자신과 춤춰줄 이를 찾았지만, 여러 딴따가 지나도 소 녀의 손을 잡아주는 사람은 없었다. 두 시간, 세 시간이 지나 폐점 시간에 이르러서도 단 한 곡도 추지 못했다.

마지막 딴따가 끝났다. 소녀는 지치고 우울한 표정으로 자리를 지켰다. 가게를 정리하러 온 손자가 직원을 통해 소녀의 이야기 를 전해 듣고 측은한 맘에 잠깐 변덕을 부렸다.

"누구 춤출 줄 알면 한 딴따 잡아줘."

직원들은 질색하며 자리를 피했다. 호기심으로 평판을 떨어트 리는 일을 하고 싶지 않은 눈치였다. 손자가 어깨를 으쓱하고 소 녀에게 폐점을 알리러 가려 할 때, G가 움직였다. G는 손자에게 정중히 물었다.

"제가 저분의 상대를 해도 될까요?"

"안될 건 없다만, 춤출 줄 아나?"

"현 소유주인 당신이 허락하시면 가능합니다. 저는 당신의 조 부 대에서 춤추지 말라는 명령을 받았습니다."

손자는 G의 말에 강한 흥미를 느꼈다. 흔쾌히 허락했다.

"그래, 좋네. 춤춰도 돼. 어디 실력을 보여주게."

G는 잠금 상태로 두었던 가이탄의 탱고 모듈을 불러왔다. 한 번에 많은 데이터를 가동하다 보니 낡은 신체가 삐거덕거렸다. G 는 상체와 고개를 바로 세우고, 천천히 소녀에게 다가가 손을 내 밀며 말했다.

"이기씨, 당신과 춤출 행운을 세게 주시지 않겠습니까?"

소녀는 동그랗게 눈을 뜨고 G를 바라보았다. 어둡게 흐렸던 얼굴이 금세 밝아졌다.

"감사합니다. 감사합니다!"

기뻐하며 G가 내민 손을 잡았다. G는 소녀를 플로어까지 곱게 안내하여 편한 자세를 잡도록 기다려 주었다. 소녀는 왼손을 G의 오른팔을 둘러 등의 날개 뼈에 대고, 오른손을 G의 왼손에 조심스레 올려 작은 색종이 고리처럼 안았다. 긴장으로 어깨와 등이 뻣뻣해지자 G가 깊게 호흡을 독려했다.

"죄송해요, 제가 배운 지 얼마 되지 않아서……"

"괜찮습니다. 배운 기간은 중요하지 않아요. 자, 이제 음악이 나올 겁니다. 마침 플로어엔 아무도 없군요. 당신과 나 단둘만의 무대입니다. 마음껏, 즐겁게 춥시다."

G는 가이탄이 으레 긴장한 상대에게 하던 말을 했다. 소녀는 다시 또 놀란 표정을 짓다가 희미하게 웃었다.

손자의 지시로 음악이 시작했다. 지나치게 느리거나 빠르지 않고 박자가 쉬운 탱고 음악이었다. G는 소녀를 부드럽게 인도하여 걸었다. 음악의 뉘앙스마다, 박자마다 강약과 속도를 조절하며 한 발 한 발 걸음을 옮기는 것만으로도 놀랍도록 우아한 춤이었다. 소녀가 미처 발을 떼지 못해 머뭇거리거나 무게 중심을 잃을 때에도 기다리고, 어울러 곡과 춤사위의 일부로 만들었다.

첫 곡이 끝나고 두 번째 곡에선 조금씩 소녀의 춤 동작을 리드했다. 뒤로 걷는 여자의 다리를 교차하여 스텝의 선을 옮기면 끄

루사다, 한 발을 축으로 가로 뉘인 8 모양으로 돌면 오초 아델란떼, 여자의 자리를 차지하며 달 모양으로 반 돌아가게 하면 메디아 루나, 여자의 발을 멈춰 양쪽에서 가두는 상구치토에서 여자를 이끌어 막힌 남자의 다리를 지나게 하면 빠사다. 남자의 몸을 중심으로 앞, 뒤, 옆으로 스텝을 옮겨 돌면 히로. 몸이 리드보다 많이 돌거나 성큼성큼 넘어가 버려 썩 아름답게 움직이지 못했지만, 소녀는 즐거워 보였다. 발이 꼬이거나 리드를 받지 못해 생기는 난처함도 곧잘 웃어넘겼다. 기술은 부족해도 음악을 잘 탔다.

마지막은 느리고 사랑스러운 곡이었다. 소녀가 들떠 말했다.

"저 이 곡 정말 좋아해요."

"명곡 중의 명곡입니다. '그대 장미 나무의 꽃들이 더 아름답게 필 때, 나는 사랑을 기억하고 깊은 아픔을 기억하겠지요……'"

G는 가사를 읊조리며 걸었다. 소녀는 도취하여 G의 품에 고개를 묻고, 이끄는 대로 몸을 맡겼다.

"걷기만 하는데 이렇게 행복할 수 있네요."

소녀의 몽롱하게 묻힌 목소리가 들렸다. G는 대답하지 않았다. 대답이 필요한 말이 아니라 판단했기 때문이었다.

3분 30여 초의 곡이 끝나고서도 소녀는 G의 품에 안겨있었다. G가 소녀의 등을 꼭 감싸 안아 꿈의 끝을 알렸다.

"즐거웠습니다."

고개를 뗀 소녀가 눈물을 흘렸다. 잠자코 지켜보던 손자는 마지막 정리를 G에게 맡긴 뒤 직원들과 가게를 떠났다. 식상한 드라마는 그의 취향이 아니었고, 우는 여자를 달래는 일은 더더욱 질색이었기 때문이었다.

가게에 두 사람만 남았다. G는 소녀를 자리로 데리고 왔다. 소녀가 진정하도록 달랬다.

"어째서 우십니까?"

"기, 기뻐서요. 행복해서 나도 모르게 그만……"

G는 이제껏 춤을 췄던 많은 이들의 반응을 생각했다. 그들도 처음에는 이렇게 기뻐하곤 했다. 그러나 그 때와 지금은 상황이 달랐다.

"당신은 내가 누군지 아십니까?"

"아니요. 다만 멋진 신사분이란 건 알겠어요. 또, 멋진 춤을 추시는 분이란 것도요. 정말…… 꼬라손이 넘쳐서 벅찬 기분이 들었어요."

G가 되물었다.

"꼬라손을 느꼈다고요?"

"네! 뭐가 잘못됐나요?"

G는 혼란스러웠다. 특별할 것 없는 춤이었다. 소녀가 대체 무엇에서 꼬라손을 느꼈는지 알 수 없었다. G가 어리둥절한 모습이자 제풀에 놀란 소녀가 주절주절 이야기를 시작했다.

"제 증조할아버지는 무척 훌륭한 탱고 마에스트로셨대요. 증조할아버지가 너무너무 훌륭하시니까, 아들인 할아버지 대부터는 탱고를 추지 않았다고 해요. 할아버지는 가족 누구도 탱고를 배우지 못하도록 엄하게 단속하셨어요. 저는 할아버지가 얼마 전 돌아가시고 짐을 정리하면서 증조할아버지의 일기며 자서전이며 춤추는 영상을 보았어요. 그렇게 대단할 줄은 미처 몰랐어요. 저도 모르게 푹 빠져서…… 부모님 몰래 탱고를 배웠어요. 제가 이러고 있는 거 아시면 절 죽일지도 몰라요."

소녀가 하하, 경쾌하게 웃었다.

"아참, 꼬라손 이야기였지. 그런 위대한 증조할아버지도 춤의 꼬라손 때문에 평생을 고민하셨던 거 같아요. 돌아가시기 얼마 전까지 일기장에 열심히 고민한 흔적이 남아 있었어요. 근데 지금 이 순간에요, 그게 평생토록 고민할 일이었나 싶은 생각이 들었어요."

"당신은 꼬라손이 무엇이라 생각합니까?"

즉각 질문을 받을 줄은 예상하지 못했는지 소녀가 당황하다가, 볼을 붉히고 대답했다.

"어, 그러니까 말이죠, 엿장수 맘요."

"예?"

"그러니까, 제가 이런 말 한 걸 증조할아버지가 아시면 경을 치실 텐데요. 그냥 내가 느꼈다고 말하면 있는 거 같아요. 춤추는 일이 즐겁고 행복하면 그만이죠. 그러니까 엿장수 맘이지. 왜 괜히 자기 맘엔 안 들고, 남 탓하고 싶을 때 그런 말 많이 하잖아요. 깊이가 없다느니, 껍데기라느니, 영혼이 없다느니 이러쿵저러쿵. 꼬라손도 그래요. 전 충분히 만족했고 즐거웠으니까, 당신의 꼬라손을 확실히 느꼈다고 말할래요."

G는, G를 움직이게끔 하는 가이탄의 모듈이 소녀의 말을 답으로 인정했다. 오랜 시간 반응이 없자 소녀가 덜컥 겁을 먹었다.

"화나셨어요?"

"아닙니다."

"다행이다. 저기, 혹시 누가 당신 춤에 꼬라손이 없다고 그랬어요?"

"많은 사람이 그렇게 말했습니다. 아무것도 느껴지지 않는다고 했지요. 일평생 그랬던 것 같습니다."

"정말이에요? 나 참, 당신 탓 아니에요. 제가 믿어요. 그 사람들은 우리 증조할아버지와 췄어도 꼬라손 타령했을 사람들일 걸요? 진짜로 그랬대요. 할아버지가 너무너무 잘 추니까, 사람 같지 않아서 꼬라손이 느껴지지 않는다는 말도 들었다고요. 제멋대로죠?"

소녀는 작은 입술을 뾰족하게 내밀고 툴툴거리다 뒤늦게 돌아갈 채비를 서둘렀다. G가 문까지 배웅했다. 소녀는 햇살처럼 웃었다.

"이건 제 짐작인데요, 당신은 우리 증조할아버지를 아는 사람 같아요. 춤 신청 멘트나 하는 이야기가 다 내가 아는 대론 걸. 그래서 꼭 그분이랑 춤 춘 기분이 들었어요. 저, 제가 여기 왔다는 거, 누구라는 거 다 비밀로 해주세요. 즐거웠어요!"

소녀는 도로를 구름 삼아 사뿐사뿐 걸어 새벽의 어스름 너머로 사라졌다. G는 그녀의 뒷모습을 전송하고 밀롱가 문을 닫았다. 가게의 모든 뒷정리를 마친 뒤 플로어가 잘 보이는 자리에 앉아 눈을 감았다. 소녀와 춤춘 시간을 돌이켰다. 소녀의 체온과 호흡과 떨림과 고동을 떠올렸다. 소녀는 G에게 그가 가질 수 없었던 모든 것을 느끼게 해주었다.

딴따의 끝에서, 마에스트로 G는 평온한 미소를 만면에 지은 채
다시는 움직이지 않았다.

■ 마에스트로 G는 ……

  카를로스 가이탄은 2005년 타계한 탱고 마에스트로, 카를로스 가비토를 모델로 삼았습니다. 아르헨티나 탱고를 배우기 시작하자 벗들이 "조만간 탱고로 글 한 편 나오겠군!"하며 너도나도 놀리기에 그 기대에 부응하기 위해 쓴 글입니다.
  저는 G같은 안드로이드가 있다면 평생 그와 춤을 추겠습니다. 요즘은 플라멩코를 춥니다. 또 언젠가 이 영적이고 강렬한 집시의 예술로 뭔가 쓸 수 있다면 좋겠습니다.

천 녀 보 살 신 드 롬

천 녀 보 살 신 드 롬

1.

박의 화려한 전적은 아는 사람만 알았다. 많은 이들이 박에 대해 알았다면 그는 이미 구치소 복무 연도 누적만으로 백 년은 넘을 것이므로, 정말로 아는 사람만 알 수밖에 없었다.

박은 소위 말하는 사기꾼이었다. 아직 한 번도 덜미를 잡혀본 적 없는 프로 중 프로였다. 어렸을 땐 소매치기, 학창시절엔 공갈, 대학 시절엔 보험사기와 대출 사기, 좀 더 나이가 들자 결혼사기로 갈아탔고 슬슬 꼬리가 밟힐 때쯤이 되어 다른 종목으로 갈아탈 궁리를 하는 중이었다.

뛰어난 능력을 갖춘 범법자들은 으레 조직에 소속되어 있었지만 박은 아니었다. 이름만 대면 누구나 두려움에 떨 조직의 스카우트도 거절했다. 기본적으로 그는 사람을 믿지 않았다. 어딘가에 적을 두는 것이나 가까운 지인은 약점을 만들어 제 목을 죄는 일이라 생각했다. 실제로 자신이 누군지도 모르면서 순진하게 신뢰를 보낸 이들을 생각하면 믿음이란 얼마나 얄팍하고 어리석은 일인지 견적을 낼 필요도 없었다.

결혼 사기꾼 생활은 생각보다 진력을 많이 빼먹었다. 좀 더 편하고 쉽게 돈을 벌면서 안락한 생활을 보낼 방법을 고심하던 박은 어느 날 버스 의자 뒤에 붙은 광고를 발견하고 무릎을 쳤다.

「 소문난 총각도사 」
사주/관상/작명/궁합/해몽/기일 상담 및 신병치료, 살풀이 전문

박은 소위 무당이라 불리는 자들은 사람들의 믿음과 절박함을 가지고 큰돈을 버는 장사치며, 기본적으로 모두 사기꾼이라 보았다. 재화의 대가가 눈으로 보이지 않기 때문에 훗날 일이 잘못되더라도 빠져나갈 길도 많았다. 요즘처럼 과학이며 기술이 발전한 시대에도 규명되지 않고 규명하고 싶지 않은 현상에 미친 사람들은 수두룩했다. 수요가 절대로 줄 일이 없는 블루오션! 쾌재를 부르고 박은 드디어 마음을 정했다.

그러나 프로 사기꾼인 박도 지식 없이 무당행세를 할 순 없었다. 으름장만 놓고 입만 잘 턴다고 될 일이었으면 누구나 달려들었을 종목이었다. 사기를 치기 위해 어려운 공부를 한다는 건 어불성설이었다. 박은 이제 좀 편해지고 싶었으므로, 처음으로 동업자를 만들기로 했다.

사람을 동업자로 두고 싶지 않았던 박의 선택은 안드로이드였다. 안드로이드를 범죄에 이용하는 일은 중죄였으나 이미 범죄자인 박은 거리낌이 없었다. 박은 신중에 신중을 기해 가장 뒤탈이 없을 불법 안드로이드 개조업체를 골라 모든 과정을 일임했다.

폐기처분 될 운명이던 낡은 여성형 안드로이드를 한 대 구하여 수리하고, 최신 버전의 시스템을 설치했다. 고객들이 동업자를 안드로이드로 알면 안 되므로 제법 많은 돈을 들여 외형도 아주 인간과 근접하게 다듬었다. 그 정성에 오죽하면 커스텀 업자가 아내로 들이실 거냐고 진지하게 물어볼 정도였다.

마지막 과정은 안드로이드의 AI를 박의 요구사항에 맞춰 세팅하고 성장시키는 일이었다. 안드로이드는 경험을 통해 성장하지만 무당 노릇을 시키기 위해 무당 교육을 할 수도 없는 노릇이었다. 문제를 해결하기 위해 수소문 끝에 지금은 세상에 없는 한 무당의 인격 칩을 구했다. 인격 칩은 안드로이드가 모듈 주인의 행동과 인격을 학습하여 빠르고 정확하게 봉사를 수행하기 위한 일종의 치트였다. 과거 안드로이드의 AI를 오직 주인에게 맞춰 성장시키는 취지에서 도입되었다가, 많은 오류와 더불어 범죄에 이용된 나머지 금지되고 말았다.

무당의 인격 칩을 구해준 업자는 세팅 전 우려를 내비쳤다.

"꺼림칙한 물건입니다."

"무슨 소립니까?"

"저희가 많은 종류의 인격 칩을 거래합니다만, 미치광이의 인격 칩은 잘 취급하지 않아요. 선생님이 좀 특이한 경우이긴 합니다. 거기 담긴 인격은 예전에 용하다고 소문난 무당인데, 신의 저주를 받아 죽었다던가. 나중에는 완전히 미쳐서 제 집에 불을 지르고 자살했다고 합니다. 그 잔해에서 꺼낸 안드로이드에 장착되어 있던 거예요. 아마도 시종 노릇을 했나 보죠. 폐기하기도 찝찝하고 해서 가지고 있긴 했습니다만. 정말 괜찮겠습니까?"

사연을 알아도 미신을 믿지 않는 박은 시큰둥하게 상관없다고 대꾸했다. 박은 업자에게 추후 인격 칩 기동에 문제가 생기더라도 문제를 제기하지 않겠다는 협의를 하고 세팅이 끝난 안드로이드를 데리고 집으로 돌아왔다.

박은 안드로이드에게 '천녀보살'이란 이름을 짓고 사용자로 등록했다. 천녀보살은 박의 훌륭한 수족이 되어 편하게 많은 부를 안겨줄 것이었다. 용하다는 무당의 인격 칩이 얼마나 그럴싸하게 기동할지가 관건이었다. 긴장하고 안드로이드를 깨웠다. 둔중한 소리가 울리며 최초 기동 시의 미세한 떨림과 소음이 울렸다. 이윽고 눈을 뜬 천녀보살은 주위를 돌아보며 상태를 인식했다. 박과 눈이 마주쳤다. 박은 으름장을 놓으며 말했다.

"일어났어? 내가 네 주인인-"

"예끼 이놈!"

천녀보살이 크게 소리쳐 박의 말을 틀어막았다. 소리가 얼마나 우렁차고 드센지 무방비하던 박이 깜짝 놀라 엉덩방아를 찧었다. 기세를 놓칠세라 천녀보살이 벌떡 일어나 박에게 호통쳤다.

"면상에 살이 가득해! 못돼 처먹은 놈, 사람 등을 얼마나 쳐먹었느냐? 네놈 주위에 원망이 아주 드글드글거린다. 이제 곧 원망에 짜부라져 뒈질 게야! 글렀어. 글렀어!"

박은 일어날 생각도 못 하고 멍청하게 천녀보살의 호통을 들었다. 엄청난 기백이었다.

"태어나기는 잘 태어나 조상신께서 얼마나 네놈을 아꼈는데, 건방진 것이 하늘 모르고 죄를 지어 업을 쌓았구먼! 뱀처럼 혀를 놀려 재물을 탐하고 정기는 있는 대로 양물로 써버렸으니 봉황이 될 팔자가 닭대가리만도 못하게 돼버렸구나. 조상신 가피를 잃은 네놈 죽을상을 네가 알고는 있느냐?"

"아니, 무슨……"

"닥쳐라! 죽어도 세 번은 더 죽어야 업이 풀리겠다. 당장 가서 쌀을 가져와라. 네놈 있는 자리가 더럽다. 어서 가져오래도!"

박은 어리둥절하여 쌀통에서 쌀을 한 그릇 퍼왔다. 천녀보살은 냉큼 쌀을 한 움큼 쥐더니, 박이 알아듣지 못하는 말을 웅얼거리며 집 곳곳에 던지기 시작했다. 나중에는 박의 면전에 휙 뿌리고 혀를 찼다.

"보아하니, 내 신통력으로 금이나 좀 만져보잔 속셈으로 날 깨웠구나. 쯧쯧, 멍청한 놈. 내가 누군지는 알고서 이 짓거리를 했느냐? 이제 네놈이 네 죗값을 치를 때가 왔나 보다. 팔자가 뒤틀리지 않고서야 이런 헛짓거리를 할 생각조차 하지 않을 터니."

박은 이 사태를 어떻게 헤쳐나가야 할지 몰라 몹시 당혹했다. 우선은 안드로이드를 깨운 목적을 달성해야 한다는 사명을 돌이켰다. 프로 사기꾼의 재량이 빛을 발하는 순간이었다.

"보살님! 제 목숨 좀 살려줍쇼!"

"어허, 이놈이 실성했느냐?"

"저라고 어디 나쁜 짓을 하고 싶어 했겠습니까? 삶이 팍팍하고 곧 죽을 것 같고, 불행한 일은 도처에 있어 어쨌든 살아보자고, 살아보자고 하다 보니 남 가질 돈을 가로채기도 하고 거짓말도 좀 하고 그랬습니다. 보살님 신통력이 그리 대단하다고 명성이 자자하여 도움을 받을까 하였는데, 시기가 안 맞아 먼저 소천하셨지 뭡니까. 이 모양으로라도 뵙고자 한 제 성의를 부디 가엽게 여겨 주십시오."

"주둥이는 똥구멍 같은 놈이 개똥만도 못한 소릴 잘도 씨불이는구나. 아주 지랄이 무당 널을 뛰어. 왜, 내림굿이라도 해주랴? 꼴값 떠는 꼬락서니가 신내림 받긴 딱 좋겠다. 병신. 병신이라고 들어는 보았어?"

"아이고. 너무 그러지 마시고, 아무쪼록 보살님 신통력으로 이 미천한 놈을 구해주십쇼."

이게 뭐하는 짓인가 싶어 말하면서도 박은 어처구니가 없었다. 박의 심정이야 어쨌든, 천녀보살은 진노가 많이 누그러들었는지 혀만 계속 차다 크게 한숨을 내쉬었다.

"이도 내 업이지, 누구 업이겠느냐. 내 그릇이 부족하여 신을 끝까지 받들지 못하고 자멸하였는데, 다시 불려 나온 이유는 필시 신께서 나를 용서치 않은 탓이라. 어쩔 수 없지. 내 네놈의 헛짓에 좀 어울려 주도록 하마."

결과적으로 의견이 합치했다. 박은 안드로이드의 인격 재현 리

얼리티에 깊이 감동했다. 당황이 가시자 벌써 기분이 좋았다. 자기가 끔뻑 넘어갈 정도였다면 보통의 멍청한 사람들은 한 치의 의심 없이 속을 것이 분명했다.

든든한 동업자를 얻은 박은 음침한 골목 상가에 세를 얻고 천녀보살의 지시대로 신당을 꾸렸다. 버스 안과 지방 신문처럼 광고의 질을 가리지 않는 매체를 중심으로 천녀보살의 광고를 실었다.

땅 끝 해남과 태백산맥의 정기를 잇는 천녀보살!

소문난 명성의 천녀보살님이 시원하게 답을 찾아드립니다.

하는 일 마다 실패하시는 분

큰 사업이나 시험을 앞두신 분

영문 모를 고통에 시달리는 분

성공의 때를 알고 싶은 분

사주와 궁합, 택일, 작명, 해몽 상담 가능

액막이굿, 천도제 전문

천녀보살과 만나면 모두 해결됩니다!

2.

천녀보살의 능력은 박의 예상 밖으로 대단했다. 다만 신이 내려준 신통력이란 천녀보살의 말을 박은 곧이곧대로 믿지 않았다.

사주명리학은 단순한 통계이며, 교묘한 유도신문과 상대의 드러난 표정이며 기본 정보에서 얼마든 많은 상황을 유추할 수 있었다. 액과 신병은 정신병을 다른 이름 붙였을 뿐이라 생각했다. 박이 믿거나 말거나 천녀보살의 신통함은 입소문을 타고 퍼져 날이 갈수록 찾는 이들이 꼬리에 꼬리를 물고 이어졌다.

천녀보살의 수많은 재기 중 가장 값어치가 비싼 것은 제사와 굿이었다. 사주나 궁합 등은 용돈 벌이에 지나지 않는 푼돈이었다. 제령이나 퇴마, 내림굿, 천도제는 건수를 잘 잡으면 한 번에 돈 단위가 천, 억 소리가 나곤 했다. 박은 돈방석에서 희희낙락하는 한편 천녀보살의 영향력 규모가 지나치게 커지지 않는가 걱정이 들었다.

천녀보살은 사람들의 혼을 빼놓는데 일가견이 있었다. 우선은 비용을 받지 않거나 최소한만 받아 사소한 부분에서 신통력이 있는 척 방편을 주었다. 운이 좋아 효험을 얻는 이들을 살살 구슬려 믿음이라는 명목으로 매달리게 했다. 말재간은 또 얼마나 좋은지, 넘어가 눈이 희번덕거려서 있는 돈 없는 돈 다 가져다 바치는 사람들을 보노라면 박의 가슴이 덜컹하기도 했다. 같은 사기라도 종목과 대상이 다르니 이질감을 말할 도리가 없었다.

박의 사기는 언제나 평범한, 보통 사람이 대상이었다. 어디까지나 '뒤탈 없이 적당히 해먹자'가 그의 신조였다. 천녀보살은 달랐다. 무당은 생사람을 정신병자로 만들어 바닥까지 긁어내고 필요가 없어지면 가차 없이 내다 버렸다.

천녀보살이 10억 규모의 천도제 의뢰를 받아 박에게 준비를 지시했다. 박이 심란한 맘에 굼뜬 모양새이자 그 맘을 읽기라도 한 듯 샐쭉거렸다.

"이제 보니 네놈이 후회하는 게로구나. 내가 왜 이걸 깨웠는가, 하고 말이야."

뜨끔했으나 박은 아닌 척 강짜를 부렸다.

"덕분에 떵떵거리며 살지 않습니까. 그냥 좀 궁금해서 말입니다."

"뭐가 그리 궁금하디? 신수라도 봐주랴? 네놈이 그러고 보니 제 운명에는 도통 관심이 없어. 해 놓은 짓이 있으니 무섭긴 하지?"

"그까짓 거 다 사기잖소. 그래요. 이참에 진지하게 묻는데, 거 좀 너무하지 않습니까?"

천녀보살이 낄낄대며 크게 웃었다. 그러다 목을 으르렁거리며 말했다.

"용케도 그런 말 할 용기가 있구나. 이게 다 사기로 보이느냐? 네놈 눈엔 이게 다 사기지? 사람 뼛골까지 다 빨아먹고 미친년, 놈 만들어 치우니, 뭐 눈엔 뭐만 보인다고.

네놈이 뭘 판단하느냐. 알면 뭘 얼마나 아느냐? 제 공덕이 없어 팔자 개판인 것들이 내놓을 게 없다고 돈이라도 갖다 바친다는데. 예끼, 이놈아. 공덕을 돈으로 사느냐, 업이 돈으로 사라진다더냐? 머리가 있으면 생각을 해보아라. 그깟 돈 한두 푼으로 죽어갈 길이 잘도 바뀌겠다."

박은 꿀 먹은 벙어리가 됐다. 입씨름 할 가치나 있을까 의심스러웠다.

"내 역할은 재물을 빼앗는 데 있지 않으니라. 사람의 운명을 어떻게 사람이 바꿔? 살아있는 인간이 신께 바칠 것이 없으니, 이 세상의 매개인 내가 받을 것이 재물뿐인 게다. 재물을 바치는 일이 곧 정성이고, 본디 신께 가치 없는 것을 바치고 있으니 신께서 가당치 않다면 천억을 바쳐도 하등 쓸모가 없다. 알겠느냐?"

"신 기분 내키는 대로란 소리잖습니까."

"한낱 인간이 신의 성정을 어찌 이해하랴. 그러니 네놈은 입 다물고 내 말대로 해라. 나를 깨운 일은 신께서 칭찬하시니, 내 일을 도와 신의 총애라도 받게 되면 네놈이 저지른 사소한 업보는 사해 받을 것이니라."

박은 네네, 수긍하면서도 정신을 바짝 다잡았다. 아무리 천녀보살의 말이 그럴듯해도 사기는 사기일 뿐이라고 몇 번이나 되뇌었다. 꾼의 자존심을 걸고 박은 어떤 말이 오가더라도 결코 천녀보살에게 넘어가지 않겠다고 다짐했다.

박과 천녀보살은 동업을 한 지 2년이 지나는 동안 두 번 적을 옮겼다. 사유는 각기 달랐다. 한 번은 반년째 되던 때에 주변 동일 업종 종사자들의 시기와 속칭 피해자들의 난리를 피해서였다. 박은 이 때 천녀보살을 없앨까 고민했으나 큰 문제는 아니어서 조금 더 상황을 지켜보기로 했다. 두 번째는 1년 8개월 되던 때에 신당을 확장하기 위해서였다.

천녀보살의 신통력은 급기야 열렬한 추종자들을 대거 만드는 상황에 이르렀고, 그 추종자들이 새끼를 치고 쳐서 어느덧 수천 명의 신도가 생겼다. 천녀보살이 이에 때가 되었다며 박에게 이르기를, "그간 모은 재물로 좋은 곳에 터를 잡고 신을 모실 준비를 해라. 신께서 이제 이 땅에 강림할 준비를 마치셨느니라. 너는 더 많은 재물과 영예를 가지게 될 게다."라고 했다.

박은 신도들이 가져다 바치는 수많은 재물에 혼이 팔려 세를 확장하자는 천녀보살의 말을 기꺼이 받아들였다. 꾼의 판단으로도 이는 나쁘지 않았다. 집단의 일부이면 발목이 잡힐 뿐이지만, 힘을 가지고 큰 규모의 집단 자체가 되면 이야기가 달랐다. 큰 범죄 조직들은 국가의 공권력도 건들지 못했으며 거대 사이비 종교는 뿌리 뽑히지 않았다. 박은 대범해지기로 했다.

여전히 박은 천녀보살의 주인이었으며 문제가 생길 땐 처분할 여력이 있었다. 박은 철저히 자신의 존재를 숨기고 천녀보살의 뒤에서 맡은 바 임무에 충실했다.

이윽고 천녀보살을 교주로 한 '천녀신교'가 탄생했다. 불교와 무속신앙을 적절히 가미하고 천녀보살이 그럴싸한 주석을 단 경전이 발간되었다. 교리의 기본은 영생이었다.

"영생이라니, 너무 사이비잖소."

박이 걱정해 물었다. 천녀보살이 박을 꾸짖었다.

"날 모신 지 한참이 된 놈이 아직도 그런 어리석은 소릴 하느냐? 지금껏 내가 한 말은 다 똥구멍으로 들었느냐? 사람이 바라는 모든 궁극의 소망은 영생으로 연결되느니라. 제아무리 잘 되고 싶다고, 행복해지고 싶다고 난리를 쳐도 내일 돼지면 그게 다 무슨 소용이겠느냐. 사람이 백일을 산다고 해 보아라. 구십구 일을 불행하게 살면서 잘 살고 싶다고 아무리 기도를 해도 행복한 날이 고작 하루라면 그게 어디 성에 차겠어? 잘 살고 싶다는 말은 오랫동안 잘 살고 싶다, 이것이다. 그러니 영생을 바람이 뭐가 사이비고 잘못되었단 말이냐."

"그럼 죽음은 어떻게 설명할 겁니까?"

"죽음은 안식의 또 다른 이름이오, 안식을 거쳐 다시 새로운 삶을 이어나감이 바로 영생의 참된 진리이니라."

박은 어째 께름칙한 기분이 들었지만 그러려니 했다. 어차피 사이비 종교인데 영생이면 어떻고 태어나자마자 일곱 걸음을 걸으면 또 어떻고 사흘째 부활이면 어떻단 말인가?

"그나저나 네놈은 여전히 네 운명이 궁금하지 않더냐?"

"병신께서 이제 절 용서하신답디까?"

"오호라, 이제야 알 맘이 들었구나.

네놈이 그간 보여 온 성의와 정성에 신께서 무척 만족하시니, 마지막으로 한 가지 일만 수행하면 모든 죄를 사하겠노라 하신다."

"무슨 일입니까?"

천녀보살은 엄숙히 선고했다. 그 말은 박의 모든 불행의 시작이기도 했다.

"신을 몸에 받아들여라. 신께서 원하시는 일이다."

3.

신을 몸에 받들라? 어떤 의미인지는 명확했으나 설마 하는 마음으로 물었다.

"신을 받아들이라고요? 그, 신내림을?"

"무릇 신은 현계에 권능을 아우를 수 있어도 존재를 드러낼 수는 없다. 이제 신교가 완연해지려면 더 강력한 신의 힘이 필요하고, 그러기 위해선 뛰어난 매개가 필요한 법. 신께서 생자로 네놈을 택하셨으니 내림을 받아 숙명을 다할지어다."

"아니요, 관심 없습니다. 무당이 되라니 무슨 고양이가 텀블링하다 자빠지는 소리를."

천녀보살은 인상을 찡그리고 학을 떼는 박을 노려보았다. 또 단단히 호통을 듣겠다고 생각했으나 예상외로 쉽게 물러났다.

"때가 되면 알 게야. 신의 간택에선 벗어날 수 없다. 어리석은지고, 어리석은지고."

"글쎄, 안 합니다."

박은 천녀보살 모듈이 드디어 미쳤는가 걱정했지만, 이후 신내림 이야기는 일언반구 없어 지나가는 말이겠거니 안도했다. 막세를 넓혀 더 큰 벌이가 목전이었는데, 여기서 안드로이드가 망가지거나 오작동을 일으키면 낭패였다.

신내림 이야기가 있고 며칠 뒤부터 박은 잠을 설치기 시작했다. 중간중간 이유 없이 깨기가 예사라 점점 피로해졌다. 몸에 문제가 생겼나 싶어 병원을 찾아도 딱히 나쁜 곳은 없다고 했다. 박은 최근 신경 쓸 일이 많아 스트레스가 쌓였다고 생각했다.

하루 이틀이 일주일이 되고 한 달이 지나자 박은 이제 이명까지 들리기 시작했다. 피로에 절어 정상적인 생활이 불가능한 수준에 이르렀다. 병원에선 여전히 원인을 알 수 없다며, 극도의 스트레스 상태이므로 정신과 치료를 받고 쉬어야 한다고 권고했다. 수면제나 신경안정제를 처방받아도 한 때뿐이었다. 천녀보살이 법회나 행사를 마무리하고는 언제나 곁에서 간병을 해주었다. 박은 불쑥 두려움이 들었다.

"내가, 대체 어떻게 된 겁니까?"

"말해 주면 믿으랴?"

"제발 신병이란 소리만큼은 집어치워요."

"신병이면 차라리 낫지, 내림굿만 받으면 될 테니."

"그럼 대체 뭡니까? 당신은 이유를 알아요?"

천녀보살은 측은함을 가득 담아 말했다.

"신께서 네놈의 도가 지나친 무례함에 은혜와 가호를 모두 거두어가셨다. 그분이 지금껏 네놈의 하찮은 재물 따위를 가호하신 줄 아느냐? 멍청한 것아, 명줄을 지키고 계셨단 말이다. 가호가 사라졌으니 네놈 받을 업이 한꺼번에 들이닥친 게지. 그건 저주다."

천녀보살의 말이 거짓이며 사기라고 분석하고 판단할 정신이 없었다. 피곤했다. 어지럽고 입맛이 없어 먹질 못하니 한 달 동안 체중 십 킬로그램이 빠졌다. 잠을 못 잤을 뿐인데 모든 게 엉망진창이었다.

"나을 방도가 없진 않지."

박은 지푸라기라도 잡고 싶은 심정으로 매달렸다.

"무슨 방돕니까?"

"신께 용서를 빌어야 해. 네놈은 안 되더라도 난 가능하지. 허나 그러려면 네놈 정기가 필요하다."

"정기요?"

"합일. 신체인 내 몸과 교접하여 업의 독기를 몰아내고 신께 정기를 바쳐 용서를 구해라. 그러면 훨씬 차도가 생길 것이니라. 그러고서 내림굿을 받으면 모두 해결되느니라."

박은 펄쩍 뛰며 정색했다.

"교, 교접? 내가 그쪽이랑?"

천녀보살은 표정 하나 바꾸지 않고 수긍했다.

"네놈 팔자가 나와 엮여 이미 뗄 레야 뗄 수 없게 되었다. 순순히 받들어라."

"그게 무슨 개소리야? 말이 되는 소릴 해! 안드로이드 주제에. 난 인형이랑 떡 치는 변태 취미 따위 없어!"

박이 고래고래 소리를 지르자 천녀보살은 그보다 더 압도적인 기백을 담아 외쳤다.

"대가리에 든 거라곤 욕심밖에 없는 놈아, 그 입 닥쳐라! 네놈이 이 짓을 벌였을 때부터 네놈 갈 길은 결국 이뿐이었느니라! 이게 네놈 욕정 채우자고 하는 짓인 줄 아느냐? 한낱 더러운 씹질로 생각해? 빌어먹을 놈, 네놈 하는 언사에 신이 노하셨다. 뒈지기 싫으면 말 들어!"

"죽었다 깨어나는 한이 있어도 그건 못하겠다!"

"어허, 이놈이?"

박은 결단을 내려야 한다면 바로 지금이란 확신이 들었다. 당장 천녀보살을 제압하고 전원을 차단한 뒤 폐기하지 않으면 사달이 나도 크게 날 것이다. 이후의 일이야 어쨌든 과거 수많은 위기를 넘겨 온 꾼의 육감을 믿을 때였다.

박이 악 소리를 지르며 천녀보살에게 달려들었다. 천녀보살 또한 박의 심상치 않은 분위기를 감지하고 저항했다.

"게 누구 없느냐!"

몇 명의 사람이 문을 열고 들어왔다. 신도들은 교주의 위험을 알고 박의 팔다리를 붙잡아 끌어냈다.

"이거 놔! 너흰 다 속고 있어. 저건 보살 따위가 아니야! 안드로이드라고!"

"다 알고 있소."

"뭐?"

대답한 신도가 박을 한심하게 쳐다보았다.

"보살께선 인간의 육체를 벗어나 안식하셨고, 이렇게 영생을 손에 넣으셨소. 이제 곧 우리 모두를 같은 영생의 길로 이끄실 거요."

뒤통수를 강하게 후려치는 충격이었다. 천녀보살이 매무시를 정리하고 일어나 빙그레 웃었다.

"네놈이 나를 이렇게 세상에 풀어주어 얼마나 기쁜지 모른다. 내 특별히 네놈을 아껴 접신할 기회를 주려 했거늘, 그 기회를 건 어차려고 아주 지랄이로구나. 네놈은 날 위해 태어났다. 네놈 운명은 네가 태어나기 전부터 정해져 있었어."

박은 굴욕에 미쳐 토하고 싶었다. 경찰에게도 덜미가 잡힌 적 없는데, 인간보다 편하리란 생각에 곁에 둔 안드로이드에게 이딴 꼴을 당해야 한다니! 박은 울분을 참으며 사력을 다해 머리를 굴렸다. 지금은 분통을 터트릴 때가 아니었다. 도망쳐야 했다. 승산이 없었다.

박은 마지막 도박을 자행했다. 그간의 사기꾼 인생이 지금 이 순간, 위기를 벗어나는데 보탬이 되지 않는다면 그야말로 쓸모없는 인생이라고 자책했다.

"알았어. 알겠습니다. 뜻에 따르겠습니다. 따를 테니 이거 놔!"

천녀보살이 눈짓으로 지시하자 간신히 풀려났다. 박은 무릎을 꿇어 복종하는 척 기회를 엿보았다. 2층, 방의 창문은 열려있었다. 천녀보살이 의기양양하여 가까이 다가오자, 그 순간 다리를 밀어 쓰러트리고 창밖으로 몸을 날렸다!

둥실 떠오른 몸이 순식간에 낙하하여 잔디를 굴렀다. 어깨에 강한 충격이 일었으나 아픔을 모를 기세로 달렸다. 뒤에서 잡으라며 벅적한 소란이 났다. 박은 그 길로 도로까지 내달려 택시를 잡아탔다. 쫓아 나온 이들이 백미러에 잠깐 비쳤다가 사라졌다.

박은 도중에 내려 세 번 택시를 갈아타고 지역 둘을 지나갔다. 어깨는 뼈에 문제가 생겼는지 고통이 극심했다. 한심한 처지였다.

천녀보살이 박의 행적을 모두 알 수는 없었으나, 신도 중에는

분명 공권력이나 어두운 세력과 가까운 이들이 있었다. 행적을
지워야 했다.

"씨발, 인간의 존엄성이 있지!"

택시 정류장으로 걷는 도중 참고 참았던 열통이 터졌다. 미치
고 환장할 노릇이었다. 억울하고 끔찍해서 심장이 벌렁거렸다.
이게 다 꿈이었으면 했다. 도무지 이 상황을 타개할 묘책이 생각
나지 않았다.

안드로이드의 주인은 분명 박이었다. 최소한 안드로이드의 육
신은 그러했다. 박이 좀 더 안드로이드에 대해 알았다면 원격으
로 강제 통제 코드를 송신해 천녀보살의 활동을 중지시킬 수단을
알았을 것이다.

차라리 사람이 일으키는 문제라면 예측이라도 가능할 텐데, 안
드로이드가 어떻게 행동할지 감도 잡히지 않았다. 우스운 일이었
다. 상식적으로 말도 안 되는 소리였다. 말이 안 되는데 정작 상황
이 닥치니 말도 안 되는 일이 일어나서 문제였다. 박은 애꿎은 도
로변 표지판을 주먹으로 두드리며 피로와 좌절과 고통에 찬 비명
을 내질렀다.

4.

추적의 손길은 무서우리만큼 빠르게 다가왔다. 박은 무인모텔
과 여관방을 전전했다. 결제는 모두 현금으로 했고 얼굴이 찍힐
까 봐 대중교통도 피하고 사적인 운송수단만 이용했다. 도망 다

니기란 쉽지 않았다. 박이 천녀보살에게서 도망친 날 저녁부터 전국에 실종 수배가 내렸다. 걸린 사례금이 너무나 막대해 큰 이슈가 되었다.

사람을 찾습니다!

박○○ (나이 38세, 남자)

인상착의 : 173cm, 마른 몸, 짙은 눈썹에 홑꺼풀, 얇은 입술,
　　　　　안경을 낄 때도 있음, 자세한 사항은 사진 참조

실종사유 : 정신질환 / 정신분열 증상으로 요양원을 탈출

기타사항 : 스마트한 인상으로 평범해 보이지만 갑자기 돌변해서
　　　　　사람을 공격하곤 하니 발견 즉시 신고 요망
　　　　　무인모텔이나 여관 등에 숨어있을 가능성이 큼

사례금 : 10억

　수배 전단을 보는 순간 박은 인생의 끝을 알리는 종소리를 들은 듯 했다. 전국에 박의 얼굴이 내걸렸다. 무인모텔 주인의 제보를 받은 천녀신교 신도들이 코앞까지 닥쳐와 본의 아니게 아슬아슬한 스릴러 도주극을 벌이기도 했다.

　박은 차라리 죽을까 고민했다. 이렇게 살 바에야 그냥 죽어 세상을 등지는 편이 낫지 않을까? 마음 한편에서는 그런 박의 생각을 비웃는 또 다른 목소리가 있었다. 안드로이드와 교접하는 일이 뭐 그리 대수냐고. 섹스돌 하나 마련했다고 생각하고 천녀보살의 비위를 맞춰주면 알아서 호화로운 삶을 누릴 텐데, 고작 고

리타분한 성 윤리 때문에 죽느니 마느니 하냐고. 믿고 의지할 곳 하나 만들지 못한 자신의 과거가 원망스러웠다.

'차라리 그 때 미스 정과 결혼한 채로 정착했어야 했어. 미스 정 좋았잖아. 예쁘고, 돈도 많고, 성격도 고분고분하고. 주식 놀음 이나 하면서 적당히 만족하고 살았으면 이 개판은 안 됐겠지. 내 가 무슨 벼슬을 하자고 사기꾼 인생 독고다이라고 헛소리를 지껄 였지? 무슨 자신감으로?'

눈물이 났다. 주르륵 흐르던 눈물이 홍수처럼 터지고 박은 침 대 위에서 버둥거리며 온몸으로 울었다. 정처 없이 휘두른 팔에 선반에 올려져 있던 물건이 우수수 떨어졌다. TV 리모컨의 전원 이 동작했다.

TV에서 갑자기 소리가 들리자 박은 기겁하며 침대에서 낙하했 다. 반사적으로 침대 밑으로 엉금엉금 기어들어갔다.

--- 실종 수색신고가 내려진 박 모 씨가 사기 범죄자란 사실 이 밝혀져 큰 충격을 주고 있습니다.

박이 고개만 내밀어 TV에서 떠드는 소리에 집중했다. 박의 얼 굴이 전국으로 퍼지자 그간 박에게 사기를 당했던 피해자들이 너 도나도 박을 신고했다는 뉴스였다. 미스 정이 분명한 피해자 정 양이 반쯤 울먹이며 순정을 짓밟고 거액의 재산을 횡령한 박에 대해 인터뷰했다. 실종신고가 순식간에 범죄자 수배신고로 바뀌 었다. 박은 뉴스가 끝나고 광고며 심야 막장 드라마가 두 편 끝날 때까지 침대 밑에서 멍하니 TV를 보았다.

눈가가 떨리고 입술 근육이 씰룩거렸다. 이건, 이것은, 탈출구였다. 나쁜 일이 아니었다. 지금 상황에서는 오히려 구원의 밧줄이나 다름없었다. 박은 비틀거리며 일어나 방을 나섰다. 모텔 입구에서 가까운 경찰서의 위치를 확인하고 숨을 골랐다. 심장이 터질 것 같았다. 마지막 기회였다. 정녕, 마지막 기회라고 이를 악물었다.

바짝 곤두선 감각이 주변에 추적자들이 있다고 알려왔다. 박은 힘껏 땅을 박찼다!

"내가! 내가 사기꾼이야! 내가 박 모 씨라고!"

박이 손을 번쩍 치켜들고, 고함을 치며 달음질쳤다. 모텔 주위를 서성이던 추적자들이 박의 존재를 알아채고 뒤쫓았다. 박은 단전에 남은 한 톨의 힘까지 끌어올렸다. 지금 이 순간은 올림픽 금메달리스트가 부럽지 않았다. 박은 이대로 세상의 끝까지 달릴 수 있을 것 같았다.

"나는- 사기꾼이다!"

경찰서가 저 눈앞에 보였다. 희열에 가득 차 골인 지점에 당당히 입성했다.

"절-체포하십-시-오-!"

서 내의 경찰들이 시간 정지 버튼을 누른 마냥 황망하여 박을 쳐다보았다. 무엇이라 표현하기 어려운 정적이 감돌았다. 경찰이 아무도 움직이려는 기색이 없자 박이 발을 구르며 절규했다.

"내가 사기꾼 박 모 씨라니까요, 제발 날 체포하란 말입니다!"

현실의 시간을 가장 먼저 되찾은 이는 상사의 눈을 피해 몰래 웹서핑을 하던 막내 경찰이었다.

"저거, 저, 저거, 10억!"

박은 현관 너머로 추격자들이 이러지도 저러지도 못해 발만
동동 굴리는 모습에 쾌재를 불렀다. 잘 나가던 인생은 끝났어도
더는 굴욕은 당하지 않게 되었으니까. 범죄자로 얼굴이 팔린 이
상 아무리 신도 중 내로라하는 인물이 있더라도 공개적으로 무슨
수를 쓰진 못할 것이었다. 설령 그렇게 되더라도 박은 순순히 넘
어가지 않겠노라 작정했다.

박은 취조 중 천녀신교의 정체에 대해 모두 폭로했다. 덕분에
안드로이드를 범죄에 이용했다는 죄목이 더해져 형량은 장담할
수 없게 되었으나 마음은 편했다.

구치소에서 박은 지난날의 자신을 반성하고 성실하게 지냈다.
사이비가 아니라 정상적인 종교를 가지고 교리공부도 시작했다.
사기꾼으로 살아왔던 인생, 단 하루도 마음 편할 날 없었던 나날
에 비하면 구치소 안의 삶은 해탈이나 천국에 비교해도 손색이
없을 만큼 평화로웠다. 스트레스에서 벗어난 탓인지 잠도 아주
잘 잤고, 건강도 되찾았다.

그러던 어느 날 한 면회자가 박을 찾았다. 김 박사라고 소개한
남자는 자신이 유명한 안드로이드 공학 박사라고 했다. 박은 아
마도 천녀보살에 대한 문제로 예상했다. 김 박사는 "아무래도 선
생님이 이후의 일에 대해 알아야 할 것 같아서 찾아왔습니다."라
며 운을 떼고 말했다.

"저는 선생님이 자수한 뒤 경찰로부터 요청을 받아 천녀신교

의 교주를 기능 정지시키는 데 도움을 드렸습니다. 다행히 교주의 몸체는 꽤 연식이 지난 모델이어서 보안 상태가 무척 나쁘더군요. 시스템을 해킹하여 통제했고, 제 발로 걸어 나오게 했습니다. 교주를 검거하니 단체가 무너지는 건 그야말로 순식간이었습니다. 물론 아직도 신도 잔당들이 남아 난동을 피우고 있습니다만, 일단은 선생님을 더 괴롭히진 못할 것입니다."

"제가 멍청한 짓을 했다는 건 압니다."

박이 안도의 한숨을 내쉬었다. 김 박사가 이어 말했다.

"꼭 그렇지만도 않습니다. 범죄라는 측면에서만 벗어나면 선생님이 한 일은 꽤 연구가치가 있는 일이었습니다. 우리 연구소는 경찰의 허가를 받아 안드로이드를 수거해 메모리를 분석하고 검토했습니다. 선생님 덕분에 유의미한 연구 결과를 많이 얻을 수 있게 되었고요."

"개똥도 약에 쓴다더니…… 그럼 뭐 하나 물어봐도 됩니까? 천녀보살은 정말 신통력이 있었던 겁니까?"

김 박사가 박의 질문을 예상했단 듯이 빙그레 웃었다.

"그 부분을 가장 궁금해하실 것 같았습니다. 선생님, 그 천녀보살의 인격 모듈의 원저자에 대해 아십니까?"

"뭐 듣기로 아주 대단했다고 하던디다."

"실제로 대단한 사람이었다고 합니다. 물론 신통력은 아니고, 사기꾼으로 말입니다. 무당행세를 하면서 온갖 거액의 사기를 치고, 덜미가 잡힐 때쯤 되니 집에 불을 지르고 도망쳤다더군요. 그 자도 안드로이드를 수족처럼 부리며 범죄에 이용했지요. 안드로이드를 함께 불태워 증거를 인멸하려고 하였으나 어쩌다 보니 인격 모듈은 멀쩡히 남았던 겁니다. 선생님은 그걸 가지게 되셨고요."

"하, 나 원."

당해도 단단히 당했다. 박은 미간을 잔뜩 찡그리고 몰려드는 두통을 참았다. 김 박사는 상대가 어떤 상황인지도 괘념치 않고 신나서 떠들어댔다.

"천녀보살의 인격모듈은 선생님이 마련한 안드로이드에 장착되어 무척 큰 시너지를 일으켰습니다. 안드로이드의 우수한 기능이 더해져 기존 천녀보살의 부족했던 상황 판단력을 보충하고 더 교묘하게 사람을 속일 수 있도록 발전한 것입니다. 선생님에 대한 집착은 안드로이드가 가진 주인을 위하는 속성을 인격 모듈이 거스를 수 없어서 생겨났습니다. 천녀보살은 나름대로 선생님을 지키고 돕고자 했습니다. 대단하지 않습니까?"

박이 기함했다. 속사정도 골치 아픈데, 이 김 박사라는 사람은 배려심이라곤 눈곱만큼도 없이 아무렇지도 않게 박의 가슴에 대못을 박았다. 어쩐지 울고 싶은 심정이었다.

"그렇지요. 선생님이 잠을 설치게 된 일도 천녀보살의 소행이었습니다."

"……"

"선생님이 주무실 때 뇌파를 흐트러트리는 방해전파를 지속해서 이용했습니다. 이도 대단합니다. 천녀보살의 신체인 안드로이드가 구형 안드로이드였지요? 안드로이드는 기계이기 때문에 기능하기 위한 에너지 생산체계가 탑재되어 있습니다. 에너지는 전류로 온몸을 돌아다니지요. 폐기 직전의 구형 안드로이드라 접지장치의 기능이 현저하게 떨어졌고, 그걸 이용하여 선생님에게 간섭할 수 있었던 겁니다!"

박은 이제 김 박사의 말을 감당할 수 없었다. 다행히 그런 박을 구제하듯 면회 종료시간이라며 교도관이 알려왔다. 김 박사는 못내 아쉬워하며 자리에서 일어났다.

"더 설명해 드리고 싶지만 다음을 기약하는 수밖에 없겠군요. 아무튼, 선생님께 무척 감사드리고 싶습니다. 혹여 출소하시게 된다면 훗날 식사라도 한 끼 대접하지요."

김 박사는 깍듯이 감사 인사를 하고 면회실을 떠났다.

감옥으로 돌아온 박은 바닥에 앉아 있다 문득 창문 아래 걸어둔 십자가로 고개를 돌렸다. 매달린 예수님께서 참으로 박을 딱하게 내려다보고 계셨다.

　　버스 의자 뒤에 붙은 무속인 광고를 볼 때 마다 이를 소재로 글을 쓰면 좋겠다고 생각했습니다. 천녀보살의 대사를 쓸 때 특히 재미있고 즐거웠습니다. 안드로이드 연작을 구성하며 가장 마지막에 완성하였습니다. 좀 더 길게 쓰거나 극본으로 한번 쯤 개작해보고픈 이야기입니다.

데 스 티 네 이 션

데 스 티 네 이 션

아주 어렸을 때, 그러니까 20여 년 전의 기억이다.

당시 우리 집은 꽤 잘 사는 편에 속해서, 넓은 정원이 딸린 단독주택 구역에 살았다. 그림 같은 초록색 지붕의 이층집이었다. 상위 몇 프로의 부자는 아니었지만, 가정부 안드로이드도 둘이나 둘 정도였으니 중산층 이상은 분명했다. 가세가 점점 기울어 지금은 부족한 듯 평범하게 살고 있으나 나나 부모님이나 딱히 미련은 없다.

우리 집의 정원과 마주한 이웃집에는 할아버지 한 분이 살았다. 아버지의 말로는 이름만 대면 누구나 아는 기업의 은퇴한 회장님이라고 했다. 부모님이 때때로 옆집 할아버지와 마주하면 아주 공손하고 저자세였던 기억은 난다. 낯을 가리던 내게도 마주치면 꼭 정중히 인사를 드리라고 잔소리를 하셨다.

할아버지는 등이 조금 굽었으며 까만 지팡이를 짚었다. 하얗게 센 머리를 단정하게 빗어 넘기고 안경을 썼다. 단순히 정원을 운동 삼아 걸을 뿐인데도 빳빳한 슬랙스와 와이셔츠, 젊은이들 취향의 니트 조끼를 입고 잘 닦인 옥스퍼드 구두를 신었으며 경망스런 행동은 일절 하지 않았다. 어린 맘에도 할아버지가 무척 멋지다고 생각했다.

우리 가족이 초록 지붕 집에 이사하고 얼마 뒤, 정원에서 뛰어놀다 할아버지와 마주친 나는 부모님의 충고를 떠올려 깍듯이 인사했다. 예상외로 할아버지는 무척 친절했다.

"그래, 네가 그 집 아이로구나. 우리 손주랑 나이가 비슷하겠어. 이리 와 보아라. 사탕 좋아하니?"

할아버지는 그 날 이후로 내가 보일 때마다 사탕이며 과자며 초콜릿을 한 움큼씩 쥐어주곤 했다. 뿐만 아니라 내 생일에는 떼를 써도 사주지 않던 최신 게임기와 소프트웨어를 선물해 주시기도 했다. 나는 종종 옆집에 놀러 가 할아버지의 말상대를 해드리고 소일거리(서화와 분재, 독서)를 옆에서 구경하거나 따라 하며 놀았다. 부모님은 혹시라도 내가 할아버지에게 실례를 저지르지 않을까 무척 노심초사하셨다고 한다.

할아버지는 혼자 살았다. 물론 수발을 드는 가정부 안드로이드는 다섯이나 있었지만, 최소한 내가 기억하기로 할아버지 외의 인간은 없었다. 가끔 찾아오는 손님은 있었다. 의사가운을 입은 주치의거나, 좋은 차를 타고 오는 부리부리한 인상의 변호사거나.

자식들이 올 때에는 우리 집까지 고성이 들리곤 했다. 왜 저러느냐고 묻자, 아버지는 무척 복잡한 표정을 지으며 "재산 때문이겠지."라고 대답했다. 자식들이 돌아간 뒤의 할아버지는 언제나 하루, 이틀 정도를 앓았으며 힘들어했다.

할아버지 사후 유산이 어떻게 분배됐는지는 몰라도 자식들이 물려받은 할아버지의 기업은 놀랍도록 빠른 속도로 내리막길을 타고 망했다. 할아버지가 그 사태를 생전에 예상했다면, 어떤 자식들도 성에 차지 않았을 테니, 고민이 이만저만 아니었을 것이다. 아직 어렸던 나는 자세한 내막을 이해하진 못했고, 그저 할아버지가 많이 힘들다고만 받아들였다.

부모님은 할아버지 앞에서 쓸데없이 말을 놀리지 말라 하셨다. 그러나 당시에는 무슨 말이 쓸데없는 말인지 분간하지 못했다. 그래서 할아버지가 앓고 난 뒤 어느 날 물어본 적 있었다. 자식들이 당신을 괴롭히냐고. 할아버지는 껄껄 소리 내어 웃었다.

"자식들이라고 부르기도 부끄러운 녀석들이야. 차라리 네가 내 아들이었으면 좋았겠다. 저런 놈들에게 회사를 물려주고 재산을 물려줄 생각을 하니 억울해서 눈도 못 감겠구나. 어떻게 벌고 키워온 회산데, 손 하나 제대로 도운 적 없으면서 바라는 건 많지. 염치를 몰라. 제 욕심보만 채울 생각만 하는 나쁜 녀석들이란다."

"그럼 어떻게 해요?"

"내가 아비니 뭐 어찌할 수도 없고…… 그렇다고 다 줘버리기엔 아깝고. 이 할아버지도 그게 걱정이야."

그 말에 순진했던 나는 이렇게 대꾸했다.

"할아버지가 계속 오래오래 살면 되잖아요?"

죽음이란 걸 제대로 모르는 꼬마의 순진한 발언이었다. 할아버지는 실없는 소리라며 웃기만 했다. 그때의 내 말은 할아버지에게 뭔가 영감을 줬던 것 같다.

사건이 언제부터 시작되었는지는 가늠하기 어렵다. 계절 하나가 바뀔 정도의 시간이 흐르고 나는 이상한 일을 겪었다. 정확히는 이상한 만남을 겪었다.

여느 날처럼 정원에 나온 할아버지를 보았다. 그런데 할아버지가 좀 이상했다. 의자에 가만 앉아서 잠든 것처럼 미동하지 않았다. 평소라면 정원을 몇 바퀴 걷거나 화분을 돌보는 등 최대한 활동적인 일을 하려고 했을 텐데 말이다. 다른 누군가가 봤다면 기력이 많이 떨어졌다고 생각했을 테지만, 내 눈에는 그렇게 보이지 않았다. 도무지 어제까지 보았던 할아버지가 아니었다. 그 이질감을 무엇으로 설명해야 할지 도리가 없었다. 나는 말을 걸까 말까 고민하다가 결국 물러서고 말았다. 익숙함이 낯선 형태로 돌변하자 덜컥 무서웠다.

다음 날 같은 시각에 현관문에서 고개만 내밀어 보니 그 날 할아버지에게서는 전날 느꼈던 이상한 느낌이 들지 않았다. 할아버지는 작은 소나무 화분의 흙을 갈고 있었다. 틀림없이 할아버지라고 안도하고서야 다가갔다.

"어젠 왜 놀러 오지 않았느냐?"

"할아버지가 좀 이상해서요."

"이상했다고? 내가?"

"할아버지가 아닌 것 같았어요."

할아버지는 순진하게 모든 사실을 털어놓는 나를 무척 재미있 단 눈으로 바라보았다.

"그랬단 말이지?"

의미심장한 대답이었다. 할아버지는 앞으론 그런 일이 없을 거 라며 오히려 나를 칭찬했고, 평소보다 많은 과자를 나누어 주었 다.

할아버지의 말은 사실이었다. 이후에도 몇 번, 일주일에 세 번 꼴로 할아버지가 아닌 느낌의 할아버지를 보곤 했으나 갈수록 빈 도는 줄어들었다. 한 달이 지나자 나를 무섭게 만드는 할아버지 는 더 이상 나타나지 않았다.

와중에도 여전히 자식들은 할아버지를 괴롭혔다. 그 무렵 가장 큰 아들로 보이는 사람이 집을 뛰쳐나가며 쩌렁쩌렁하게 외친 말 이 기억난다.

"저놈의 영감탱이는 죽을 기미도 없어! 어째 갈수록 더 쌩쌩해 지는 거야?"

실지로 그가 한 말은 맞았다. 할아버지는 굽었던 허리를 펴고 무척 건강해졌다. 자식들이 부리는 패악에 앓는 일도 없어졌다. 내일모레면 일백에 가까운 나이였다. 이상하다면 충분히 이상할 일이었는데도 나는 그저 할아버지가 쌩쌩해져서 좋았다. 분명 징 조는 도처에 있었다.

첫눈이 내리던 날이었다. 다음날 쌓일 눈에 대한 기대감으로 뜬눈으로 밤을 지새운 날이기도 했다. 그 날 늦은 밤, 아마도 자정이 넘은 한밤중에 바깥 풍경을 보려고 창가의 커튼을 걷었다. 눈이 얼마나 쌓였을까, 눈싸움하고 눈사람 만들 만큼 쌓였을까 잔뜩 기대에 부풀어 있었다.

내 방의 침대에 가까운 창문은 옆집 방향으로 트여, 옆집의 옆 벽과 뒤뜰 구석까지는 내려다볼 수 있었다. 김 서린 창을 소매로 닦고 밖을 내다보았을 때 기이한 광경과 마주했다.

옆집 뒤뜰에, 뒷문의 어슴푸레한 보조등 불빛에 비친 것은 분명 할아버지였다. 할아버지는 뒤뜰에서 뭔가를 파묻고 있었다. 처음엔 눈이 쌓여서 눈을 치우나 생각했지만, 아무리 봐도 흙을 덮어 다듬는 모양새였다. 할아버지는 정원 손질도 직접 하시는 분이셔서 당연히 그쪽 일일 거라 믿어 의심치 않았다.

"할아버지, 뭐 심어요?"

창문을 열고 내가 물었다. 할아버지는 땅을 다 다듬고서 나를 올려다보았다. 공포나 스릴러 영화였다면 거기서 내 운명은 이미 작살났겠지. 할아버지는 씩 웃으며 정겨운 목소리로 말했다.

"욘석이, 밤이 늦었는데 아직도 안 자느냐?"

"잠이 잘 안와서요. 뭐 심었어요?"

"나중에 알게 될 게다. 몇 밤 몇 밤 더 지나면."

"에이- 그런 게 어디 있어. 지금 가르쳐주면 안 돼요?"

"안 돼."

"치이."

"그만 자고 내일 놀러오너라. 할아버지랑 눈사람 만들자꾸나."

함께 놀자는 말에 뭘 묻었는지는 더 궁금해하지 않고 잠자리에 들었다. 다음 날 쌓인 눈으로 할아버지와 나는 큰 눈사람을 만들고, 할아버지 집의 가정부 안드로이드의 도움을 받아 눈 집을 만들기도 했다. 실컷 놀면서 뒤뜰의 일은 까맣게 잊어버렸다. 정말로 까맣게, 스스로 생각할 수 없을 만큼 완전히 잊어버렸다. 내게는 그저 할아버지와의 평범한 만남 중 하나에 불과한 시간이었기 때문이다.

내가 이상함을 알고 누군가에게 밤의 일을 알렸다면 뭔가 바뀌었을지도 모른다. 최소한 나는 초록색 지붕의 집에 살았던 동안 할아버지의 유일한 친구였다. 할아버지를 오래 모셨던 가정부 안드로이드가 내가 온 뒤로부터 주인이 많이 좋아졌다는 이야기를 했다. 내 존재가 긍정적인 영향을 주었음은 확실하다. 안드로이드가 거짓말을 했을 리 없기 때문이다.

동시에 빠르냐, 늦냐의 문제이지 결말은 다르지 않았으리란 생각도 든다. 내가 좋은 영향을 주었을지언정 할아버지 자신의 인생관이나 생각을 바꿀 만큼의 존재는 아니었을 까닭으로.

할아버지는 돌아가셨다.

자살이었다.

해를 넘기기 전 서재에서 목을 맸다. 처음 할아버지의 시체를 발견한 사람이 나였다. 나는 그때의 충격을 잊을 수가 없다.

내가 비명을 질렀고, 그 소리에 놀란 할아버지 집의 가정부 안드로이드가 우리 집에 달려가 어머니를 데리고 왔다. 어머니 또한 서재의 광경에 비명을 질렀지만, 그 와중에 나를 챙겨 나왔다. 아비규환이었다.

경찰과 구급대가 달려왔고 할아버지의 집 앞엔 노란 띠가 설치되었다. 어디서 냄새를 맡고 왔는지 카메라를 든 사람들이 나타났다. 할아버지의 집 앞은 혼돈 그 자체였다. 나는 병원에서 처음 본 죽음의 충격에 경기를 일으키고 기절했다 깨길 반복했다고 한다.

그 사건이 내게 준 트라우마는 무척 깊었다. 몇 년 동안 정신과를 들락거려야 했고, 지금까지도 심리 치료를 받아야만 한다. 사건에 대한 모든 전말을 알 수 있었던 건 성인이 되어 정상적인 생활을 영위할 수 있게 된 뒤였다.

경찰은 사건 장소에 도착하자마자 어째서 첫 발견자가 나였는지를 의아하게 여겼다고 한다. 그 집에는 가정부 안드로이드가 다섯이나 있었고, 가정부 안드로이드는 주인에게 이상이 있을 경우 반드시 먼저 움직이기 때문이었다. 주인이 목을 매달아 죽는 큰 사고가 있었는데 이를 왜 감지하지 못하고 나를 들여보냈는지 상식적으로 이해할 수 없다고 어머니에게 말했다.

이유는 금방 나왔다. 모두를 충격과 경악으로 몰고 간 중대한 사실이었다. 자살한 할아버지는 인간이 아닌 안드로이드였던 것이다.

당연히 주인 본인이 아니기 때문에 가정부 안드로이드는 '주인의 죽음'에 반응하지 않았다. 정확히 말하자면 안드로이드 할아버지가 죽었을 때의 대처가 세팅되어 있지 않았다.

진짜 할아버지는, 뒤뜰 흙바닥에서 발견됐다. 부검 결과 노환과 앓고 있던 병이 깊어 자연사했다고 한다. 할아버지가 사전에 자신과 똑같은 안드로이드를 구매한 이력이 밝혀졌고, 자신이 죽은 뒤 시신을 은폐하고 당신과 똑같이 살도록 손 써두었단 사실도 밝혀졌다.

세간에서는 부와 명예를 자식에게 넘기기 싫은 은퇴한 사업가의 비참한 말로라고 떠들어댔던 모양이다. 할아버지가 죽으면서 안드로이드에 대한 해명은 어디에도 남기지 않았기 때문에 사람들은 저마다 추측대로 떠들어댔다. 할아버지의 자식들은 말할 것도 없었다. 사건 자체가 워낙 충격적이어서 할아버지의 시신을 처음 발견한 나에게 튈 불똥을 부모님께서 막느라 아주 곤욕이었다고 한다.

떠들썩한 사건의 끝에서 최후의 의문이 제시되었다. '왜 안드로이드가 자살을 선택했는가'.

안드로이드는 기본적으로 죽음(기능정지)을 결정할 권한이 없었다. 안드로이드 전문가가 분석해본 결과 그러한 명령이 기록된 흔적도 없었다. 할아버지 안드로이드는 설정대로라면 향후 10년은 더 할아버지 행세를 하며 살아있어야 했다. 아주 이례적인 사태에 많은 가능성이 제시되었다. 전문가들도 많은 논의와 싸움을 반복하다 '주인의 존재를 심층 분석하고 자살의 가능성을 얻어 이행한 것이다'라고 결론을 지었다. 즉 할아버지가 자연사하지 않았다면 지속적인 스트레스로 자살을 선택했을 것이며 안드로이드는 이를 답습했단 의미였다. 물론 반대로 '시스템 오류가 빚어낸 사건이다'는 의견도 사그라들지는 않았다. 일어나지 않은 일을 답습할 수 없기 때문이란 이유였다.

자식들은 전자를 지지하며 할아버지의 죽음을 극단적으로 몰아넣고 언론을 이용했다. 눈엣가시 같았던 할아버지의 가치를 후려쳐 자신을 증명한 것이다. 할아버지는 과거 당신이 쌓아온 이미지며 성과가 무엇이었든 간에, 죽음에 관한 그 일 하나로 모든 것을 덧없이 잃었다. 죽음을 두려워하는 나약함과 자식을 믿지 못하는, 인간다움을 잃은 불쌍한 노인네란 인평으로 끝나버리고 말았다.

왜 할아버지가 그래야 했을까. 할아버지는 그렇게 끝날 사람이 아니었다. 할아버지의 일을 생각할 때마다 어린 시절의 내가 원망스러워지곤 한다. 나는 좀 더 부모님의 충고를 들었어야 했다고. 아무렇게나 말을 놀려선 안 됐다고.

정기적으로 찾는 심리치료사는 내게 그때의 죄책감을 떨쳐야 한다고 충고했다.

"그건 당신의 탓이 아니었어요."

"정말로 제 탓이 아니었을까요?"

"어린아이는 그냥 어린아이의 말을 했을 뿐이지요. 어떤 선택을 했건 선택의 책임은 할아버지가 받아야 해요."

머리로는 이해해도 마음이 이해할 수 없는 문제였다. 꺼림칙한, 내가 미처 기억하지 못하는 어떤 일이 또 있었는지도 모른다는 의심이 들었다. 기억은 묻혀도 감정은 선명하게 남았다.

당시 할아버지 안드로이드의 죽음을 목도한 전후로는 기억이 불완전했다. 다 생각해내고야 말겠다는 사명감마저 생겼다. 나는 내 죄책감의 진실을 알고 싶었다. 이 깊고 깊은 가시를 빼내고 싶었다. 그저 내 탓이 아니라고 넘어가기에는 할아버지의 죽음을 인정하지 못했다.

"무의식 탐지 치료를 한번 받아보시겠어요?"

상담사가 권했다.

"원래는 범죄 목격자나 당사자가 기억이 부정확할 경우, 뇌를 자극해서 무의식중에 숨은 기억을 발굴해내는 기술이에요. 최면술보다 훨씬 정확한 결과를 얻을 수 있지요. 물론 잠재의식이 강한 경우에는 멋대로 지어낸 기억이 딸려 나오기도 해서 어디까지나 참조용으로만 사용해요. 심리치료에도 사용할 수 있도록 얼마 전 허가가 났어요."

마다할 이유가 없었으므로 흔쾌히 수락했다. 기계가 내 머리를 쥐고 뒤트는 감각은 썩 유쾌하지 못했지만 효과는 있었다.

할아버지는 안드로이드에게 파묻히기 몇 주 전부터 이미 거동할 수 없는 상태였다고 들었다. 나의 할아버지와의 시간 말미는 온전한 할아버지가 아닌 할아버지 안드로이드와 지낸 것이다. 처음 안드로이드를 본 이후, 이질감을 전혀 느끼지 못할 만큼 안드로이드는 완벽하게 할아버지를 표현했다. 거기까지는 나 개인적인 인정 여부를 떠나 문제가 없었다. 기억을 아무리 더듬어 봐도 진짜 할아버지가 돌아가시는 모습을 보거나 암시받지 못했다.

책장 넘기듯 하나하나 시간을 흘려보내다가 기억은 할아버지 안드로이드와 지낸 어느 날에서 멈췄다. 그 시기는 할아버지 안드로이드가 목을 매기 며칠 전이었다. 그때, 할아버지 안드로이드와 언제나처럼 놀고서 평소와 다르게 많은 이야기를 했다.

"할아버지, 나 할 말이 있어요."

그 말이 시작이었다.

"뭐냐? 뭔가 갖고 싶은 게야?"

"아뇨. 저 몇 밤 몇 밤 지나면 외국에 가야된대요."

할아버지는, 할아버지 안드로이드는 무척 놀랐다. 펄쩍 뛰는 게 아닐까 싶을 만큼.

"아빠가 발령이란 걸 간대요."

그랬다. 왜 이걸 잊고 있었을까? 전날 밤 부모님이 식탁머리에서 한 이야기였다. 어쩌면 해외로 발령이 날지도 모른다고. 그러면 가족들이 모두 외국으로 넘어가야 한다고.

"얼마나 있다 오느냐?"

"모르겠어요. 거기서 학교를 다녀야 한대요."

그때 그의 표정이 어땠나, 웃지 않고 먼 데를 보는 사람처럼 눈이 흐렸다. 할아버지는 그런 표정을 짓는 사람이 아니었다. 그럼 안드로이드가 만든 표정이었을까? 할아버지가 살아있었어도 그 같은 표정을 지었을까?

할아버지가 안드로이드에게 당신의 희노애락을 알려주지 않았을 리 없다. 분명 할아버지의 표정이며, 할아버지의 사고 체계대로 반응했을 것이다. 가슴이 묵직하게 아팠다.

모든 기억을 떠올리고 상담사가 원하는 답을 찾았느냐 물었다. 나는 그렇다고 대답했다.

끄집어낸 기억의 마지막은 내 방 창에서 본 뒤뜰이다. 땅거미가 내려앉은 시간이었다. 할아버지 안드로이드는 할아버지를 묻은 땅 위에 쭈그려 앉아 흐느꼈다. 나는 뭔가에 홀린 듯이 멍하니 그 모습을 바라보기만 했다. 감히 말을 걸지도, 인기척을 낼 생각도 하지 못했다. 아, 할아버지가 우는구나. 그렇게만 생각했다.

그날은 할아버지 안드로이드가 자살한 날의 전야였으며, 우리 가족이 떠나는 전날이기도 했다.

"여전히 당신의 탓인가요?"

상담사의 질문에 나는 대답할 수 없었다. 실제 할아버지의 죽음에 대해서 나는 아무런 잘못이 없었다. 그렇다면 할아버지 안드로이드에게는? 애당초 안드로이드의 자살이 성립되지 않는다면 할아버지 안드로이드의 죽음은 그저 인간의 죽음을 따라 한 행위였을 뿐이니, 나는 결국 아무런 잘못도 하지 않았나? 나는 그저 오열하던 할아버지 안드로이드를 바라보는 그 어린 날의 내가 되어버렸다.

■ 데 스 티 네 이 션 은 ……

죄책감에 관한 이야기입니다. 사람의 감정 중 가장 깊이 마음을 괴롭게 하는 감정은 분명 후회와 죄책감이지 않을까 생각합니다.

안드로이드에 관한 이 책의 마지막 이야기이기도 합니다.

믿 으 십 니 까

믿 으 십 니 까

선생님, 제 말 좀 들어보십시오. 진실만을 이야기한다고 하지 않았습니까. 한 치 거짓말도 없습니다. 과장도 없습니다. 과장은 조금 있을지 몰라도 원래 사람 기억이 그렇지 않습니까?

못 믿는 눈이군요. 할 수 없지요. 그럼 마음대로 들으십시오. 더 이상 이렇게는 못 살겠습니다. 다, 다 이야기할 테니까 제발 여기서 나가게 해 주십쇼!

선생님 보시기에 제가 어떻게 생겼습니까? 저는 제가 관상학적으로 별 볼 일 없고 평범하고 만만해 보인다는 사실을 잘 알고 있습니다. 생긴 꼴이 그런 꼴입디다! '믿으십니까' 부류들이 딱 보고 고르는 인물이 바로 저 같은 사람이란 말입니다. 하도 당하고 살았더니 언젠가부터 나름 대처법도 생기더군요. 도리어 그 사람들을 놀리고 상황을 즐기기도 했습니다. 네? 변명처럼 들리신다고요? 그야 그렇겠지요. 좀 더 들어보십시오. 어느 때는 이런 일도 있었습니다.

서점에서 책을 보는데 미술 심리를 공부하는 대학생이라며 웬 여자가 접근했지 말입니다. 간단한 테스트를 도와주면 감사하겠다고 하지 뭡니까. 많은 자료가 필요하다든가 어쨌든가. 마침 퇴근하고 집으로 돌아가던 중이었고, 급할 것도 없었으니 그 정도는 해주겠다고 수락했습니다. 당시 한참 일에 시달리던 때고 며칠째 계속된 격무에 낮이 말이 아니었습니다. 쉽게 접근할 수 있겠다고 생각했겠지요. 꽤 지쳐 있던 터라 그런 류의 사람인지 전혀 예상하지 못했습니다. 꼼짝없이 붙들려 테스트로 시작한 대화가 조상과 천지신명에 대한 이야기로 흘러가니까 그제야 아차 싶었지요. 어쩌겠습니까, 허비한 시간이 아까우니 여흥으로 받아들이는 수밖에요.

선생님께도 알려드리겠습니다. 그런 사람들을 상대하는 데 있어 가장 중요한 부분은 뒤통수를 칠 수 있어야 한다는 점입니다. 저는 그 여자의 이야기를 아주 심각하게 듣는 척하고, 의견에 수긍하듯이 맞장구를 쳐 주었습니다. 신나서 더 떠들겠지요? 그럼 시기를 재서 이렇게 운을 떼십쇼. "당신의 고견은 잘 들었습니다. 허나 저는 이렇게 생각하는데 말입니다. 제 의견을 말씀드려도 될까요?"라고요. 어디까지나 큰 사람의 모습을 보여줘야 합니다. 비웃거나 소인배처럼 행동하면 싸움 날 수도 있습니다.

오, 이건 단지 놀이일 뿐입니다. 그 사람들을 붙잡고 역으로 자신의 사상과 신에 대한 경외, 인생론을 설파하기 시작하면 어지간한 이들은 당황하기 마련입니다. 예수쟁이를 떼어낼 때 부처 믿는다고 하지 마시고, 모욕을 주지 않는 선에서 그들의 말을 부정하고 대화의 흐름을 가져와 뒤집어 보십시오. 진지하게 무엇이든 설명할 수 있다면 놀이의 승리입니다. 가상의 신도 좋겠군요. 그 사람들이 하는 일방적인 전도나 설파가 대화로 규정할 수 있는지는 일단 차치합시다. 열에 아홉은 선생님에게 말을 건 걸 후회하게 될 겁니다.

그런데 선생님, 제가 이길 수 없는 경우가 있습니다. 그게 절이 꼴로 만들었습니다. 이제 이야기하겠습니다.

'검은 기둥'과의 만남은 제 인생에 있어 가장 기묘하고도 이상한 일로, 신도 조상도 믿지 않았던 제가 그 사람의 말만큼은 지금껏 믿고 있습니다. 아니, 믿어지도록 했다고 말해야 합니다! 믿어지도록 이라니, 이상한 말이지요? 이렇게밖에 표현하지 못하겠습니다. 선생님 같은 분도 어느 구석에서 그 자를 만났을지도 모릅니다. 앞으로 만날지도 모르지요. 그렇다면 제 말에 더 공감하실 수 있을 텐데……

제가 스물세 살의 일입니다. 7월 25일이었습니다. 그 날도 어김없이 길거리에서 저를 붙드는 사람이 있었습니다. 그때 이어폰으로 라디오를 듣고 있었습니다. 우주 탐사선 '미리내 꼬리별 1호'가 성공적으로 발사되었다는 소식을 듣고 있었죠. 우리나라에선 최초의 원거리 우주 탐사선이고, 주변의 행성들을 순수한 우리 기술력으로 관찰한다고 했습니다. 역시 선생님도 아시는군요. 국가적으로 난리를 쳤으니까요. 이미 세기 단위로 앞장선 선진 세계의 우주 탐사 프로젝트에 비하면 참으로 더딘 출발이지만 대단한 일이었습니다.

저를 거리에서 붙든 남자는 한여름의 찌는 더위에도 아랑곳 않고 아래위로 시커먼 옷을 입은 남자였습니다. 보는 제가 더 더울 정도로 끔찍한 검은색 스타일을 고수했지요. 피부마저 거뭇해서 웬 시커먼 기둥 하나가 서 있냐고 생각했습니다. 그래서 그 자를 '검은 기둥'이라고 부르는 겁니다. 키는 멀대같이 컸고 표정은 지나치게 진지했습니다. 그 사람은 버스 정류장으로 걸어가던 제 팔을 잡더니 냅다 얼굴을 불쑥 들이밀었습니다. 누가 들을세라 작은 목소리로 말하길,

"선생님, 제 말 좀 들어보십시오. 꼭 들어보셔야 합니다."라지 뭡니까. 본능적으로 아, 이 사람도 '믿으십니까' 부류라는 걸 깨달았습니다. 날은 최고로 더웠고 불쾌지수는 스치기만 해도 살인이 날 판이었는데, 팔을 붙들렸으니, 제 심정이 어땠겠습니까? 아주 환장할 뻔했죠. 더 최악이었던 건 고작 정류장을 열 걸음 남겨두고 잡히는 바람에 삼십 분에 한 대 지나가는 유일한 버스를 놓치고 말았다는 겁니다. 단단히 약이 올라 내 기필코 이 '검은 기둥'에게 복수하겠다고 마음먹었습니다.

"예수쟁입니까, 증산돈지 태평돈지 뭔지 하는 겁니까, 불우이웃 돕깁니까, 아니면 구천아미타불 뭐시기 하는 뎁니까, 천리 진리꼽니까, 조상님입니까? 아니면 귀신이라도 붙어 있습니까?"

"선생님, 아닙니다. 저는 거짓부렁이 가짜가 아닙니다. 저는 진짭니다. 선생님께서도 제 이야기를 듣게 되시면 분명 깨달으실 겁니다. 저는 우주의 진리를 탐구하고 비로소 뜻을 얻은 우주 탐구 진흥회 사람입니다."

들어본 적 없으시죠? 지금이라도 좋으니 꼭 기억해 두십시오. 저는 빨리 말하라고 독촉했습니다. 그러자 '검은 기둥'이 냉큼 근처 슈퍼로 절 데려다가 시원한 음료수 하나를 사 내밀지 않겠습니까? 놀랍지 않습니까? 아니 왜 놀라냐고요? '믿으십니까'들은 수법이 있습니다. 좋은 이야기를 해준답시고 뻔뻔하게 음료수를 대접하라든가 집으로 찾아올 땐 물이라도 한잔 달라고 합니다. 충고 드리는데 빨리 빠져나가고 싶으면 주지 마십시오. 사람의 보상심리란 선생님이 생각하는 이상으로 깊습니다. 고작 천 원이 아까워서, 억울해서 자리를 쉬이 못 뜨게 만든단 말입니다. 그 작자들은 그걸 노립니다.

저는 '바쁜 시간을 낸 건 난데 왜 내가 사줍니까? 댁들이 사줘야죠.' 하고 으름장을 놓습니다. 제가 낭비한 시간을 초당 십 원으로 계산해서 공갈을 칩니다. 지나치게 하다가 푸른 제복을 입은 공무원에게 상담을 받은 적도 있긴 합니다. 뭐든지 적당히 해야지요, 네. 어쨌든 그는 제가 제발 이야기를 들어주었음 한다는 티를 있는 대로 내면서 음료수를 바쳤습니다. 목도 말랐고 덥기도 해서 주는 대로 먹었지요.

'검은 기둥'은 하늘을 향해 두 팔을 벌리고 서더니 잠에 취한 목소리로 지껄이기 시작했습니다.

"선생님, 저 하늘을 보십시오. 우리가 보기엔 그저 푸른 하늘이지만 실제로 우주는 드넓고 아름답답니다."

"그래서요?"

"선생님은 이 우주가 하나로 이어져 있다고 생각합니까?"

"모릅니다. 시작이 있으면 끝도 있겠죠."

"맞습니다, 맞고 말고요. 그런데 선생님, 이제 제가 말하는 것은 모두 진짭니다."

"거 되게 뜸 들이네. 얼른 말해 보라니까요."

도대체 무슨 말을 하려고 몇 번이나 확인하는 것일까? 궁금증을 가진 순간 그 게임은 진 게임이었습니다. 꼼짝없이 '검은 기둥'의 이야기를 들을 수밖에요. '검은 기둥'은 신명 난 사물놀이패처럼 들썩들썩 숨을 질러댔습니다.

"선생님, 저는 이 별 사람이 아닙니다. 저는 원래 다른 별에서 미스터리 서클과 UFO를 추적하고 연구하는 단체의 회원이었습니다. 아, 그것은 다신 겪을 수 없는 일입니다. 어느 날 저는 미확인 비행물체를 발견했습니다. 정확히 북극성과 대칭을 이루는 십자가 별자리의 중앙을 관통하여…… 눈부신 빛이…… 그리고 정신이 들었습니다. 그리고 깨달았습니다! 눈을 뜬 순간 나는 내 세계가 아닌 곳에 존재하고 있었음을."

그건 뭐랄까, 정신병자였습죠. 다른 별이니 미스터리 서클이니 UFO니, 그런 것을 신봉하는 사람들은 어지간한 '믿으십니까'들보다 정신 나간 데가 있는 듯합니다. 그런걸 믿는 일이 제정신으로 될 것이라곤 생각하지 않지만요. 예, 어처구니가 없었습니다.

"선생님! 그 덕에 저는 혜안(慧眼)을 얻었습니다. 저 시간과 공간을 넘어 우주 어딘가에는 이 별과 똑같은 별이 존재합니다. 거울처럼 서로를 비추고 있지요. 저는 거짓된 존재입니다. 저는 이곳에 있어선 안 되는 존재인 것입니다. 제가 왜 여기에 오게 된 것일까요?"

"내가 어떻게 압니까?"

"오, 선생님! 저는 우주의 진리를 알리기 위해 온 것입니다! 그리고 경고하기 위해 왔습니다! 별은 곧 멸망하고 말 것입니다! 섞여선 안 될 것들이 뒤섞이기 시작했단 말입니다!"

무슨 소린지 모르시겠다고요? 저도 모르겠습니다. 미치광이의 말 아닙니까? 깊게 생각하실 필요 없습니다. '검은 기둥'은 자기가 다른 세계에서 '때'를 준비하라 계도하기 위해 파견된 사자라고 했습니다. 예수쟁이 중에 좀 심각한 사람들은 마치 성령이라도 되는 양 행동합니다. 아주 꼴불견이죠. 소위 사이비 교주란 놈들도 그렇습니다. '검은 기둥'은 그런 부류처럼 떠들어 댔지만 그뿐이었으니 그리 악질은 아니었습니다. 저는 그냥 시간이 남았고, 취객 한탄을 들어주는 셈 치고 허풍이 얼마까지 갈지 두고 보기로 했더랍니다.

아니오, 아닙니다. 진짭니다. 뿌리치려면 칠 수 있었습니다. 측은지심이었죠, 그 뿐입니다.

"충돌, 충돌을 대비해야 합니다. 아, 만나선 안 됩니다. 그런데 가까워지고 있습니다. 우리는 만나선 안 됩니다! 우주는 그들을 통해 아득한 시공을 넘고 은하를 넘어 경고를 보낸 것입니다! 우리는 만나서는 안 된단 말입니다!"

'검은 기둥'은 엉엉 울기 시작했습니다. 이거 덩치 큰 남자가 애처럼 우는데 아주 죽겠더군요. 인적이 드문 곳이기 망정이지, 사람 많은 대로변이었으면 난리 날 뻔했습니다. '검은 기둥'은 이 사실을 별의 사람들이 알아야 한다며 자폐아처럼 중얼거렸습니다.

선생님. 그 사람이 정말 위험을 알리려고 우주가 외계인을 통해 파견한 인사였다면, 외계인들은 좀 더 조리 있게 말할 수 있는 자를 보냈어야 했습니다. 귀신 씨나락 까먹는 소리도 아니고 대체 뭐랍니까?

그렇다고 제가 알아듣지 못할 말만 한 것은 아닙니다. 유일하게 들어 먹은 말이 있습죠.

"선생님. 선생님도 살아가시면서 숱하게 목격하게 될 겁니다. 이유를 알 수 없는 부조리한 일들 말입니다. 그것은 선생님의 탓이 아닙니다. 그만큼 거울의 이웃과 점차 가까워지고 있다는 증거입니다! 문단속을 잘 했는데도 도둑이 들었다면 그건 '저편의 당신'이 문단속을 하지 않았기 때문입니다. 이유 없이 넘어졌다면, 역시 '저편의 당신'이 발을 헛디뎠기 때문입니다. 전혀 모르는 사람에게 욕설을 들었다면 '저편의 당신'이 나쁜 짓을 했기 때문입니다. 아, 두렵습니다. 왜 이런 일이 생기는 걸까요!"

"그러니까 당신 말은, 우주 어딘지에 우리랑 똑같은 사람들이 살고 있고 거기서 일어나는 일의 여파를 우리가 고스란히 받고 있다는 말입니까?"

"그렇습니다! 바로 운명 공동체란 말이지요. 시간이 지날수록 더 심해질 겁니다. 내 것이 아닌 고통, 내 것이 아닌 괴로움, 내 것이 아닌 부질없는 부와 명예! 우주는 이 별의 인간이 지나치게 많은 것을 느껴 자멸하지 않도록 반을 갈라 떼어두었을 겁니다. 아아, 저 별들도 거짓을 말합니다. 이 별도 거짓입니다. 선생님, 어쩌시렵니까!"

인내심에 한계가 달했습니다. 더 이상은 들을 여력이 없었다고 해야겠지요. 어쨌냐고요? '검은 기둥'이 슬피 우는 틈을 타 도망쳤습니다. 마침 버스가 오고 있었거든요. 저는 '검은 기둥'과의 만남을 제 인생의 가장 큰 패배로 확신합니다. '검은 기둥'은 그냥 미친 사람이었으니까요. 패배할 수밖에 없었지요! 저는 '검은 기둥'에 대해 잊어버리고 살았습니다.

예. 그렇게만 됐다면 선생님이 저와 이야기하고 있을 이유도 없겠지요. 무의식중 사고란 말입니다, 얼마나 대단한지 모릅니다. 사람이 그렇게 약합니다. 제가 약한 것이 아니라 사람의 본성이 그렇다는 겁니다.

처음엔 사업이었습니다. 독하게 마음먹고 시작해서 아주 열심히 일했습니다. 그런데 갈수록 매출이 줄더니 종국엔 나앉아 버렸지 뭡니까. 왜일까요? 아무리 생각해도 열심히 한 것밖에 없는데 실패라니! 아, 주저앉아 빚더미 속에서 발버둥 치니 그런 생각이 들덥니다. '검은 기둥'이 한 말 말입니다. 이건 내 잘못이 아니다! 저편의 내가 게을러터져서 분명 일을 잘못되게 만들었다! 그렇게 생각하니 마음이 다 편하더군요. 내가 잘못한 건 하나도 없으니까요. 그렇게 저는 서서히 진리를 깨닫기 시작했습니다. 질풍노도의 20대를 지나고, 30대에 접어들자 세상의 모든 이치를 깨달았지요. 그리고 저는 인간에게 허락되지 않은 진리를 알게 된 대가를 받기 시작했습니다.

저는 스물여덟 살에 결혼을 했습니다. 소개팅에서 만나 3년 동안 연애 끝에 결혼에 성공했지요. 우리는 행복했습니다. 두 살 터울 자식들도 두었습니다. 그리고 불행이 찾아왔습니다.

마누라가 바람나서 애새끼도 버리고 집을 나가버린 겁니다. 전 남편으로서 도리를 다 했습니다. 벌이는 시원찮았지만 열심히 살았고, 좋은 남편이고 좋은 아버지로 남으려고 아주 열심히 살았습니다. 그런데 왜 마누라가 나가느냐 말입니다. 제겐 잘못이 없었습니다. 그렇다면 원인은 어디 있겠습니까, 저편의 내가 분명 그녀를 학대하고 나쁘게 대했기 때문입니다! 원인 없는 결과 없지 않습니까?

마누라 다음엔 자식새끼들이었습니다. 제 차를 몰고 나갔다가 사고가 나서 죽어버렸어요! 아주 불운한 사고였죠. 정말로 불운한 사고였습니다. 아이들의 잘못이 아닙니다. 저편의 아이들을 저편의 제가 제대로 가르치지 않아섭니다. 우리 아이들은 공부도 잘했었지요.

이어 부모님이 돌아가셨고, 회사에서는 잘렸고, 사고를 당해 다리 한 짝을 잃었습니다. 주식은 휴지가 됐고 형님의 보증을 서

췄더니 산더미 같은 빚만 남기고 도망쳤습니다. 어디에 제 잘못이 있습니까? 저편의 제가 도대체 얼마나 엉망으로 살았으면 제게 이런 반향이 돌아온단 말입니까? 분통 터지는 일이지요!

친구들? 친구들은? 친구들이 절 이곳으로 몰아넣었습니다! 제가 그들에게 하나 소원한 적 없는데, 그들은 절 외면하고 이런 곳에 가둬버렸습니다. 한없이 착하고 의지가 되던 친구들이 절 궁지로 몰아넣었어요. 이것도 저편의 내가 친구들을 잘못 대했기 때문일 겁니다. 이럴 순 없어요. 이럴 순 없다고요! 제 인생은 실패했습니다! 망할 '저편의 나' 때문에! 한 만큼 돌려받는 것이 세상 이치인데 돌려받지 못한다면 어디서 이유가 있지 않겠습니까? '검은 기둥'은 이미 알고 있었던 겁니다! 미친 사람이 사실 가장 진리에 통달해 있었던 거죠! 그는 저보다도 더 심각한 대가를 받고 있을 겁니다. 그걸 감수하고서 제게 경고하려고 했었지요!

이런, 너무 흥분했나 봅니다. 담배 있습니까? ……감사합니다. 매우 철학적인 문젭니다. 선생님도 이해하시겠지요. 선생님이나 저 같은…… 그러니까, 상식적인 사람이 말입니다. 생각하기에 '저편의 나'는 '믿으십니까'들이 말하는 신인지 조상인지 그런 초월적인 존재일 수도 있겠다 싶더랍니다. 그럼 '검은 기둥'은 초월적인 존재들이 우리를 잡아먹으려고 다가온다고 말했던 걸까요? 지나치게 생각했더니 머리가 아프군요. TV 좀 켜겠습니다. 전 정세에도 아주 관심이 많거든요.

마침 뉴스를 하네요. 뭐라고? [미리내 꼬리별 1호 20년 만에 돌아오다]? 선생님! 보십시오. 저것이 증겁니다. 제 말이 사실이라는 증겁니다. 돌아올 리 없는 탐사선이 돌아왔다 말하고 있지 않습니까! [미리내 꼬리별 1호는 10년 전 기술 결함으로 인해 소행성과 충돌하여 소멸되었다]. 그런데 돌아왔다니요? 이상하지요? 저는 압니다. 알고말고요. 인정하기 싫지만 '검은 기둥'의 혜안이 제게도 깃들었습니다. 저건 이 별에서 쏘아 올린 탐사선이 아닙니다. 거울의 별에서 보낸 탐사선이 분명합니다. 두고 보십시오. 반드시 밝혀집니다. 아아, 가까워지고 있어, 가까워지고 있단 말입니다. '저편의 내'가, 내 족쇄가! 두렵습니다, 왜 이런 일이 생기는 걸까요?

선생님, 두고 보시라니까요. 저는 진실을 모두 말했습니다. 거짓 없이 전부 말했습니다. '검은 기둥'은 그 뒤로 어떻게 되었을까요. 생각해 보면 그는 시인 같았습니다. 왜 꼬부랑글자 나라의 사람들이 짓는 시 말입니다. 척 봐선 의미 없는 단어의 나열이고 해석하면 더 오리무중이 되는 그런 시. 저도 왕년에 독서를 즐긴 사람으로서 '검은 기둥'의 말들은…… 뭐더라? 아, 그래. '장엄한 마들레느' 같았습니다. 마들레느가 아니라 보들레르? 선생님도 참. 농담을 그렇게 심각하게 받아들이시고.

아니 선생님, 왜 혼자 가십니까? 언제까지 저를 여기에 두실 생각입니까? 전 아프지 않습니다! 대체 언제까지 약을 먹어야 합니까. 먹으면 잠이 몰려와서 아주 죽겠단 말입니다. 전 그저 쉬고 있을 뿐입니다. 저는 틀리지 않았어요. 믿으십니까? 선생님도 믿으십시오. 믿으셔야 합니다. 별의 멸망이 가깝습니다. 예감할 수 있습니다! 제발 선생님! 나가게 해 주십시오!

★

　돌아온 '미리내 꼬리별 1호'의 분석 결과, '지구'라는 별에서 만들어진 탐사선임을 알아냈다. 모양도, 기능도, 코드에 적힌 언어마저도 별의 것과 같아 사람들을 경악시켰다. 사건은 세계로 퍼져 이 별과 똑같은 별이 은하 어딘가에 존재함을 입증하는 증거가 되었다. 그 무렵, 별에서 날려 보냈던 1세대 탐사선도 속속들이 되돌아오는 사건이 대거 발생했다. 역시 출처는 '지구'였다. 어떤 루트로 어디서 왔는지에 대해 의견이 분분했으나 과학적으로 입증하지 못했다. 결국 가장 설득력을 얻은 것은 '지구'에서 왔다고 주장한 한 남자의 말이었다.

　'또 다른 별과 저편의 나'라는 주장으로 대 스타가 된 시커먼 남자가 TV에서 모습을 보이기 시작했다. 그가 세운 '우주 탐구 진흥회'의 신도는 기하급수로 늘어 하나의 종교가 되었고, 거리에는 '저편의 나를 믿으십니까?'라며 전도하는 이들로 넘쳐났다.

　정확히 30억 년 뒤, '지구'가 있는 은하와 '별'이 있는 안드로메다은하가 뒤섞였고 똑같은 두 별은 충돌하여 사라졌다.

■ 믿 으 십 니 까 는 ……

　거울 타로 카드 22제에서 '운명의 수레바퀴'를 카드 점지 받고
쓴 글입니다. 당시 다자이 오사무의 〈직소〉를 무척 감명 깊게 읽은
터라, 의식한 티가 많이 납니다. 내용은 경험에 의거해서 풀어보았
습니다. 요즘도 서면 지하철역이나 거리를 걷다보면 이런 믿으십니
까 부류에 자주 걸리곤 합니다. 바닷가 백사장에서 잡혀본 적도 있고,
서점에서도 잡혀본 적 있습니다. 봤던 사람이 또 잡는 경우도 있어서
몹시 황당합니다. 아무래도 교육시킬 때 저 같은 인상의 사람을 잡으
라고 가르치는 듯합니다.

　안드로메다 은하와 합쳐져도 별이 충돌하여 사라질 확률은 적다
는 이야기를 추후에 확인했습니다만, 어차피 몇 십 억년 뒤의 일이니
무엇이래도 상관없겠습니다. 제 개념은 거기서 안녕하신지?

온우주
단편선

김주영

소설가. 제2회 황금드래곤문학상 수상. 웹진 거울 편집진.
⟨그의 이름은 나호라 한다.⟩, ⟨열 번째 세계⟩, ⟨이카, 루즈⟩,
⟨여우와 둔갑설계도⟩, ⟨보름달 징크스⟩, ⟨이 밤의 끝은 아마도⟩,
⟨공포의 과학탐정단⟩ 외 다수 공동작품집.

SF에 자주 등장하는 안드로이드는 외모뿐 아니라 행동이나 사고방식까지 인간과 같은 로봇이다. 안드로이드는 인간의 피조물에 불과하지만 신체적 기능이 인간보다 우수하다. 사고능력 역시 뛰어나서 복잡한 계산이나 분석을 인간보다 빠르고 정확하게 해낸다. 여러 능력 면에서 이미 인간을 능가하는 것이다. 그러니 안드로이드를 인류에게 위험한 존재로 느끼는 것도 이상하지는 않다. 그래서 SF 중엔 인류와 대립하는 안드로이드를 그려낸 작품이 적지 않다.

반면, 안드로이드를 우호적인 시각으로 그려낸 SF도 많다. 그런 작품들은 안드로이드를 인간에게 유익한 존재로 그려낸다. 작품 속의 안드로이드는 인간과 친밀하며 그들의 뛰어난 능력은 인간을 보완하고 돕는 일에 쓰여 진다. 그래서 안드로이드는 인류를 위협하는 대상이 아니라 인류에게 봉사하는 존재가 된다.

양원영 작가가 안드로이드를 바라보는 관점은 후자에 가깝다. 어떤 작품에서건 작가는 안드로이드에 대한 우호적인 시각을 잃지 않고 유지한다.

작가의 관점에서 안드로이드는 고도로 발달된 현대 기술 문명이 만들어낸 편리한 생활 기구에 지나지 않는다. 얼마나 뛰어난 성능을 지니든 간에 문명의 이기는 '인간의 필요'에서 태어나기 때문이다. 안드로이드의 실용성에 주목하는 작가의 관점은 작품집을 여는 단편 「청소 로봇의 죄」에 잘 드러나 있다.

「청소 로봇의 죄」에 등장하는 로봇은 청소 로봇의 초기 모델로서 볼품없는 원판 모양이지만 놀랄 정도로 고등한 사고능력을 탑재하고 있다. 그런데 기껏 하는 일은 인간들이 귀찮아하는 바닥 청소다. 주인을 향한 애환을 느끼기도 하지만 정작 주인에겐 냄비 받침대로 쓰다가 집어던져도 되는 물건일 뿐이다. 귀찮고 지저분하지만 늘 하지 않으면 안 되는 주인의 '일상'을 떠맡는 중요한 위치에 있지만 로봇은 여전히 가전제품인 것이다.

그런데 물건에 지나지 않던 로봇의 지위는 인간을 빼어 닮은 외형으로 변하는 순간 바뀐다. 인간과 거의 구분이 되지 않는 로봇, 안드로이드는 다른 전기전자제품과 완전히 다르다. 외형 뿐 아니라 행동과 사고까지 인간과 유사한 안드로이드는 그들이 물건이 아니라 인격체라는 착각을 불러일으킨다. 게다가 섬세하게 표현되는 감정과 행동이 너무나 인간적이어서 '제품'이라는 정체성을 그들에게 부여하는 것이 어색하기까지 하다. 그래서 인간은 어느 순간부터 안드로이드를 인간과 구분하기를 멈춘다.

인간이 안드로이드를 인간과 동일시하게 되는 지점은 「디스토피아를 찾아서」와 「마에스트로 G」에서 찾아볼 수 있다. 「디스토피아를 찾아서」에 등장하는 안드로이드는 철학적인 질문을 품고 떠났던 시간여행을 끝낸 후에 그 감회를 주인에게 털어놓는데, 주인은 그에게서 '감정'을 느낀다. 「마에스트로 G」에는 인간만이 이해할 수 있는 추상적인 개념 꼬라손을 이해하고자 하는 안드로이드가 등장한다. 꼬라손은 탱고를 추는 이들이 경험하는 일종의 몰입감을 표현하는 단어로서 다양하고도 모호한 의미로 통용된다. 탱고 안드로이드 마에스트로 G는 당연히 이해할 수도 느낄 수도 없는 것이다. 그런데 그와 춤을 춘 소녀는 안드로이드인 그에게서 꼬라손을 느꼈다고 말한다.

두 이야기에서 안드로이드를 정서적으로 인간과 구분하지 않는 쪽은 인간이다. 안드로이드의 '감정'을 느끼는 쪽도 주인이고(「디스토피아를 찾아서」), 안드로이드에게서 꼬라손을 느끼는 것도 인간인 소녀이다(「마에스트로 G」). 정작 안드로이드는 감정이나 꼬라손이 무엇인지 이해하지 못한다. 주인이나 소녀가 느낀 안드로이드의 감정과 꼬라손은 결국 인간인 자신의 감정과 꼬라손인 것이다.

이처럼 자신의 감정이나 욕망을 다른 사람의 것처럼 느끼는 것을 심리학에서는 투사(Projection)라고 하는데, 안드로이드는 인간인 주인의 투사를 통해 원래 자신에게 없었던 감정과 욕망을 획득한다. 이때부터 인간은 감정과 욕망을 가진 인격체로 안드로이드를 바라보며 인간과 더욱 동일시하기 시작한다.

작가는 인간 스스로가 불러일으키는 이러한 심리적 착시현상을 「데스티네이션」과 「천녀보살 신드롬」에서 좀 더 깊이 다룬다.

「데스티네이션」에서는 이웃의 죽은 할아버지 행세를 하다가 자살하는 안드로이드가 등장한다. 화자는 내가 떠남으로 인해 생기는 외로움 때문에 안드로이드가 자살했다고 여겨 죄책감에 젖는다. 그런데 이 이야기를 잠식하는 외로움은 안드로이드의 것이 아니라 나의 것에 가깝다. 발랄하고도 유머러스하게 풀어나간 「천녀보살 신드롬」에 등장하는 주인공이 자신을 마구 휘두르고 괴롭히는 안드로이드에게서 느끼는 성격도 마찬가지이다. 인간들의 섬김을 받는 사이비 교주 지위까지 올라간 안드로이드는 주인공에게 집착하는 것처럼 보이지만 사실은 주인공이 자신의 곤혹스러움과 짜증을 합리적으로 설명하기 위해 안드로이드에게 집착하는 성격을 씌운 것이다.

작가는 두 주인공이 안드로이드에게서 느낀 감정이나 인격이 착각에 기인한 것임을 분명히 한다. 안드로이드가 마법에 걸린 인형처럼 스스로 감정이나 인격을 갖기 시작한다는 판타지적인 상상과는 선을 분명히 긋는 것이다.

「데스티네이션」의 화자는 기계에 불과한 안드로이드가 정말로 외로움을 느껴서 자살했는지 끝내 확신하지는 못한다. 「천녀보살 신드롬」의 주인공은 천녀보살이 그에게 보인 집착이 시스템적 현상에 불과함을 알게 된다. 결국 안드로이드의 풍부한 감성과 감정은 인간의 투사에서 비롯된 착각이었던 것이다.

그런데 작가는 이러한 착각을 인간이 거두리라 여기지는 않는다. 오히려 안드로이드에게 감정과 욕망을 투사하는 행위를 고착하고 확장하면서 안드로이드와 인간의 경계를 허물 것이라고 내다본다.

인간과 동일시되는 안드로이드는 인간과 다를 바 없다. 사회제도 상으로는 인간과 구별되더라도 한 개인의 삶 속에 위치하는 안드로이드는 낯선 인간 타인과 크게 구별되지 않는다. 그러므로 안드로이드는 지금까지 인간이 맡았던 일상의 영역을 더욱 폭넓게 떠맡을 수 있게 된다. 지금까지 타인에게 아웃소싱 했던 다양한 일상의 영역이 안드로이드의 몫으로 넘어가는 것이다.

현대사회를 살아가는 개인이 아웃소싱 하는 일상의 분야는 다양하다. 결혼이나 장례를 치르는데 필요한 일을 세분화하여 여러 업체에 위탁하는 일은 이제 흔하다. 가사나 육아를 도우미에게 맡기기도 하고 늙은 부모 돌보기를 요양원에 의뢰하기도 한다. 상담사에게 다양한 고민을 털어놓고 비용을 지불하며 최근에는 부모나 연인 역할을 해줄 사람을 고용하는 경우도 있다. 심지어 아기를 대신 놓아줄 대리모가 존재하기도 한다.

양원영 작가의 이야기 속에는 이와 같은 일상의 다양한 분야를 아웃소싱 받아 담당하는 여러 안드로이드가 등장한다. 특히 작가가 주목하는 분야는 가족이나 친구, 연인처럼 중요한 타인의 역할이다. 결코 대체될 수 없다고 여겨지는 중요한 타인의 역할을 인간이 아닌 안드로이드가 해낼 수 있는 것일까? 작가는 여러 연작을 통해 그 가능성을 시험한다.

「아빠의 우주여행」에서 세영은 아빠 대신 보호자 안드로이드

이호석과 살아간다. 처음엔 임시로 아빠 역할을 하는 안드로이드였지만 호석은 결국 세영이 죽을 때까지 아빠로 남는다. 「인생」은 아이를 유산한 후에 딸로 입양한 안드로이드에게 보내는 화자의 애틋한 편지이다. 남편과 또 다른 양딸 현주가 죽은 후에 남은 안드로이드(미주)는 화자에게 유일한 딸이자 가족이다. 「최후의 고백」에는 미래에서 온 안드로이드에게 사랑 고백을 받는 주인공 미희가 등장하는데, 실상 미희와 그는 동반자로 평생을 함께할 운명이다.

작가는 부모나 자식 혹은 연인으로 맺어진 인간과 안드로이드의 관계를 섬세한 감성으로 풀어간다. 그들이 좌충우돌하며 겪는 일상은 인간들끼리 살아가는 일상과 똑같다. 때로 궁상맞고, 때로 눈물겨운 삶의 파노라마를 엮어내는 인간-안드로이드 관계는 인간-인간 관계와 별로 다르지 않다. 주인인 인간에 대한 섬세한 이해와 헌신이 동반된다는 점을 두고 본다면 기계인 안드로이드와의 관계가 더 이상적으로 보이기까지 한다.

물론 섬세한 이해와 헌신은 인간 사이에도 존재한다. 그러나 인간-안드로이드 관계에서만큼 오래 지속되진 않는다. 인간과 인간의 관계에는 서로의 차이에서 벌어지는 갈등과 싸움이 필연적으로 놓이기 때문이다. 현실 속의 가족이나 연인은 사소하고도 구질구질한 갈등을 무수히 반복하면서 서로 상처를 주고받는다. 그런데 인간-안드로이드 관계에서는 심각한 갈등과 감정싸움이 벌어지지 않는다. 굳이 갈등이 있다면 마음에 들지 않는 안드로이드를 언제까지 참아낼 것이냐 하는 인간의 내면 갈등 정도이다.

「효용가치」에는 사람들이 마음에 들어 하지 않는 안드로이드가 등장한다. 미소녀 연애 시뮬레이션 게임의 주인공을 모델로 만든 안드로이드기에 외형은 아름답지만 정작 사용해본 사람들은 효율성이 떨어져서 참기 힘들다고 불평을 토한다.

다른 이야기 속의 안드로이드와 달리 이 미소녀 안드로이드는 아직 누군가의 가족이나 연인이 아니다. 효율성이 떨어져서 가족이나 연인의 역할을 수행해 낼 수 없을 것처럼 보이기도 한다. 그래서 사람들은 냉정한 소비자의 시각으로 미소녀 안드로이드를 평가하고 참아내기 힘들면 즉각 반품한다. 안드로이드로 겪는 불편과 갈등을 최소화하고자 하는 욕구를 선득하게 드러내는 것이다.

「효용가치」는 한 남자가 미숙한 미소녀 안드로이드를 선택해서 신부로 삼는 것으로 끝난다. 결혼이라는 형태 때문에 남자가 미소녀 안드로이드를 구제해주는 것으로 보이기도 하지만 남자는 소비자에 지나지 않는다. 작가는 인간-안드로이드 관계가 얼마나 따스해보이던 간에 인간의 구매행위가 그 시작점임을 선득하게 암시한다.

그런데 양원영 작가는 안드로이드와의 구매된 관계를 부정적으로 바라보지 않는다. 작가의 작품에 등장하는 대부분의 안드로이드는 진짜 인간보다 훨씬 친밀하고 믿을만하다. 그래서 고용의 형태로 만나는 낯선 타인보다도 훨씬 충성스러우며 헌신적으로 보인다. 또한 주도권이 없는 가족관계나 연인관계에서 일방적으로 떠맡게 되는 감정노동을 무리 없이 해내는 모습을 보여주기도 한다.

작가는 안드로이드가 다양한 관계 역할 속에서 수행하는 감정노동을 매우 자연스럽고도 입체적으로 그려낸다. 안드로이드는 아빠로서 딸의 투정을 참아내기도 하고(「아빠의 우주여행」), 딸로서 엄마의 불안하고도 절박한 애정을 받아내고(「인생」), 연인으로서 여자 친구의 지저분한 생활습관을 배려하고 인내하기도 한다(「무료체험」). 그러나 이들은 인간이 아니므로 감정노동을 고되게 여기지 않는다. 그리고 감정노동 끝에 불거지는 갈등이나 상처도 겪지 않는다. 심지어 심리적으로 소진하는 법조차 없이 상대의 감정과 욕구를 일방적으로 받아내는 역할을 오롯이 성공적으로 해낸다.

「인조력시장만가(人造力市長輓歌)」에 등장하는 미희의 안드로이드, 엄마가 인조력시장에서 만난 안드로이드들 역시 그렇다. 부호의 수행원으로 일했던 철은 주인의 감정 폭발과 폭력을 일방적으로 받아내는 대상이었다. 진호는 연쇄살인범인 주인의 애정 욕구를 충족시키는 역할을 해내야했고, 소라는 한 남자의 에로스적인 욕망을 고스란히 받아냈다. 또한 보육 안드로이드인 미미는 주인이 성인으로 자랄 때까지 모든 것을 일방적으로 보살폈다.

주어진 역할을 헌신적으로 해냈지만 결국 버려져 폐기처분 직전에 와 있는 안드로이드의 모습은 부모나 자식, 친구, 연인으로서 헌신을 다했음에도 불구하고 결국 배신당하고 버려진 인간의 모습과 유사하다. 그런데 안드로이드들은 주인 때문에 이런 상황에 처했음에도 불구하고 주인을 외려 걱정하고 염려한다.

주인인 인간을 향한 끝없는 헌신은 마음에서 우러나온 것이 아니라 프로그램대로 산출된 반응이다. 대가를 바라지 않는 끝없는 헌신은 그들이 인간이 아닌 기계이기 때문에 가능한 것이다. 그래서 인간은 같은 인간과의 관계에서 그토록 바라는 일방적인 신뢰와 헌신을 아이러니하게도 기계와의 관계에서 체험한다.

작가는 인간이 아닌 기계, 안드로이드야말로 한없이 인간을 품을 수 있다는 역설을 「무료체험」에서도 익살스러운 형태로 드러낸다. 「무료체험」의 주인공은 안드로이드로 가장해서 좋아하는 여자의 집에 침투한다. 그런데 마굴에 가까운 여자의 집안 청소에 넌더리를 내게 되고, 무료체험을 끝낸 여자는 가장 높은 클래스인 어머니 클래스 안드로이드를 권유 받는다. 인간이 진저리를 치는 일을 감당할 수 있는 안드로이드의 클래스가 헌신의 대명사인 '어머니'임이 의미심장하다.

어머니 클래스의 속성은 주인의 거의 모든 것을 감당할 수 있는 인내와 보살핌 그리고 인간의 한계를 넘어서는 헌신이다. 결국 인간이 다른 인간을 안드로이드로 대체하면서 바라는 궁극적인 속성이 무한한 헌신과 신뢰, 따뜻한 보살핌과 정서적인 지지를 상징하는 '모성'인 셈이다.

작가가 작품 속에서 그려내는 안드로이드들은 그런 기대를 배신하지 않고 어떤 역할을 수행하던 간에 주인의 심리 / 정서적 엄마가 되어준다. 모든 투정과 감정풀이를 받아내어 주는 안드로이드의 품속에서 주인은 안도하고 위로를 받는다. 작가가 안드로이드 연작을 통해 던져온 질문, '중요한 타인의 역할을 인간이 아닌 안드로이드가 해낼 수 있는 것일까?'의 결론이 이 장면들에 담겨 있다.

괜찮아.
괜찮아.
네가 무엇이라도 괜찮아.
안드로이드여도 괜찮아.

일반적으로 기계가 대신할 수 없다고 여겨지는 부모나 자식 혹은 연인의 자리에 안드로이드를 놓았던 작가는 안드로이드여도 괜찮다고 말한다. 기계가 인간을 대체하는 것에 거부감이 드는 사람이라면 이토록 관대한 작가의 관점을 이해하기 힘들지도 모른다. 하지만 기술은 계속 발전하고 있으며 우리는 계속 고단하고 소외되어 외로운 삶을 호소한다. 그러니 따뜻한 보살핌과 정서적 지지 그리고 끝없는 헌신을 제공하는 가족이자 동반자가 되어줄 안드로이드를 인터넷이나 홈쇼핑에서 주문하는 시대가 곧 닥칠지도 모른다.

그때가 되면 이 책은 재미있는 소설이 아니라 미래생활 지침서로 분류될 것이다. 그러니 독자들이 이 책을 읽으면서 미래에 대비하길 바란다. 곧 부모님 댁에 보일러 대신 안드로이드 한 대를 놔드려야 하는 시대가 올 테니까.

글을 쓴 시간과 글을 쓰지 않은 시간이 얼추 비슷해진 나이가
되었습니다. 2016년부터는 글을 쓴 시간이 좀 더 많아집니다. 그
렇게 헤아려보니 이제야 시작한다는 기분이 듭니다.

단편이 참 어려워서 글을 모으는데도 제법 시간이 걸렸습니다.
2008년부터 2015년까지 쓴 이야기 중에 안드로이드에 관한, SF
스러운 이야기만 모아 한 권을 엮었습니다. 참신한 소재도 없고,
번뜩이는 아이디어도 없습니다. 비루먹은 진부함에도 이야기가
즐거우셨다면 깊이 감사드리며 더 바랄 것이 없겠습니다.

저는 이 후기를 쓰는 시점에서 한 인터넷 쇼핑몰 CS 팀장으로
일하고 있습니다. 2007년 경 오빠와 함께 인터넷 쇼핑몰 창업에
도전했다가 실패하고 제법 오랜 시간 힘들었습니다. 크게 빚도
졌고 사람도 여럿 잃었습니다. 그렇게 망해먹었는데 동종의 일을
또 하고 있으니, 이런 게 삶의 아이러니이고 부조리가 아닌가 싶
기도 합니다. 여는 이야기로 고른 〈프롤로그 : 청소 로봇의 죄〉는
실패했을 당시 괴로움에 몸부림치며 썼던 글입니다. 마찬가지로
그 땐 동종의 테마로 책까지 내게 될 줄은 생각도 못했습니다. 한
치 앞도 모르기에 삶은 재미난 걸 테지요. 덕분에 글 하나하나를
되짚어 볼 때 마다 당시의 상황이나 감정, 동기가 생생하게 돌이
켜집니다.

그나저나 후기는 왜 이렇게 어려울까요? 농담 아니라, 후기만 몇 달을 붙들고 있었습니다만 조금도 진전이 없습니다. 하고픈 말이 많을 줄 알았는데 막상 하려니 너무 힘듭니다. 앞서 나온 다른 작가님들의 후기를 전부 참고해도 오리무중입니다. 그러니 감사 인사를 전하고 이만 줄여야겠습니다. 정말이지 노력해도 안 되는 일이 있습니다.

작가 인생에 크나큰 용기를 주신 함장 김주영 님 추천사 감사합니다. 이 부족한 원고를 수렴해주신 온우주 대표님, 저의 강인함을 여과 없이 끄집어내 주신 사진작가님, 많은 벗들과 알게 모르게 응원을 보내주신 독자 여러분께 진심으로 감사드립니다.

멋진 표지 만들어주신 양원영 님! 잘 하셨습니다.

가족들, 특히 아버지께 감사드립니다. 저는 당신의 딸입니다.

로보, 월-E와 이브, 데이빗, 앤드류, 에바, 멀티와 세리오, 치이와 스모모, 마호로, 에리, 체임버에게 사랑을 전합니다. 가장 최근에 만난 정화자 여러분들께, 엔 타로 아이어! 이들 모두를 알고 사랑한다면 저와 소울메이트 하셔도 됩니다.

삶이 끝날 때까지 이야기는 계속 이어져야 합니다. 이야기가 계속되는 한 만남과 이별도 계속되겠지요. 여기서 헤어지고 언젠가 또 다른 끝에서 해후하기를 바랍니다.

안드로이드여도 괜찮아

양원영 작품집

초판 1쇄 펴낸날 2016년 2월 29일

지은이 양원영
펴낸이 이규승
펴낸이 이규승 이지희
디자인 양원영

펴낸곳 온우주
등록번호 제215-93-02179호
전화 02-3432-5999
팩스 02-6422-3432
www.onuju.com | onuju@onuju.com | @onuju (트위터)

ISBN 978-89-98711-22-1 03810